S.E.K. BEDDIARI

Le Joueur

ROMAN

Gracieuseté de l'auteur *(signature)*

Si vous aimez le livre, faites en don
à la maison Beroaf
ici : beddiaris@gmail.com
438-878-9195

© 2013 MAISON BEROAF
Dépôt légal, 2013
Imprimé au Canada
Révision : Dominique Girard
Illustration de la couverture : Elena Krylova
Édition électronique : Hélène Meunier

Les Éditions BEROAF
2322, St-Jacques, Montréal
Québec, H3J2M7
Tél. 438 878 9195
Couriel : beddiaris@gmail.com

Catalogage avant publication de Bibliothèque et Archives nationales du
Québec et Bibliothèque et Archives Canada
Données de catalogage avant publication (Canada)

Beddiari, Salah el Khalfa, 1958-

Le joueur
(Collection Roman)
ISBN 978-2-924206-00-3

I. Titre.

PS8553.E305J63 2013   C843'.6 C2013-940913-0
PS9553.E305J63 2013

Distribution
Pour le Québec, le Canada, la France et les États-Unis :
BEROAF Distribution

Pour en savoir plus sur nos publications
Visitez notre site : www.beroaf.com
Dépôt légal : 2e trimestre 2013
Bibliothèque nationale du Québec
Bibliothèque nationale du Canada
© 2013 Les Éditions BEROAF et SEK Beddiari
Tous droits réservés pour tous pays
ISBN 978-2-924206-00-3

S.E.K. BEDDIARI

Le Joueur

BEROAF

Du même auteur

La mémoire du soleil, Montréal, l'Hexagone,
coll. « Poésie », 2000.

Chant d'amour pour l'été, Montréal, l'Hexagone,
coll. « Poésie », 2001.

Écrire contre le racisme, Montréal, Les 400 coups,
Collectif, 2002.

J'ai reçu, le jour où mon frère s'est volatilisé, un colis contenant une lettre, une procuration, un chèque au porteur et un manuscrit. Dans sa missive testament, il me chargeait, tout en me priant de respecter sa décision, d'exécuter ses volontés telles qu'énoncées sans changements ni suppressions. En dehors des affaires relatives à la famille où il réglait les questions d'héritage et d'autres détails personnels, il m'a demandé de transmettre ses excuses et ses regrets à nos parents pour les éventuels désagréments que son effacement volontaire leur causerait. La procuration m'autorisait à soumettre le manuscrit en son nom et le chèque pour couvrir les frais d'édition.

Il attestait que sa démarche émanait d'une saine réflexion, qu'il n'était ni malade ni fol aliéné. Il jouissait, selon ses propres termes, d'une « parfaite santé physique et mentale » insistant sur le fait qu'il serait vain de lancer des recherches pour le retracer. Et voici, déroulée devant vous, la suite de la lettre.

Il est des rencontres fortuites, fraîches, mais foudroyantes mon frère comme une pluie d'éclairs qui s'abat sur toi, intense et fulgurante, dont le chatoiement t'éblouira longtemps. Elle te distillera le mystérieux nectar du vouloir multiforme et t'incitera à enjamber les frontières de la norme, te dévoilant les délices de l'indéfini et les infinités de l'imprévu. Une coïncidence qui dilatera le champ de ta vision et te transportera au-delà des morbides accointances de l'évidence. Elle fraiera de nouveaux horizons auxquels tu n'aurais jamais pensé et dont tu n'aurais jamais soupçonné l'existence. Une contingence qui bousculera ton quotidien et introduira dans ton esprit de vierges et vives perceptions du monde sensible. Un spectre d'illuminations inédites orientant son projecteur sur l'intention de notre présence, sur le sens et le contresens de l'essence même des facultés humaines, il te transformera de fond en comble.

Malgré mes longues études supérieures et mes vastes connaissances des probabilités statistiques et du monde microbiologique, je ne saurais dire, pour le moment, si ce type d'interactions est bénéfique à notre genre, car pour la science de l'homme mon savoir est fort limité. Cela dépendra de notre prédisposition et de notre ouverture d'esprit aux effets totalement inattendus comme une incursion dans les abysses de la raison ou une descente dans les abîmes de la conscience. Je ne peux l'affirmer d'une manière définitive si c'est heureux ou malheureux de fréquenter ce genre d'idées, parce que dès que notre cerveau s'y frotte, il se pourrait qu'il s'attache à un état d'ivresse permanent, car elles déchaînent d'étonnantes perceptions de détachement, comme si tu t'échappais de la pesanteur. Tu es une plume voguant au gré des vagues, bercée par une brise matinale cordiale et tonifiante, marine ou terrestre, comme tu l'entends. Je te laisse le choix de cueillir l'adjectif qui te convient, là, je plaisante, tu le sais !

Aujourd'hui, et cela est sérieux mon frère, j'entame une nouvelle vie, j'essaye une expérience sur ma propre personne. Ayant passé dix ans à étudier les chauves-souris et autres diptères, à les soumettre à mille et une épreuves puis à calculer les trajectoires browniennes de leurs vols, de leurs décollages et de leurs atterrissages, j'ai tant appris, mais sans pouvoir pénétrer le dessein de ce savoir ni élucider sa finalité. Désormais, je serai moi-même le sujet et l'objet d'un protocole d'un autre ordre. Une installation personnelle qui explorera la destination de notre présence. Elle durera le temps qu'elle m'enchante, je n'anticipe aucune date pour sa fin.

L'anodine conversation que j'ai eue, il y a quelques semaines, avec une personne qui se faisait appeler le Joueur m'a incité à entreprendre ce voyage. Je vivrai selon ma propre conception de la traversée du monde à ce stade de mon itinéraire. La lecture du manuscrit t'éclairera peut-être un peu plus amplement sur ma décision, je ne *m'étalerai pas plus à ce sujet. Je te le confie en espérant le voir un jour sur les tablettes des libraires portant un titre fin et fier « Le Joueur », sur le coin supérieur de la page couverture, en noir sur blanc, composé dans une police sans empattement. (Et ne me demande pas pourquoi !)*

Il a terminé sa lettre en évoquant le sort réservé à sa partenaire, il écrivait qu'elle, non plus, ne serait pas visible et qu'il ne faudrait pas s'en préoccuper sans plus.

En conclusion, il a réitéré sa volonté qu'il a décrite comme « un pas en puissance : une immanence ontologique d'aller avec la vie, la souveraine », en me conjurant de ne point m'inquiéter par rapport à son existence, qu'elle était comble, colorée et presque divine, s'il osait la formule, ironisait-il. Enfin, il m'a rassuré encore sur l'état de sa santé m'avouant qu'il explorait un monde d'une infinie bonté et d'un infini bonheur.

Six mois après son occultation, en reprenant son propre vocabulaire, et sur les conseils de mon ami Alain (le metteur en scène) j'ai fait parvenir le manuscrit à une douzaine de maisons d'édition qui ont pignon sur rue. Sur la dizaine de réponses que j'ai reçues, aucune n'était positive : cinq lettres de regrets spécifiant que le thème du récit n'entrait pas dans leur ligne éditoriale, trois autres me suggérant de le retravailler sur le plan stylistique en prêtant une attention à la sémantique structurale ou le soumettre à des réviseurs professionnels si je n'étais pas spécialiste de la nouvelle sémiotique ou du moins familier avec ses récentes réformes. Une dernière m'incitant à voir du côté du théâtre arguant que le texte est plus près de l'écriture dramatique que romanesque. D'où l'implication d'Alain dans l'adaptation de l'histoire au théâtre, une dramatique qui a connu une course tragi-comique.

Les décideurs-censeurs, sous la pression de ceux qui avaient mené une campagne pour son interdiction et qui qualifiaient le spectacle d'un bordel ambulant déguisé pire que de la pornographie, se démenaient pour légitimer leur édit qui s'est révélé en fin de compte bénéfique au manuscrit de mon frère puisqu'il a stimulé la curiosité du public. Un tel filon ne pouvait qu'aiguiser les convoitises des éditeurs, attirés par l'odeur d'un goudron à portée de mains, ils se montraient très impatients à publier « Le Joueur ».

Par bordel, les adversaires de la pièce visaient les scènes d'amour savamment montées par Alain. Une scène notamment où Alysia l'acolyte du « Joueur » racontait son rêve. Elle s'était incarnée en Messie, moitié homme moitié femme et mi-divin mi-humain. Alysia dans cette vision était entourée de ses apôtres, treize femmes lorsqu'elle exposait son côté mâle et treize hommes pour le côté femelle. Alain a mis au point un ingénieux mécanisme holographique pour rendre l'atmosphère onirique de ce récit. Cette scénographie originale donnait l'illusion que les acteurs faisaient réellement l'amour sur scène. Et où l'auditoire était persuadé qu'il assistait en direct à des rapports intimes : corps nus, jambes en l'air, gémissements crus, les ébats entrecoupés de prières glorifiant la chair, vénérant l'organe sexuel comme un Dieu. Les comédiens, dans ce décor parodiant le paradis, imploraient sa miséricorde et sa magnanimité. La communion était totale entre eux et le public. Celui-ci reprenait en chœur ces prières appelant à l'indulgence du sexe et à sa mansuétude. Cette création était perçue comme blasphématoire — une offense abjecte du divin et un manque de respect vis-à-vis des sentiments religieux —, par les détracteurs du « Joueur » qui réclamaient son interdiction immédiate.

L'œuvre de chair, symbolisant l'acte de foi et le recueillement d'adoration adressés à l'amour-dieu, déstabilise et menace la cohésion de la société selon les propos des dénégateurs de la pièce. Montrer un prophète nu au milieu de treize jeunes femmes qui l'entourent et l'embrassent et le caressent dans ses parties intimes représente une insulte à l'égard de la sainteté des messagers, décrètent-ils, comme si les envoyés de Dieu ne forniquaient pas.

Peu de temps après son lancement, la production a été frappée d'interdit par un arrêté provincial. Les autorités déclaraient qu'ils craignaient le désordre public et qu'il était de leur devoir d'assurer en priorité la sécurité des citoyens. Ils conféraient que leur ordonnance ne pourra, en rien, être réduite à une forme de censure, qu'elle n'était pas motivée par des considérations de croyances ou de valeurs religieuses. Le metteur en scène soupçonnait la horde des régénérés spirituellement ou les nés de nouveau, d'avoir vilipendé son hologramme et d'être derrière cette interdiction. Il saura vous relater, dans son avertissement, l'extravagante péripétie de la pièce.

Le malheur des uns fait le bonheur des autres ou à quelque chose malheur est bon, dit-on, n'est-ce pas ? À défaut d'espace de théâtre, l'histoire du « Joueur » connaîtra un autre destin, elle sera publiée et avec les honneurs. Elle est devenue tout à coup intéressante et d'une importance majeure aux yeux des éditeurs. Le scandale vend et vend bien, se confient-ils à moi en aparté, les grandes œuvres doivent être rendues au peuple pérorent-ils. Les sollicitations fusaient de toutes parts. Ils juraient qu'ils soutenaient de tout cœur la lutte du metteur en scène et qu'ils étaient prêts à se sacrifier pour la cause du « Joueur ». Cependant, l'enjeu était majeur, l'éva-poration des spectateurs posait de graves problèmes, malgré l'absence de preuves tangibles reliant directement ce phéno-mène à la pièce de théâtre. La suspension ne sera que tempo-raire, assuraient-ils, le temps que les services de police mettent au jour les tenants et les aboutissants de cette affaire. En attendant, il valait mieux que j'accepte leur proposition de mettre tout de suite « Le Joueur » sur le marché, cela aiderait la cause du dramaturge, prétendaient-ils.

En plus de l'acharnement imbécile de tous les traditionalistes conventionnels et autres porte-paroles autoproclamés du Ciel à bannir la production, je dois ajouter un mot sur cette mystérieuse histoire de disparition qui a contribué à l'enflure démesurée du danger qu'elle incarne pour la société. Elle a engendré des prises de position extrêmes et antagoniques et des débats houleux, ce qui a divisé l'opinion publique en deux blocs distincts.

Plusieurs plaintes avaient atterri sur le bureau du chef de la police, émanant d'individus, d'organismes, d'associations et de différents groupes de pression (qui se targuaient de défendre les saintes valeurs de la société) revendiquant et exigeant la suppression de l'œuvre satanique. Les plaignants accusaient les auteurs d'être responsables de l'enlèvement de leurs fils, filles, maris ou femmes, etc. Les entreprises de la région dénonçaient, également, l'absence inhabituelle et prolongée de nombre d'employés.

Le ministre de la Sureté Publique, dans sa conférence de presse, a indiqué que la majorité des disparus avaient une chose curieuse en commun. Aussi absurde que cela puisse paraître, les gens, étrangement, s'évanouissaient dans la nature toujours pendant la nuit qui succède le passage du spectacle théâtral dans leur ville.

Cet événement singulier, vous en conviendrez, a motivé le décret provincial d'arrêter les représentations jusqu'à nouvel ordre, le temps que la commission d'enquête rende les résultats préliminaires de ses investigations, affirmait le Ministre. Il soutenait, par contre, que ce n'était pas un décret de censure, mais une mesure préventive en attendant les conclusions de l'enquête, précisant que la suspension n'était pas du tout motivée par les scènes d'amour du spectacle.

Cette annulation a généré, comme il fallait s'y attendre dans un beau pays démocratique, bien entendu, une forte réaction du mouvement citoyen. Le dénigrement des diffamateurs de l'ouvrage dramatique a soulevé de vives réactions d'indignation et de colère des défenseurs de la liberté d'expression. Des organismes naissaient dans une cadence digne des usines de production de canettes de soupe du vingtième siècle, le camp de la libre pensée d'un côté et les tenants de l'ordre public et du respect des opinions d'autrui de l'autre, un comité d'appui aux arts sans muselières par-ci, un comité de sauvegarde des valeurs par-là. Il y en avait de toutes les couleurs et de toutes les nuances.

Chaque segment et chaque secteur d'activité de la société avait son comité de défense ou de résistance : les femmes pour la libre parole, les juristes pour le triomphe de toutes les libertés, les contempteurs de l'au-delà, les architectes, les pilotes, les psychologues, les professeurs de mathématiques, les luthiers du Quartier Latin, les comptables, les policiers en civil, les traducteurs pro-choix et leurs opposants pro-respect : les chrétiens du centre-gauche et du centre-droite, les libéraux catholiques, les sœurs grises de la Rédemption, les frères du Ciel, les adorateurs de la Lumière, les orthodoxes des religions monothéistes, les frères de la pureté, les congrégations confédérées de l'indulgence, les irréductibles de la foi, etc.

Je peux, donc, résumer la situation ainsi : la bataille de la société civile se cristallisait autour des pro-« Joueur » et des pro-anti-« Joueur ». Tout ce cirque avait eu le mérite de rendre célèbre l'œuvre de mon frère et avait, par une heureuse incidence, permis sa publication sans condition ni réserve. C'est ce qui importait.

G. J., frère de J. J.
P.-S. L'avertissement du metteur en scène suit.

Les personnages de cette histoire sont de véritables personnages, je veux dire d'authentiques figures fictives, toute ressemblance avec des personnes réelles, vivantes ou mortes, ne serait que l'effet d'une simple coïncidence. L'idée du récit est elle-même originale et imaginaire du sol au toit. Si, par malheur ou par bonheur, c'est selon, quelqu'un se reconnaissait dans « Le Joueur » ou dans l'un des protagonistes du jeu, cela ne reflèterait que son inclination à sa propre fantaisie. L'auteur et son fondé de pouvoir déclinent toute responsabilité dans la transformation des mœurs des lecteurs. Toute influence que cette histoire pourra exercer sur les gens et les états d'âme qu'elle induira ainsi que l'inspiration qu'éventuellement elle impulsera ne seront, en aucun cas, considérés comme l'effet direct et unique de son contenu. Nous reconnaissons, à la limite, que des interprétations diverses peuvent être faites, ce qui est le propre de toute création, mais ceci ne nous engage d'aucune façon quant à la conduite du public. Les produits dérivés et les impacts collatéraux sont légions dans tout acte, en temps de guerre ou de paix, et cette œuvre ne fera pas exception.

Ceux et celles qui adopteraient le mode de vie du « Joueur » ne répondraient qu'à leur propre fabulation, ils ne suivraient que leurs propres croyances et n'agiraient que pour leur propre compte. Ils combleraient, peut-être, un vide fort nécessaire de leur quotidien. Les autres qui seraient vulnérables aux vues fantasmagoriques du « Joueur », ils sont avertis. Et je leur dirai ceci : les humains sont, depuis toujours, à la merci de n'importe quelle thèse en vogue. Va-t-on instruire le procès de Bouddha, de Moïse, de Jésus, de Muhammad ou de Marx parce qu'ils ont implanté dans la tête de millions d'êtres humains des vérités douteuses : les êtres se réincarnent, l'invention de la terre en six jours, la course du soleil autour de notre planète, le prolétaire est un sauveur et d'autres inepties de cette engeance comme l'existence des anges et des djinns?

« Il n'est pas une seule pensée importante dont la bêtise ne sache aussitôt faire usage », écrivait un auteur du siècle dernier. « Elle peut se mouvoir dans toutes les directions et prendre tous les costumes de la vérité. La vérité, elle, n'a jamais qu'un seul vêtement, un seul chemin : elle est toujours handicapée. »

S'il est un « Joueur » ou un univers de « joueurs » quelque part, ce ne serait que dans la tête de l'auteur.

Je tenais à vous prévenir, avant que vous entamiez la lecture de cette histoire, pour dissiper tout malentendu et aplanir toute attente en vous évitant d'improbables déceptions. Je vous dis, méditez le rôle des suiveurs et autres adeptes et fidèles. Ils ne sont producteurs d'aucune théorie, ils commercent avec les fabulations des autres en se les attribuant sans gêne. Cet état de fait leur confère une assurance hors du commun dans l'étalage de leurs vues, ils y adhèrent comme un pneu neuf sur une chaussée asphaltée, parce qu'ils ne peuvent pas en apporter de leur cru. S'ils sont convaincus, sincères ou intéressés, à tort ou à raison, de la véracité d'une prophétie, ils y vont à fond et institueront la doctrine, le dogme et l'orthodoxie puis leurs schismes respectifs. Les penseurs n'ont jamais établi de projet sociétal d'eux-mêmes, ce sont les apôtres et autres compagnons et disciples qui édifient les croyances et les propagent.

Cela dit, je dois avouer tout de même que durant les premiers jours des représentations, une indescriptible frénésie d'une rare effervescence s'emparait des spectateurs désirant tous parler avec les comédiens ou avec le metteur en scène au sujet du « Joueur ». Ils rejoignaient les acteurs dans leurs loges et leur demandaient comment intégrer la communauté des « joueurs ». Et où pouvaient-ils les rencontrer ? Et s'ils étaient des « joueurs » ou s'ils faisaient semblant de jouer. Les gens se regardaient et essayaient de deviner lesquels parmi eux étaient « joueurs ». Ils posaient des questions aux passants : « Monsieur ou madame, est-ce que vous jouez ? »

À la fin de chaque séance, je me retrouvais assailli par la foule qui cherchait à faire partie de la ligue des « joueurs ». J'avais beau crié que ce monde n'était pas une secte, ni une confrérie, ni un cercle, ni un cénacle, ni un club, ni un collège, ni un parti, ni une loge, ni une fraternité, ni un organisme secret, que c'était juste un monde virtuel, un étant illusoire, une pose, mais cela ne leur suffisait pas et ne les déviait pas de la trajectoire de leur insatiable curiosité. Il y en avait qui suppliaient et d'autres qui pleuraient et enfin les derniers qui menaçaient carrément les membres de la troupe.

La pièce a été jouée dans quelques villes et elle a connu un succès relatif, mais associée à un petit scandale gonflé par les médias — condamnant, d'une part, l'effet néfaste que l'œuvre produisait sur le peuple et d'autre part l'extrême « obscénité » des scènes d'amour —, elle avait gagné en notoriété. Les opinions de la critique étaient tranchées comme l'appréciation du public, une très mince minorité criait au chef-d'œuvre et la grande majorité appelait à l'interdiction d'un brûlot anti-vitaliste criant, qualifiant la dramatique d'une supercherie vertigineuse qui n'aurait aucun rapport avec l'art. Une imposture qui corrompait les saines valeurs du théâtre, une insulte à l'intelligence de nos dramaturges, vociférait-elle.

Et voici quelques échantillons de réactions que l'œuvre théâtrale a suscitées. On pouvait lire dans « La Gazette », un organe conservateur progressiste, cette appréciation malheureuse : « de l'anti-vitalisme primaire, "Le Joueur" est une production à bannir de nos théâtres, ce paganisme teinté de nihilisme de bas étage n'apportera que désolation et ravage parmi les citoyens et n'agira que négativement sur leur âme profonde. »

« L'Étincelle », un quotidien qui se dit indépendant titrait, après tout le tapage de l'affaire des disparitions, dans sa une : « Audacieuse, mais dangereuse ». Prenant à partie l'argumentaire de la liberté d'expression : « rappelons-nous le réalisme des bas-fonds qui, derrière le rideau rouge, prétendait libérer l'humain, mais qui, par son lyrisme lénifiant et son apologie déguisée du naturalisme pur et bête, a retardé l'affranchissement des peuples de dizaines d'années. »

Le chroniqueur culturel de l'hebdomadaire « L'Actualité » nuance son jugement en revendiquant et en accordant la liberté de créer aux auteurs. Il avoue, toutefois, que « le spectacle a un je ne sais quoi de subversif qui agit sur le moral d'une manière souple et subtile. Il y a dans les répliques des personnages un parfum irréductible d'inhérence rebelle et insidieuse qui s'immisce dans tous les interstices de notre cerveau, l'invitant à croire, le séduisant par des déclamations chaudes et sentencieuses qui s'apparentent à des combinaisons de logique mathématique ». Ce parfum délicat et discret joue une partition dans notre tête finement réglée et bien agencée qui travaille au relâchement de l'éveil de notre for intérieur et de nos sens et les récupère en vue de les coloniser, conclut-il.

« C'est une brume qui nous enveloppe et nous transporte dès que l'on cède à l'alchimie des mots du jeu », commente l'éditorialiste de « La Patrie » ajoutant que la pièce est une tragédie qui nous interpelle et nous ouvre portes et fenêtres sur l'insondable appel de la vie. Il prend la défense des auteurs en argumentant que leur création n'est, après tout, qu'un petit jeu, une petite fantaisie, mais il reproche au metteur en scène son approche déconstructiviste et négativiste qu'il estime racoleuse et peu respectueuse des valeurs de la société.

Les autres périodiques, surtout les locaux n'ont écrit que de brèves recensions, annonçant la date des représentations et résumant son contenu en deux ou trois lignes, reprenant à leur compte presque mot à mot le texte du synopsis. Enfin, certains feuillistes, paresseux ou dépourvus de sensibilité esthétique, ont reproduit les opinions des uns et des autres selon leur vassalité à l'autorité artistique du moment.

Une seule appréciation ouvertement positive, disons dithyrambique dans l'hebdomadaire « L'Alternative » (Le « Joueur » avait émis des réserves sur l'emploi de cet adjectif, il recommandait dans son récit de l'éliminer à jamais de la langue.) La journaliste avait suivi la troupe de théâtre à travers les villes du pays. Elle avait reconnu comme tous les autres critiques et spectateurs que l'ouvrage dégageait une étrange flaveur d'une facture féerique. « Un égaiement épidémique se répandait dans la salle et touchait l'ensemble de l'assistance. L'impétueuse fraternité qui saisit cette dernière était un élément tangible, d'un coup, des individus qui ne se sont jamais vus entrent en communion et ressentent le même besoin de sympathiser les uns avec les autres, animées par le même élan et le même esprit à fusionner, expérimentent les mêmes sensations, évoluent dans un même champ d'attraction et de gravitation, ils créent, en quelque sorte, de l'élévation ontologique. Attirés les uns aux autres, ils reprennent en chœur les textes et les parades des interprètes qui leur procurent d'agréables impressions d'intelligence et de sublimes dispositions à embrasser l'air du prochain. »

Elle a décrit l'effet que la pièce produisait sur l'auditoire comme une bouffée d'air frais qui parvient à une équipe de mineurs piégés dans un puits à des centaines de mètres sous terre.

Elle reconnaissait non moins que « l'ambiance des planches était nettement contagieuse, elle causait à l'instar des stupéfiants un effet d'euphorie quasi psychédélique. »

« C'est une sensation de flottement qu'éprouvait chaque spectateur. Il planera dans un état neuf d'une renaissance perpétuelle dont les dimensions relationnelles s'élargiront jusqu'à englober la grâce et l'émerveillement », conclut-elle.

Quant aux grands holdings de la presse, furieux et consternés ils appelaient dans leurs publications à l'arrêt sans différer d'un numéro décadent et à son interdiction pure et simple. Ils invoquaient les graves troubles qu'elle a causés aux citoyens par sa désinvolture et son manque flagrant de respect de la foi des croyants. Ils ont réussi à suspendre la pièce, mais nous espérons que ce ne sera pas pour longtemps. La mobilisation de larges pans de la société aura gain de cause tôt ou tard.

En terminant, j'aimerais réaffirmer, ici, que la matière du livre n'existe que dans la tête de l'auteur ou de son personnage. Le « Joueur » pourrait ultimement, et a priori, être votre frère, votre voisin, votre ami ou vous-même si cela vous chante. À celui qui veut jouer qu'il définisse son univers et qu'il entreprenne son odyssée, qu'il mythifie le cours de son avenir, mais qu'il soit conséquent. C'est tout ce que je peux vous dire de sensé en conclusion.

A. Constantin
Comédien et metteur en scène

Initial

C'était un jour ordinaire comme tous les autres jours qui l'ont précédé, ni notable, ni honorable, sans armoiries à son effigie et sans date importante. C'était un jour quelconque, le soleil jouait à cache-cache avec les nuages et le vent, fidèle à son habitude durant le mois d'avril, soufflait dans toutes les directions. Présentant sa revue annuelle, il sifflait derrière les fenêtres, giflait les marcheurs à droite, à gauche, d'en haut, d'en bas, courant, s'arrêtant, rampant sur la chaussée, chassant les bouts de papier et les sacs de plastique, tourbillonnant, montant, descendant, soulevant les jupes et gonflant les chemises, il s'amusait tel un cinglé en fouettant avec ses mains tout ce qui bougeait autour de lui.

Un jour banal où les arbres étaient à leurs places habituelles, les voitures, vitres fermées, roulaient à toute allure et les gens marchaient vite ne rompant pas avec leur habitude. Les écureuils grimpaient sur les branches et jouaient avec leurs premiers bourgeons, les oiseaux n'avaient pas annulé leur concert, ils chantaient leurs airs préférés comme d'habitude.

Un jour trivial sans signes particuliers, ni beau, ni laid, ni chaud, ni froid, ni grand, ni petit, un jour anonyme qui sera propulsé à l'avant-scène de ma vie, dans un temps remarquable. Un événement anodin dans ses prémisses allait bouleverser la quiétude de ce centième jour de l'année. Un jour qui a entamé la matinée sans trop de bruit, mais les nuages, le vent, le soleil semblaient avoir une autre opinion : lui donner une date prestigieuse et impérissable. Qu'elle reste gravée dans la mémoire de votre serviteur.

En cette mémorable journée, je n'ai eu que des premières : mon entrevue avec le président de la chaire, mon interaction avec la dame des plantes et avec la dame au chien, mon échange avec Sapiens, mon voisin du dessus et le bouquet, mon examen avec Jen, ma copine. Sans parler des premières inédites dévoilées par le Joueur, la découverte de son existence, de ses exploits, de ses aventures, de ses unions comme il disait, enfin de son univers sans bords. Il y avait de quoi être remué et démonté puis remonté dans le bon sens, c'est-à-dire ravi et émerveillé d'où l'histoire qui suit.

1

I

À peine que la clef ait fait son effet sur la grande porte verte qu'un flot de paroles m'a submergé.

« C'est toi, chéri ? Franchement, ce n'est pas trop tôt pour rentrer !? J'ai commencé à visionner le film, je n'ai pas pu résister, il est très intéressant. Il va falloir que je le reprenne dès le début, viens voir.

Mais as-tu mangé d'abord ? Je t'ai attendu jusqu'à sept heures puis j'ai soupé en solo. C'est un très bon ragoût d'agneau que ma mère a préparé. Il en reste, il est dans le frigo, si tu as faim ?

Mais qu'est-ce qui t'a retenu ? Tu n'as même pas téléphoné. J'étais inquiète. Oh ! Est-ce ta réunion ? T'as eu le poste ? Est-il pourvu ?

— Oui… C'est moi. »

Ces mots sont sortis en vrac, plutôt lâches et mous, un peu moins automatique que d'habitude, cahotants, caracolant tel un caillou surfant sur l'eau, un bond et un deuxième puis un plouc aspirant les trois syllabes. C'est l'œuvre d'une hésitation, d'un essai non concluant à vouloir émettre une réponse intelligente. « Non, ce n'est pas moi » aurait transmis la même information. Il suffit que je prononce n'importe quoi pour que mon épouse m'identifie sans aucun doute possible. En fait, c'est le déclic de la serrure qui m'annonçait, même sans aucune parole ni grognement ni aboiement, Jen saura que son partenaire rentrait chez lui. Aucune autre personne n'a les clefs de notre appartement. La question et la réponse sont en réalité superflues, un gaspillage de salive, une pure perte d'énergie. J'ai envisagé, pendant un petit moment, le dessein de briser la routine par : « La porte à l'ouverture comme à la fermeture dessine une géométrie pareille aux portions de fromage du supermarché. » Le Joueur serait content d'une telle réplique, présumais-je. Commencé-je à me libérer de la mainmise du pli des jours, suis-je déjà un adepte de sa théorie ? Membre de ce monde parallèle qui joue, suis-je sous influence ou seulement séduit ? J'y pense, donc, j'en suis. Je suis bel et bien pris dans les rets du jeu, mais je n'ai pas prononcé la phrase : cela voudrait-il dire que je ne m'applique pas assez, que je résiste ou que je n'ose pas ?

À l'instant où l'onde sonore transportant mes mots hachurés avait atteint les tympans de Jen, elle a sursauté comme si elle avait reçu une décharge électrique. Elle ne pouvait pas rater une telle dissonance. Le timbre de ma voix, pensai-je. Elle s'est retournée m'offrant un visage défait depuis le sofa où elle était allongée. Son regard, en parcourant l'espace nous séparant, s'est heurté d'abord à la colonne d'acier plantée au beau milieu du salon, qui voilait un bout de ma tête. Corrigeant aussitôt les coordonnées de sa position, elle s'est relevée à mi-taille tout en étirant son cou. Le temps de renvoyer la porte, le subtil cliquetis rituel qui s'échappera m'enfermerait auprès de ma copine, me disais-je. Ce son, je l'anticipais comme un repère qui confirmerait bien mon retour au bercail. C'était, aussi, pour profiter d'une autre musique que celle des mots de mon épouse, pour équilibrer ou enrichir l'enceinte de mon environnement auditif. C'est en me retournant sans que la porte soit entièrement refermée, ajustant mon corps, reprenant ma droite station, que son regard m'a rattrapé, piquant pile dans mes deux globes oculaires, s'enfonçant jusqu'à leur lit, s'efforçant de déceler sur leur contour tout indice qui validerait sa première impression, celle perçue dans la modulation de ma voix. Elle a intercepté la vague perplexité qui s'y logeait. Se mettant carrément debout pour contourner l'obstacle, dans toute sa hauteur, la tête inclinée vers l'avant comme voulant se détacher de son torse, ses yeux cherchaient les miens, fouillaient dans leurs iris, enquêtaient sur l'incident sonore qu'elle avait capté deux secondes plus tôt, palpant mes vêtements, survolant tout mon corps comme un scanographe, revenant sur mon faciès, me dévisageant, notant chaque trait, chaque tic, le mouvement de mes lèvres, remontant ma joue gauche, observant en fin de course un arrêt net sur mes yeux.

II

Remontons le temps de quatre minutes environ. Je me situe à trois cents mètres, plus ou moins, de chez moi. Pour la première fois, depuis longtemps ou depuis toujours, je ne sais plus, je suis conscient de mon déplacement, un pas après l'autre, une enjambée, une distance parcourue, une durée écoulée, je ne marche ni lentement ni rapidement, j'évolue plutôt entre ces deux adverbes. Occupé à revivre différents détails des histoires que le Joueur m'a racontées, je révise et soupèse le vraisemblable et l'étrange, je doute puis j'acquiesce dans le même élan. Examinant mon proche entourage, des endroits auxquels je ne prêtais aucune attention auparavant, ils prennent, à présent, de la consistance, suscitent ma curiosité et m'invitent à la contemplation. J'empruntais, depuis trois ans, ce chemin matin et soir sans jamais me préoccuper de l'état de la chaussée ni des balcons des voisins ni des couleurs des maisons ni de leurs personnalités. Les hommes et les femmes qui passaient et repassaient devant ma fenêtre n'étaient que des silhouettes, un peuple fantôme, anonyme et difforme comme un échantillon d'insecte qu'on appelle à juste titre une population représentative de l'ensemble d'une colonie. Sans identités propres, les gens que je croisais sans jamais saluer et les autres, à qui je distribuais des bonjours ou des bonsoirs sans caractère, n'existaient dans ma lumière que pendant le laps de temps où ils se manifestaient et disparaissaient aussi vite qu'ils apparaissaient en ne laissant aucun précipité significatif dans ma mémoire. Là, je les vois et je distingue leurs traits à la seconde qu'ils me rendent hommage. J'accueille leurs paroles avec déférence, j'essaye de leur rendre de l'amabilité, de l'aménité et de la politesse civiques. C'est encore embryonnaire, j'en conviens, mais je suis sûr de ma tendance, ma sociabilité prend de la vigueur. À la hauteur de la troisième rue, au coin sud-est, une dame élancée et bien habillée à la dense et fauve chevelure se promène avec son chien, elle me rappelle, d'après sa tenue et son élégance, la Nyvas, le top-modèle du Joueur. Sur le côté nord-est, une petite femme, se tenant sur la deuxième marche de l'escalier de sa maison, du même côté de trottoir que j'empruntais, arrose son petit jardin. Attentif à la fine dentelle des rideaux orange qui pendaient derrière elle, un coup de vent remua ces étoffes qui, moutonnant et ondulant comme un drapeau frémissant sous les notes d'un hymne national, exécutèrent une parade de bienvenue. Je suivais en même temps la trajectoire de l'ample jet d'eau qui s'épanchait en profusion secouant feuilles et fleurs dont l'humide étreinte avait revigoré leur ostensible frétillement.

« Ses petites entités vertes ont besoin d'affection, si on veut bien profiter d'une belle composition durant l'été », s'écria la dame des plantes, tout en me tendant un large et franc sourire plaisant.

Dans mon ardeur de converti de fraîche date et sous ma nouvelle couverture d'apprenti Joueur, j'ai fredonné :

« Quand la verdure vivra d'amour, ma sœur, les humains exulteront dans le bonheur d'autrui ! »

C'était l'esquisse d'un sentiment d'approbation et de réciprocité que je lui retournais, en guise de révérence, et que j'accompagnais d'un sourire véridique.

III

Vivace pendant un moment, mon sourire véridique se dissipait jusqu'à l'extinction finale comme l'évanouissement du crépuscule devant l'irrémédiable intrusion de la nuit. À la tombée du rideau qui leva la séance de mon sourire, j'aperçois, au loin, mon voisin du dessus, Sapiens qu'il s'appelle. Il vient de surgir de l'immeuble, il va déposer sa poubelle au coin de la rue. On se croisera au seuil du portail, c'est inévitable, sauf si je ralentis le pas. Cette froide constatation, comme si elle avait pris feu, s'est vite propagée dans tous les étages de mon esprit. Je réfléchissais, si je fais une petite halte, Sapiens se rendra-t-il compte de ma manœuvre de vouloir l'éviter. Mais pourquoi le désirais-je ? Pour qu'on ne s'échange pas des salutations oiseuses. Est-ce une raison nécessaire ? Je ne sais pas ! Suffisante ? Peut-être !

Il se dirait pourquoi il s'est arrêté. Mais pourquoi se demanderait-il ? Je ne suis aucunement présent dans le fouillis de ses neurones. Quel intérêt représenterais-je à ses yeux pour qu'il s'en occupe ? La confusion, voyez-vous ? Depuis la rencontre de cet après-midi avec le Joueur, mon cerveau n'est plus le même. Une espèce vilaine non identifiée s'est installée dans ma tête, une petite bête ou un petit démon trouble la limpidité de mes pensées et triture ma matière grise. C'est indubitable.

Sapiens, s'inquièterait-il de ma démarche si j'observais un arrêt net ou si j'entreprenais une grande foulée jusqu'à chez moi. Ou m'asseoir par terre, tiens, pourquoi pas ? Je dois, néanmoins, prendre une décision, continuer à avancer et subir par conséquent la convenance sans pouvoir esquiver la corvée d'un salamalec ou bien simuler une marche arrière. Mais du train dont je vais, la collision est certaine. Et si je me mettais à genoux devant la belle clôture de haies, j'aurais l'air de quelqu'un qui est stupéfié par la beauté du paysage floral des environs. S'abstraire devant une œuvre vivante serait une bonne excuse pour justifier un temps d'arrêt. Elle serait digne d'une minute de recueillement et je serais émerveillé par le silence de sa respiration, non ! Ce serait un intermède logique. Il se dirait que son voisin du dessous est sensible à l'exubérance végétale ou qu'il serait amoureux de la prestance des frêles fleurs du mois d'avril, ce serait un admirateur de la nature refaite et recréée à l'image de l'homme. Mais pourquoi diable penserait-il à mes états d'âme ? Il est, peut-être lui-même, perdu dans ses propres pensées. Qui sait ? Il n'a, sans doute, aucune idée de ce qui se passe dans ma tête.

Je n'ai pas cessé de marcher cependant, ce n'étaient que des supputations qui tournaient à vide. Mais si je calcule la vitesse avec laquelle il avance et connaissant la distance qui le sépare de l'entrée du bâtiment, je pourrai déduire sans grande difficulté le temps qu'il lui faudra pour atteindre le seuil du portail. En opérant de même dans mon cas, je saurai alors, avec plus de précision, si notre croisement est une fatalité. Procédons d'une manière rationnelle avant d'envisager quoi que ce soit, soyons cartésiens !

Sauf intervention divine ou un truc de ce genre, notre face à face aura lieu dans trente secondes. Il est, en effet, au coin de la rue, il a déjà parcouru la distance séparant cinq blocs de maisons. Il lui reste trois unités à franchir puis le retour, donc huit unités en tout. Posons que chaque façade mesure huit mètres, il aura à couvrir huit fois huit mètres, ce qui donnera un total de soixante-quatre mètres. Je suis à sept unités d'habitations de mon immeuble, soit, une longueur de cinquante-six mètres. Pas assez d'espace pour mes manœuvres, à moins que nos vitesses de déplacement soient très différentes. Nous sommes des mâles du même âge presque, pas mal alertes tous les deux, nous roulons à deux mètres par seconde avec une incertitude de plus ou moins dix centimètres. Une légère différence n'influera pas beaucoup, admettons-le. Alors, notre rencontre aurait lieu dans une demi-minute si des paramètres inconnus et imprévus ne s'immisçaient pas dans notre relation spatio-temporelle. Il pourrait toutefois m'adresser la parole à quatre ou cinq mètres de distance. « « Comment ça va Jer ? », me demanderait-il, ou bonsoir ou bonjour, vides de substance dans tous les cas. Je serais contraint de répondre par les mêmes mots creux. Puis l'enchainement : « il fait beau » ou « il fait chaud » ou « il fait frais ce soir ». Je me vois déjà répéter : « Oh oui, c'est beau » ou « oui, c'est chaud » ou « oui, c'est frais ». Nous emprunterions les quatre marches de l'entrée ensemble, peut-être qu'il me souhaiterait de passer une bonne soirée et je répliquerais de même, vides, vides paroles. De l'attendu, du réchauffé, du prévisible, alors que le Joueur a dit : « Il faut fuir les formules emballées comme si elles étaient de gros grêlons se cachant derrière une fine pluie d'été ou des grains de sable qu'un vent déchainé charrie depuis le Sahara ».

Je calcule, si je ralentis ma cadence ou si je fais demi-tour ou si je lâche un leurre, je m'absorbe dans une fouille de mon cartable, j'augmenterais la valeur des ordonnées de la durée qui me sépare du point d'impact, en revanche, mon voisin garderait la sienne intacte. Je me protègerai ainsi de la collision de coordination. Je revois le Joueur insister sur la « coordinite » : « l'élément le plus dévastateur dans l'asservissement de notre genre est la convenance programmée, on l'appelle dans notre jargon la "coordinite". C'est une arme insidieuse, car elle est invisible, elle s'installe petit à petit comme la poussière, elle se dépose en quantité infinitésimale, imperceptible à l'œil nu, mais avec le temps elle nous couvre d'une couche épaisse empêchant la réception des signaux vitaux. En d'autres termes, l'humain, conducteur d'électricité par exemple, perdra cette propriété et beaucoup d'autres dans le cas d'une "coordinite" chronique ».

Reprenons notre calcul. Si je m'arrêtais dans l'espoir de retarder mon arrivée à la maison, j'accélérerais ainsi le temps de Sapiens de rentrer chez lui et je saborderais l'inutile rencontre. Si je marquais cet arrêt, pendant ce temps, il aura déposé sa poubelle, il entamerait la dernière ligne directe du retour tout seul jusqu'à son foyer. Je me planterais devant la haie, sans bouger, j'aurais l'air de quelqu'un qui envisage un retour sur ses pas pour rechercher une chose qu'il aurait oubliée. Il se dirait Jer a perdu ses clefs, un beau subterfuge, n'est-ce pas ! Et s'il décide sous l'effet d'une brusque curiosité de vouloir savoir ce qui m'est arrivé et pourquoi je n'avance plus, il m'interpellerait de loin : « Hey Jer qu'est-ce qui se passe ? » Là encore, je dois me justifier, quel dilemme ! Imaginons, cependant, qu'il tombe sur un objet qui attire son attention, peut-être qu'il méditerait un peu sur l'accumulation des ordures dans son coin de quartier, il s'égarerait dans un reploiement philosophique sur les déchets humains, sur leur fortune ou sur leur fin, où finiraient-ils, se demanderait-il. Serait-il curieux ? Irait-il jusqu'à crever l'un de ces sacs noirs et entreprendre l'inventaire des articles s'y jonchant ? Tirant une sentence, après analyse, sur ce que sa blonde de voisine d'étage rejette dans l'air. Serait-il entiché d'elle, alors, il voudrait connaître le contenu de ses restes. Je marche pendant ce temps vers l'imparable. Ce ne sont que des conjectures, rien n'est encore joué, personne ne pourra affirmer avec certitude, malgré les calculs, que le sort est jeté et la fermeté céleste l'en a déjà décidé.

IV

Devançons la révolution de notre planète (perception humaine de l'écoulement) et avançons de quelques secondes. « Le temps est malléable, extensible et compressible à souhait », disait le Joueur, il avait une sémantisation toute spéciale à ce sujet. Sur le champ, je ne l'avais pas cru, mais, là, en vous racontant cette histoire, je vois clairement ce qu'il insinuait par sa définition, le temps est élastique, c'est une matière créée de toutes pièces par un homme, dont la finitude est inscrite dans ses gènes, désemparé devant l'infini. Bref, je suis devant l'appartement portant le numéro trois, devant la porte derrière laquelle se trouve l'espace intime que je partage avec Jen depuis trois ans. Le geste mécanique et automatique de tirer mon trousseau de clefs, le trier, sélectionner l'élue qui ira triturer l'intérieur de la serrure, est un rituel. Le trou destiné à cet effet est tout le temps ouvert et même affable. Il répond présent à tous les coups et avec un fier clic clic à la seconde où il subit l'assaut de mon outil. Celui qui l'a inventé savait que ce couple allait la vie durant jouer à cet immuable numéro. La clef raide, droite et impatiente, chaude et enthousiaste grâce à sa promiscuité avec notre épiderme, bénéficiant des mêmes conditions de température et de pression que son porteur, assurée de rencontrer l'impeccable âme sœur à tous les coups, n'attend que ce moment pour bien prouver le potentiel de sa capacité. Elle s'imbrique à la perfection, épouse jusqu'à la précision la dentelure de la matrice, son orifice d'accueil. Recevoir sans coup férir des pénétrations répétées de devant comme de derrière, la serrure toujours avenante se prête au jeu de l'introduction de cette tige dans ses entrailles avec le plus grand bonheur du monde. Bien l'empoigner puis l'engloutir dans son ventre, s'exclamant, joyeuse, en émettant un petit gémissement, suivi d'un cri de jouissance, un cliquetis expressif : aveu de reconnaissance et de satisfaction. (Tu n'entres pas si tu ne me pénètres pas semble être sa devise) Comme le temps comptable est un produit corrosif, conjugué à l'érosion naturelle des éléments de notre sphère, il assèche le ventre, le son devient terne et lourd, mais il est encore présent, même après une longue absence. Il suffira d'une douce application d'un lubrifiant approprié pour que la gaieté revienne et que le spectacle reprenne, car elle ne renoncera pour rien au monde à produire le déclic qui ferait la joie du prétendant, l'audacieux candidat au jaillissement de la musique.

Au moment de glisser la clef dans la fente, un intrépide moustique atterrissait sur son rebord supérieur. Il s'en ira dès que j'approche mon engin, pensai-je. Cependant, après cette ingérence indiscrète dans l'univers de la serrure qui ne m'a pas aidé à entreprendre l'ouverture autrement pour ne pas suivre, ne pas plagier, être original comme le recommandait le Joueur, j'argumentais dans ma tête, avec moi-même : du moment qu'il s'agissait de déverrouiller une porte, le maniement est le même quels que soient l'acuité de notre intelligence et l'éveil de notre principe vital. Existerait-il de multiples façons d'introduire une tige dans un trou ? La pénétration est un acte direct et unique, il est uniforme et partout pareil, me persuadai-je, il n'y aura pas d'originalité ni de jeu. Ouvrons et entrons sans autres considérations ni hésitations.

Maintenant c'est l'insecte qui habite l'opacité de ma lucidité, vais-je le chasser de son perchoir sans dommage pour nous deux ? Le fait que je pense à cette créature est déjà une dépense d'énergie inutile. Penser et dépenser, ces mots qui paraissent antagoniques par le relief de leur physionomie attirent mon attention. Ce ne sont pas des antonymes, ma curiosité est titillée par cette trouvaille. Dépenser n'est pas le contraire de penser malgré la morphologie de leur constitution et la proximité de leur sonorité. Dépenser voudrait-il dire ne pas penser. Cette lecture est amusante : dépenser équivaudrait à ne pas penser. C'est un parallèle curieux n'est-ce pas ! Reprenons-la plus tard, l'heure est à l'ouverture de la porte. Je sors mon outil et je l'insère d'un coup dans le trou, mon geste a fait, en moins de deux, déguerpir l'insecte (mon objet d'étude depuis des années) effectuant un décollage d'urgence, me. frôlant la main au passage, échappant de justesse à s'engouffrer dans la manche de mon veston.

En chassant l'idée des antonymes de ma tête, une autre l'a aussitôt remplacée. Les couples clef/serrure, penser/dépenser, en plus de mes efforts d'ouverture, m'ont apporté une soudaine appréhension à entreprendre le geste final, celui d'ébranler la quiétude de la porte, et ces oppositions m'ont reconduit vers mon propre couple, vers ma partenaire, Jen.

Comment l'aborder et comment dois-je justifier mon silence-radio, car je ne l'ai pas avertie de mon retard et comment vais-je lui poser la question ? La seule chose qui me préoccupe en ce moment.

V

Reculons d'une minute ou deux, Sapiens s'est arrêté, il va chambouler mon plan. Debout, devant l'amoncellement des sacs poubelles, il semble absorbé dans une contention essentialiste. Quelle pose ! Gesticulant, une main portée à sa tête et l'autre levée ayant l'air d'indiquer ou de menacer, parlait-il à une autre personne qui se tiendrait derrière le bâtiment ? Peut-être. Je change de stratégie, je ne l'ignorerai pas, affrontons le réel, abordons-le et saluons-le à la mode du Joueur. Soyons créatifs !

Tout mon cinéma n'est dû qu'à l'œuvre de ce sacré Joueur, c'est une influence manifeste. Sa parole, comme une injection intraveineuse d'une composition hallucinogène ou telle une morsure d'une créature venimeuse, réveille tout un village de vers dans mon brouillard mental. La solution se déploie dans mon corps, la sensation de béatitude est le résultat de son effet. Ses mots résonnent dans ma tête. Elle est imbibée de sa sibylline potion. Je suis atteint ! Il n'y a pas de doute, sinon pourquoi me mettre dans tous ces états pour un simple bonjour.

Se peut-il que Sapiens soit un « Joueur », lui aussi ? Je peux le vérifier en lui lançant des propos conventionnels en apparence. Je l'approcherais avec une civilité neuve, opérer comme un soldat un garde-à-vous à trois mètres de distance et le saluer à la mode militaire en chantant le premier couplet de notre hymne national et j'enchainerais avec : l'homme, mon voisin, est un animal mal conçu pour les détails de la vie intérieure. Le Joueur apprécierait certainement la virtuosité verbale de ce ballon d'essai.

VI

Le mot « intérieur » en le prononçant dans mes spéculations m'a téléporté dans mon appartement. C'était mon appartement, à cette heure c'est notre appartement. Il ne ressemble plus à MON appartement avant l'emménagement de Jen chez moi. C'était un logis simple, une chambre à coucher avec un lit double, un salon avec un canapé et une télé, et une cuisine ordinaire, toutes les fenêtres portaient des stores en plastique beige. Dans les premiers temps de notre vie en commun, mon intérieur avait subi une révolution en bonne et due forme. Au début, je protestais contre les modifications qu'elle apportait dans l'aménagement interne de la chambre à coucher ou du salon. Le sofa qui avait sa place au nord et qui me permettait, en étant allongé, de regarder la télévision dans une position confortable migre tout d'un coup au sud. « Dois-je me mettre tête en bas et jambes en l'air pour visionner mon film ? » rouspétais-je. Elle riait dans le temps et s'embarquait dans des justifications esthétiques les renforçant par des préceptes de *feng shui* qui apporteraient prospérité et énergie positive à notre foyer. « Et le lit, me plaignais-je, j'avais la porte à ma gauche, je n'avais pas à enjamber la table de nuit ni me faufiler entre la commode et le miroir pour aller à la salle de bain, là, pour m'y rendre, je marche comme si j'évoluais sur un champ de mines. » Elle souriait et m'assurait que j'arriverais bien un jour à surmonter tous ces obstacles grâce à mon intelligence sociale. J'ai abdiqué, je ne sais plus quand exactement, car je ne me lamentais plus, je constatais les transformations et je faisais avec, parfois je ne les voyais même pas si Jen ne me le reprochait. « Comment se fait-il que tu n'as pas remarqué les nouveaux rideaux de la salle de séjour et l'emplacement de la nouvelle patère ? » Elle se fâchait un peu puis elle explicitait les motivations de sa préférence. « Nos invités en franchissant la porte d'entrée, ils verront à leur gauche le vestiaire, ils n'auront pas à se poser des questions ni à nous les poser », parce que, d'après Jen, les êtres humains dans leur recherche de repères, ils regardent, par essence, à gauche en premier !

Je n'avais aucun savoir spécifique relatif à la géolocalisation globale, alors je la complimentais : « Quelle merveilleuse invention, tu es une personne très intuitive, je suis fier de toi, ma chérie. » Mais pourquoi, je vous dis tout cela ? Ah, c'est que le Joueur m'a raconté l'histoire de l'une de ses connaissances qui avait émis une théorie inédite sur l'habitus du masculin dans l'intérieur !

Nyvas a fait remonter son étude jusqu'à l'aube de l'éclosion des hominidés. « Du temps du matriarcat primitif, la femme s'occupait de son foyer ou de sa tanière, alors que l'homme grimpait dans les arbres pour cueillir les fruits, courait dans la savane après les lièvres, sillonnait les plaines à la recherche de plantes comestibles. » Expliquait-elle pour débuter son essai.

J'entends, à l'instant présent, ses vues : « Déjà, dans la grotte, dans le temps où la femelle mettait des duvets d'oiseaux sur le plancher, le mâle se plaignit de sa douceur. » relevait-elle.

« Les filles, disait-elle, ont plus d'esprit que les garçons. Elles sont plus flexibles, plus élastiques, plus expansives et plus étendues dans leur sensibilité et dans leur jugement. La supériorité morale de la femme est évidente, car elle est plus proche de la mère Nature, ingénieuse et habile, fertile et industrieuse. Elle tient d'elle l'envergure de sa généreuse tendresse et l'ampleur de sa chaleureuse prévenance.

« Le geste féminin est impeccable, il découle d'un art ancestral. La femme, en vous embrassant, par exemple, son élan est vital, son mouvement est total, il est proche de l'œuvre qu'imprime la chute d'une goutte d'un liquide sur une surface plane et solide. La tache qui se compose est parfaite dans son éparpillement comme dans son écoulement, le dessin est expressif et le trait, sûr. L'élan du mâle, par contre, est gauche, il est hésitant et sinueux. Son accolade ou son étreinte ou sa poignée de main tremble et finit par choir et se briser en mille tessons comme un verre qu'on échappe sur cette même surface.

« Une femme amoureuse est exubérante, écrivait-elle, elle épouse au millimètre près les contours de son territoire sentimental. Rien n'est déplacé dans sa gestuelle ni dans sa démarche, son regard est mielleux, sa parole est tendre et son toucher traduit son inclination et physique et morale. Un homme amoureux, en revanche, semble avoir perdu un ou plusieurs de ses attributs de mâle. Sa douceur comme sa caresse le rapprochent plus d'un être à l'identité défigurée et à l'assise affectée longeant la tangente du pathétique que d'une entité aimable et prévenante.

« Sa stature de mâle accuse le coup et semble fondre, en somme le naturel le déserte, car, il est médiocre dans ses manifestations émotives, incapable de transmettre de l'amour, son bond affectueux est incertain. Il ne sait pas aimer, ni cajoler, ni consoler, ni bien articuler le fond de ses penchants.

« L'homme n'est pas fait pour le foyer ni pour la cuisine, ni pour l'affection, il n'a pas ces aptitudes. Il n'est pas pourvu des subtilités de l'intérieur à moins de lui faire passer un stage chez les homosexuels pour les acquérir, plaisantait-elle. Les disputes de couples naissent, précisément, de ces considérations. L'homme estime que la femme est trop pointilleuse sur des choses qui n'ont pas de sens dans son entendement. Le ménage, la vaisselle, la lessive, la couleur des murs, l'emplacement des meubles, la disposition de l'éclairage, son intensité, etc. ne lui parlent pas et il ne les entend pas, non plus, même s'ils grondent. Si on lui demandait son avis sur le choix des lumières ou le type de décors, il s'emmêlerait, car, il n'a pas cette sensibilité dans ses "mèmes" comme on dit. »

Nyvas, perspicace, avait bien saisi la mentalité masculine : « Leur pouvoir est factice, tempêtait-elle, il faut les détrôner, les dépouiller de leurs tenues d'autorité et les renverser. Ils ne sont pas compétents ni aptes ni capables de construire une société saine. »

Elle appelait à un régime matriarcal radical.

VII

Ce matin encore, j'étais l'homme que j'ai toujours été avant de rencontrer le Joueur. Comme d'habitude, à sept heures vingt-neuf minutes, rassasié de sommeil, je me réveillais. Mes yeux s'ouvrent avant la sonnerie du réveille-matin d'une minute, je m'étire, me penche dessus et le désactive. Je me redresse et je descends du lit. Le passage de mon état de sommeil à celui de l'éveil est devenu biologique à force de me lever à sept heures et demie, le cerveau a pris le relais du réveille-matin et semble le concurrencer dans cette fonction. Jen était déjà debout, les effluves du café me parvenaient riches et chauds depuis la cuisine. La douche, le rasage puis un baiser sur la joue de ma copine annonçaient mon installation dans une nouvelle journée.

Me reviennent en mémoire les mots du Joueur : « Dès le réveil, le Joueur est une nouvelle personne, fraîche et inédite, différente de celle de la veille. Tu chasseras le monstre dès que tu ouvres les yeux. Il te recommande de descendre du lit comme hier, mais tu ne feras qu'à ta fantaisie : rouler jusqu'à crouler sur le sol, sauter sur place, un, deux, trois bonds puis hop sur le parquet comme un gymnaste, plonger du côté droit ou du côté gauche et ramper jusqu'à la porte, tu t'enrouleras dans les draps après avoir jeté la couverture par terre, tu te mettras debout et tu sauteras sur place comme sur une trampoline et tu t'échapperas du lit par une triple pirouette transversale, que tu la réussisses ou tu la rates n'influera pas du tout sur le résultat final, enfin, il y a une infinité de possibilités de s'extraire de son lit, l'essentiel, c'est que tu déconstruis le mythe de ton habitus, ainsi tu subvertiras le Dispensateur. »

C'est à huit heures précises que Jen me souhaite de passer une bonne journée en claquant la porte derrière elle.

Moi, je dispose d'assez de temps, mon lieu de travail est à quinze minutes de marche, Jen doit, par contre, traverser toute la ville pour se rendre à son bureau. Il y a deux ans, sa firme a déménagé dans la banlieue, nous avions acheté une voiture. « Je te dépose ? », suggéra-t-elle en s'apprêtant à quitter la maison. « Non, merci, je prendrai mon petit-déjeuner tranquillement et j'y vais à pied, il ne fait pas froid et ce sera toujours un peu d'exercice physique de gagné », dis-je en déclinant son offre. « Moi aussi, je ferai du sport aujourd'hui, j'ai un rendez-vous au sanctuaire le "Siestal" » m'avisait-elle. Longtemps, je lui avais proposé de l'accompagner, mais elle me disait tout le temps que c'était réservé aux femmes. Par « Siestal », il faut entendre un centre sportif multidisciplinaire avec un sauna et un salon de massage et des salles de musculation. Jen, au retour de son sanctuaire, arrive toujours de bonne humeur. Elle m'a embrassé en me souhaitant de passer une bonne journée, la même chose qu'elle m'a offerte hier et avant-hier et tous les jours de semaine. J'ai répondu comme hier et avant-hier et tout le reste de l'année : à toi de même. Et elle s'est éclipsée sans autres mots. C'était ce matin. Je sais, désormais, que je ne lui adresserai plus jamais de telles paroles, plus jamais d'insignifiance. Ce sera, chaque jour, différent, j'en suis déterminé.

2

I

14h15

En ce fade après-midi du début du mois d'avril, j'étais encore l'homme que je ne suis plus à présent. Autour de quatorze heures, je quitte le laboratoire pour le Café-Bistro, la place habituelle où je prenais le déjeuner et parfois le dîner avec mes collègues lors de célébrations d'événements en lien avec notre travail.

À quatorze heures quinze minutes, le bistro ressemblait à un aquarium vidé de sa flotte et de ses poissons. Des baies vitrées sur les trois côtés du restaurant permettent au passant de voir une installation carrée cernée de tabourets en guise de bar — ingénieux design, expression de la vague hypermoderne ou postmoderne du nouveau millénaire, apparemment —, trois larges écrans de télévision parent les trois façades de l'endroit et surplombent le carré, de sorte que personne autour du comptoir n'échappe à leurs radiations, et des miroirs suspendus reflétant au passant son image, un peu déformée, qui déambule et l'imite dans sa marche jusqu'au dépassement de la vitre. Dans cette configuration d'après-midi, il ne restait que des objets inertes, des tables et des chaises sur une demi-douzaine de rangées tout le long des deux dimensions de l'enceinte. Deux employés s'activaient à récurer le comptoir métallisé.

Un monsieur à la mine grave retiendra l'attention de toute personne qui lève les yeux vers l'un des trois téléviseurs du commerce, il occupe l'écran et crache dans un débit endiablé des paroles qui ont la ferme intention de convaincre tout auditeur se trouvant à sa portée. Après l'introduction d'usage, il présente, sur un ton sec et assuré, léché d'une solide autorité, les nouvelles de l'heure.

Les titres d'abord, proférés par une voix off, forte et agressive, sur un mode guerrier, une attaque éclair qui se veut foudroyante, disait le Joueur, celle qui catalyse la stupeur et l'effroi. Elle paralyse le téléspectateur, l'anesthésie, le fige et lui enlève toute velléité de riposte ou de résistance. Cette voix armée d'une musique tonitruante d'une grande intensité achève d'abrutir tout esprit encore vif.

LE PRÉSIDENT DE L'ALCALINO-VORAXIE D'ATLANTIQUE (L'A.V.A.) DÉCLARE LA FIN DE LA GUERRE. « MISSION ACCOMPLIE, AFFIRME LE CHEF D'ÉTAT-MAJOR DE TOUTES LES ARMÉES, LA DICTATURE EST DÉFAITE, LA DÉMOCRATIE TRIOMPHE, VIVE LA MÉSOTARIE LIBRE. » LA LIBÉRATION DE LA MÉSOTARIE CRÉE DE L'ÉMULATION CHEZ DES PEUPLES DE DIFFÉRENTS PAYS, ILS DEMANDENT À L'A.V.A. DE LES LIBÉRER DE LEURS CHEFS DESPOTIQUES.

LES POURPARLERS DE PAIX, SUSPENDUS DEPUIS UN DEMI-SIÈCLE, REPRENNENT SOUS LE HAUT PATRONAGE DU PRÉSIDENT DE L'A.V.A. ENTRE LA SÉMITIE SUPÉRIEURE ET LA SÉMITIE INFÉRIEURE D'ORIENT.

LA CÉDRIE RESPIRE APRÈS LE SUCCÈS DU VINGTIÈME SOMMET DE LA CONCORDE CONFESSIONNELLE, LES TRENTE DÉLÉGUÉS RÉUNIS DANS LA CAPITALE DE L'A.V.A. SE SONT ENTENDUS SUR UNE PLATE-FORME DE COLLUSION CIVILE EN TROIS POINTS COMME BASE MINIMALE DE NÉGOCIATION EN VUE DES PROCHAINES ÉLECTIONS PARLEMENTAIRES.

II

Sur le comptoir, d'une voix monotone et détachée, habituelle et presque rituelle, mais d'apparence sûre et décidée chaque fois, comme résultant d'un acte mûrement réfléchi, j'ai commandé le même plat que celui d'hier et peut-être comme celui d'avant-hier.

« Comme d'habitude monsieur Jérémie ? », sourit la serveuse.

« Oui, s'il vous plaît », dis-je pour valider la commande.

« Bon appétit », siffla-t-elle, en déposant l'assiette devant moi.

« Merci », grommelai-je.

L'endroit était presque vide, un homme venait de s'asseoir à côté de moi. En s'introduisant, il s'est dirigé jusqu'au fond de la salle, jetant un œil circulaire puis s'est approché du comptoir.

« Me pérmettriez-vous de m'accouder, monsieur ? Me feriez-vous l'honneur de partager votre espace, cela ne vous ennuierait pas trop, j'espère ? » Ajoutant comme pour motiver son besoin de bavardage :

« Après une séance au sanctuaire et une jouissance réciproque, quoi de plus extatique qu'une femme comblée, au rire jouissif et aux yeux pétillants, cela mérite bien un bon café serré et corsé. »

La politesse avec laquelle il m'a salué et le vocabulaire débile qu'il utilisait ont interpellé mon attention dont le fond m'incitait plus à être sur mes gardes que confiant. Le sanctuaire, la jouissance, la femme, ces mots avaient, toutefois, je ne sais quoi de familier, mais c'était trop vague.

Dans le miroir du bar, je voyais un visage émacié et hâlé, causé, peut-être, par les gerçures de l'hiver du Nord ou par le timide soleil de son été, mais ses yeux scintillaient d'une expressivité étonnante. Indisposé et maladroit comme un grand enfant égaré parmi les adultes, mais au sourire joyeux comme s'il venait de réussir une grande prouesse. Le dos droit et la stature élégante contrastaient avec les vêtements usés qu'il portait, mais propres tout de même.

Sa parole juvénile, presque féminine, coulait limpide tout en douceur. J'avais, par contre, déjà préparé une réplique standard pour empêcher un éventuel et inutile prolongement de la discussion. J'entamais mon dessert, me préparant à rejoindre mes collègues au laboratoire pour le compte-rendu de mon entrevue avec le patron de l'institut. Je n'avais aucune envie de m'entretenir avec des étrangers ce jour-là. J'étais contrarié dans mes projets et déçu par la suffisance et l'étroitesse de vue du directeur. J'ai lâché, comme un automate, un « bonjour » court et sec, suivi d'un :

« Non, ça ne me dérange pas, je lève l'ancre incessamment. »

Et je m'apprêtais à mettre un point final à notre échange par un « merci » que je prévoyais quelconque et sans personnalité pour faire écho à son remerciement anticipé. Mais, il m'a accroché par un déroutant :

« C'est très affable et bien aimable cet agrément de votre part monsieur, ce nonobstant, mon rôle est presque fini ».

J'ai retiré in extremis la réponse qui était sur le bout de ma langue en la remplaçant au pied levé par : « Qu'est-ce qui est presque fini, ce nonobstant !? »

Il a dit : « Mon jeu est presque fini. »

Est-ce une tactique d'appât ? pensai-je. Qu'il est audacieux cet énergumène, un misérable vagabond qui m'approche de la sorte ! De la familiarité repoussante. Je suis curieux par principe, et surtout depuis ma récente et actuelle recherche. J'étudiais pour le compte d'une corporation anonyme (je l'ai su aujourd'hui), la probabilité statistique de collision d'une population choisie de petites créatures volantes, comme les moustiques et les chauves-souris évoluant dans un milieu fermé et soumis à une grande pression. L'extrême habilité de leur virevolte intéressait tout spécialement mes supérieurs. J'ai acquis, à travers mes activités de chercheur et de jeune professeur, une dose d'humilité grâce à l'immensité de notre inconnaissance. Cependant, une volonté impérieuse me portait à l'humilier pour m'en débarrasser. S'il projetait gagner son argent avec moi aujourd'hui, il se tromperait lourdement. Je le toisais un peu, je l'avoue, son allure, sa tenue le plaçaient, à mes yeux, dans une catégorie inférieure. L'assurance des gens diplômés et bien éduqués aidant, je le rudoyais à vue d'œil en dépit des avertissements de mon instruction dont l'alarme souterraine m'alertait de ne pas me fier aux revêtements de surface. J'ai bien appris, pourtant, que l'apparence et la prestance extérieure influencent faussement notre optique. Il est vrai, aussi, que cet enseignement bourdonnait dans mes oreilles, mais je ne suis pas devant un sujet scientifique, atténuai-je les démangeaisons de ma conscience.

« Quel jeu? » répondis-je, intrigué par l'énoncé et pressé d'en finir.

— Le rôle que je joue en ce moment, rétorqua-t-il, l'air serein teinté d'une nonchalance déconcertante.

Il voulait peut-être me berner avec sa désinvolture, préparant le terrain à sa quête. A-t-il un intérêt particulier à me parler ainsi? Qu'est-ce qui le motive? Subit-il un stress quelconque? Est-il enfermé dans une catégorie sociale définie? Je lui appliquais un faux protocole d'études, je dois admettre qu'un parallèle entre le trémoussement de la petite bête volante et le tortillement de l'humain prenait un relief coloré dans mon esprit depuis ma dernière recherche.

— Quel genre de rôle serait-il? dis-je, sans grande conviction.

— Ce n'est pas « serait-il », mais est-il, affirma-t-il.

J'ai dit avec malice et sur un ton sarcastique : « Alors, quel rôle est-il, s'il te plaît ? »

— C'est le même que vous êtes en train de jouer en ce moment, rétorqua-t-il.

— Désolé, moi, je ne joue aucun rôle, décrétai-je.

— Mais si, vous jouez, peut-être que vous ne le savez pas, mais vous jouez quand même, comme tout le monde. La seule différence entre nous est que vous l'ignorez peut-être.

III

Je me demandais, à cet instant, ce que je foutais à palabrer avec ce type. Il se permettait de me contredire, une conviction monobloc provenant des tréfonds de la perception de mon statut m'incitait à le remettre à sa place, mais un mélange d'impressions contradictoires, d'avidité de savoir et d'affirmation de mon statut me pressait à annoncer ma supériorité. J'attendais le moment opportun pour lui indiquer le rang auquel j'appartenais, pour lui clouer le bec ou pour lui soutirer des exclamations d'admiration.

Irrité, j'ai dit : « Oh ! Il y a beaucoup, beaucoup de choses qui nous différencient. »

— Pas vraiment, asséna-t-il, promptement.

Cherchait-il à me vendre quelque chose ou m'engager dans une combine de commerce pyramidal ? Non, il n'avait pas l'allure de l'emploi ni l'habit pour ce faire. Voulait-il m'enrôler dans un organisme d'aide à une cause de l'heure ou dans une ligue de lutte contre une quelconque déviation de notre société ? Non, son accoutrement et son langage ne reflétaient guère de telles préoccupations.

La serveuse arrive et lui demande : « C'est pour manger ? »

— Non, je suis tout rassasié, madame, c'est un café pressé, double et court qui saura bien digérer mes fines émotions que je prendrais avec votre permission, dit-il.

En souriant et visiblement amusée par la réponse, elle a manqué de s'esclaffer en m'interrogeant : « Je vous apporte votre café monsieur Jérémie ? » Oui, fis-je de la tête.

Profitant du départ de la serveuse, il a repris :

— Savez-vous combien de « bonjour » il vous reste à adresser à vos semblables ?

— Pardon ! dis-je confondu.

— Combien de « bonjour » vous avez à émettre durant cette semaine ? répéta-t-il avec un grand sérieux.

— Comment puis-je le savoir ?

— Vous ne le savez pas parce que vous ignorez que vous jouez ! continua-t-il.

— D'accord, dis-le-moi, toi, combien de « bonjour » me reste-t-il à dispenser ?

— Comment pourrais-je le savoir, c'est votre semaine.

— Alors combien de « bonjour » te reste-t-il à adresser, toi ?

Il a retiré un petit carnet de sa poche, léchant son index, il a commencé à le feuilleter puis s'est arrêté et levant la tête, il a déclaré : « Il paraît qu'il ne me reste que deux « bonjour » pendant cette semaine. Comme je vous l'annonçais déjà, mon jeu est presque fini. »

Croisant les bras et oubliant mon dessert pour un instant, me retenant de défiler, une infime indiscrétion teintée

de contenance maintenait malgré tout mon intérêt. J'ai dit :
« D'accord, mais je ne te suis pas tout à fait. Est-ce que tu
vas dire deux "bonjour" et après tu ne diras plus aucun
"bonjour" pendant toute la semaine ? »

— Non, ce n'est pas ce que je dis, deux autres« bonjour » c'est tout ce qui me reste à prononcer selon mon
scénario. Il se peut que j'utilise un troisième « bonjour »
mais ça sera formulé autrement, répliqua-t-il.

— Formulé comment ?

— Bon matin, que le soleil baigne votre journée, que
l'amour vous inonde, que la bonté vous illumine…

— C'est bon, c'est bon… l'interrompis-je tout en faisant
signe à la serveuse de m'apporter l'addition.

IV

En attendant de régler l'addition, je regardais distraitement la télévision tout en jetant des coups d'œil autour de
moi. Très peu de monde au café-restaurant, soulagé que
personne de notre institut ne s'y trouve, sinon, ils vont se
poser des questions sur mes fréquentations. Je réagissais,
cependant en faisant savoir à la serveuse et au barman, par
des mimiques suggestives, que je ne connaissais pas mon
voisin de comptoir.

Le présentateur continuait à déverser les nouvelles de
l'heure :

Après les grands titres, signalons d'abord le grand
discours du Président de l'A.V.A. et soulignons les
temps forts de cette intervention avec notre envoyé
spécial depuis la capitale voraxienne. Le président de
l'hyper puissance a déclaré la fin de la guerre et a

ANNONCÉ LE SUCCÈS TOTAL DE LA MISSION EN REMERCIANT, EN PREMIER LIEU, SES SOLDATS PUIS SES ALLIÉS. IL ENTREVOIT UN GRAND AVENIR POUR LA MÉSOTARIE APRÈS LA CHUTE DE SON DICTATEUR.

ÉCOUTONS, SI VOUS LE VOULEZ BIEN, UN EXTRAIT DU DISCOURS DU PRÉSIDENT DE L'A.V.A. À CE SUJET.

« JE VOUS AI COMPRIS, NOUS SOMMES VENUS VOUS LIBÉRER, VOUS LES MÉSOTARIENS D'ABORD PARCE QUE VOUS ÊTES LES PLUS PROCHES DE NOTRE CŒUR, VOUS ÊTES LES PLUS AIMABLES ET LES PLUS ADORABLES DE LA PLANÈTE. VOUS ÊTES LES PREMIERS À AVOIR INVENTÉ L'ALPHABET, À AVOIR POSÉ UN CODE DE DROIT UNIVERSEL, À AVOIR MIS AU JOUR LES CROYANCES MONOTHÉISTES, PUIS À CONSTRUIRE LA PREMIÈRE MERVEILLE AU MONDE AVEC SES JARDINS SUSPENDUS. VOUS REPRÉSENTEZ POUR NOUS, À TRAVERS LA CIVILISATION DE VOS ANCÊTRES LE GRAND IDÉAL HUMAIN D'OÙ NOTRE INCLINATION ET NOTRE INTERVENTION POUR VOUS LIBÉRER EN PREMIER. LES SINASIENS PEUVENT PATIENTER UN PEU AINSI QUE LES HABITANTS DE L'ISLAMITURE ET DE L'ARABITURE. »

Il a tourné une page de son carnet, puis son regard s'est illuminé.

— Tenez, ici, à propos d'amour, je n'ai qu'un coup à tirer jusqu'au prochain scénario.

— Ton petit carnet te dit tout ce que tu dois faire ? demandai-je avec légèreté.

— C'est une délicieuse sensation n'est-ce pas ! Je me souviens que cela n'était pas du tout facile au début de mon projet.

— Qui a écrit ça ?

— Je suis l'écrivain, le scénariste et le metteur en scène également. En prononçant le dernier mot, il s'est tapé la poitrine avec la main droite pour appuyer l'affirmation qu'il était bien l'auteur sans dissimuler sa fierté.

— Tu as écrit ces pages-là ?

— Oui, celles-là, je les avais écrites, il y a environ six mois, mais mon premier texte, je l'avais rédigé il y a long-temps, très longtemps. Ce n'était pas un scénario selon les règles de l'art, c'était, je dirais, un plan de grandes lignes pour tenir des rôles simples. Au fil du temps, ils devinrent de petits bijoux dignes des pièces de grands maîtres. Comme on dit, c'est en forgeant…

Entraîné de plus en plus dans cet insolite entretien, je voulais faire le tour du sujet, l'épuiser pour prendre, au plus vite, congé de mon indésirable voisin de comptoir. Je lui ai demandé de quel sanctuaire il parlait plus tôt et ce qu'il y avait de si prodigieux dans cet endroit qui lui donnait l'allure d'un mammifère qui ne marche pas debout.

« Forniques-tu de jour comme un animal ? »

Le mot est parti, et c'est ce qu'il méritait, de la parole crue, sans ménagement. Pour qui se prend-il pour m'abor-der avec cette légèreté ? S'il est assez culotté de m'interpeller sans mesure ni tact et avec un manque de délicatesse et de l'insolence en sus, ce sera sa leçon, il apprendra comment se comporter dorénavant avec les gens. Ces mots vont l'édu-quer je l'espère s'il n'est pas complètement dissous dans son crétinisme.

Soupirant comme un amoureux, il dit :

« Le sanctuaire est un temple d'amour, le véridique, le détaché, l'inconditionnel, celui qui n'exige rien et qui n'attend rien. C'est une source intarissable d'amour profu-sion et d'amour effusion mise à la disposition des humains qui le méritent avec sourire et gratitude. Les membres qui se rencontrent dans cet endroit répondent à l'appel du désir primitif, ils se vénèrent et s'adorent en se sacrifiant à l'ordre express d'honorer les penchants de leurs vocations, s'accouplant dans une intention dévote et intéressée. C'est donc un palais d'amour ouvert à ceux qui sont doués d'intelligence de la nature. »

Puis tentant une diversion pour ne pas prolonger la discussion autour de cette question, il a ajouté : « Oh, vous savez ces temples sont érigés pour les gens qui sont initiés au monde du jeu. Ceux qui ne le sont pas risquent de subir, au contact de ces indiscrétions, des chocs hautement dommageables pour l'intégrité de leurs facultés. »

— J'ai l'impression que tu parles d'un paradis orgiaque d'une croyance religieuse à la mode ces derniers temps, commentai-je.

— Pour le paradis cela en est bien un, mais il est sur terre, sous le ciel, rectifia-t-il.

V

Décidé d'en finir avec l'intrus, j'écartais pour le moment le sujet du sanctuaire.

« Revenons à ton carnet », dis-je. Pourquoi écris-tu ces rôles et que les interprètes-tu ?

— Pour le jeu et l'amour du jeu, pour m'amuser, j'existe, à vrai dire, comme une œuvre d'art, je suis et je serai un tableau, un poème, une sculpture, une installation et une performance artistique vivante et mouvante, dit-il sans réfléchir, comme s'il pratiquait cet exercice depuis toujours.

— Tu notes, donc, les tâches à faire sous une forme de liste ?

— Oui, tout à fait, répondit-il, c'est un journal, mais anticipé, au lieu d'inscrire ce qui a été accompli, vous écrivez ce qui va l'être, un peu comme un prospectiviste ou un Dieu. On l'appelle le scénario dans notre jargon.

— Depuis quand fais-tu ce genre d'activités ou si tu veux depuis quand joues-tu pour utiliser tes propres termes?

— C'est une longue histoire.

— Raconte, dis-je, après avoir jeté un coup d'œil autour de moi, voulant bien vérifier qu'il n'y avait pas de collègues dans le restaurant. Prends ton temps. Je ne suis pas pressé.

À ce moment-là, j'avais en tête, à dire vrai, l'idée de raconter les détails de cette incroyable rencontre à Jen, ma conjointe. Mais aussi, la question du sanctuaire m'intriguait un peu, car en évoquant Jen, un parallèle s'est dessiné dans mon cerveau, elle, aussi, s'est rendue à son sanctuaire. Allons dans sa direction jusqu'à gagner sa confiance, espérant qu'il me dévoilera le secret de sa réjouissance, pensais-je en stratège.

Encouragé par mes propos, il a pris effectivement son temps. Il a commencé son histoire en remontant aux événements de sa grande jeunesse. Il dit :

« C'était vers l'âge de quinze ou seize ans, encore adolescent, que j'entrepris de jouer mon tout premier grand rôle dans la vie. Avant d'arriver à cette résolution, j'avais espionné mon milieu avec soin et méthode durant de longues années.

« Encore très jeune, je remarquai que les gens suivaient des injonctions provenant de différentes sources, soit de leurs parents, soit de leurs chefs si ce n'est de leur loi écrite ou non écrite, mais je ne pouvais pas comprendre ce type de pratiques grégaires ni pourquoi les appliquaient-ils si naturellement.

« Mon entourage, parents, proches parents, voisins et amis se comportaient d'une façon incohérente, désordonnée vis-à-vis du train-train quotidien et des événements qui s'y déroulaient de temps en temps. Aucun bon sens, ni aucune conséquence ne caractérisaient leurs agissements.

« Au fil du rétrécissement de l'ombre du jour et jusqu'à son extinction, les gens de mon village exécutaient nombre de numéros. Il y avait parmi nous des garçons courageux qui pouvaient sauter du haut d'une falaise et atterrir dans le lit de la rivière indemnes, défiant toute autorité un jour et le lendemain, vous les voyiez grincheux et pleurnichant incapables de mettre le pas dehors de peur de rencontrer le petit caïd du quartier.

« Ils sont aimables et sympathiques à un moment, puis méchants et agressifs à un autre. Ils peuvent aider un aveugle à traverser la rue et l'escorter jusqu'à chez lui, serviables et de bonne volonté, le matin et durs, sans pitié, agissant comme d'ignobles brutes le soir, ils se moqueraient de ce même handicapé en l'insultant, en le bousculant et même en lui soutirant ses économies.

« C'était une succession sans fin de rôles qui se renouvelaient au gré des circonstances. Ces comportements au caméléon m'intriguaient. C'était une obsession.

« Au début, je croyais qu'ils ne faisaient que prétendre, ce n'est que des mois plus tard que je m'aperçus que c'était sérieux, ils obéissaient à des commandements, mais, ils ne savaient pas qu'ils jouaient à l'intérieur d'une pièce.

— Qu'est-ce qui te faisait croire qu'ils exécutaient des ordres ? C'est peut-être leurs caractères, ils sont ainsi faits tout simplement ?

— Les exemples ne manquaient pas, disait-il en exposant le cas des membres de sa propre famille.

« Mon père entrait dans une colère indescriptible à la moindre contrariété, pour un plat qui manque de sel ou un autre un peu trop épicé ou d'une boisson servie tiède. À la fin du repas, la bonne humeur revenait, il déblatérait sur les détails de ses faits d'armes du jour. Ma mère qui pleurait à l'évocation du Prophète, mort depuis des siècles, elle rirait de toutes ses dents à la vue de la danse hasardeuse de son dernier bébé.

« Est-ce sensé d'être furieux pour une nourriture un peu épicée ? demanda-t-il, pour que je le conforte dans ses conclusions.

— Peut-être que non, mais tu ne peux pas généraliser en considérant un seul cas, ton père avait peut-être un tempérament revêche ?

— Peut-être, mais ce n'était pas un cas isolé, écoutez ceci. »

« Mon père, ma mère, ma grand-mère, mes oncles, mes tantes, à l'exception de mon grand-père, disaient tous que j'étais un enfant tranquille sans problèmes, calme, réservé, un peu en retrait, au-dessus de la mêlée. L'enfant que toute mère aimerait avoir, ni plaintif, ni pleurnichard, ni exigeant, ni désagréable. Celui qui ne causerait, donc, ni ennuis ni tracas à sa famille. En fin de journée, ma mère répétait, sans cesse, en poussant d'interminables soupirs : "Ah, si tous les petits étaient comme toi, la paix règnerait longtemps sous notre toit".

« C'est en déballant ce paquet de suggestions que je commençais à me douter du rôle qu'ils voulaient m'assigner (le Dispensateur avait l'intention de façonner une personne docile et conformiste) sans que mes parents soient les conspirateurs instigateurs. Pourtant, c'était à crever les yeux que chacun jouait son rôle délibérément.

« J'observais les états et les actes de ces gens autour de moi et comme je ne pouvais les intégrer comme éléments principaux dans ma propre personnalité, car ignorant à l'époque tout de ces sautes d'humeur, je réfléchissais sur leurs origines. Peu à peu, les contours d'une conscience nouvelle m'apparaissaient clairs et se cristallisaient dans sa charmante pureté enfantine, se forgeant au fur et à mesure de mes explorations. Le monde arbore sans faste ni splendeur un masque, il feigne la joie comme la colère, l'amour comme la haine, l'entente comme la discorde, car, on ne peut, farce à part, se fâcher d'un manque de sel dans son plat et sauter de joie devant un morceau de chocolat. Il n'y a rien de si extraordinaire qui pousse l'homme à ces extrêmes. Petit à petit, l'idée que les gens, à leur insu, suivaient des instructions, qu'ils jouaient des rôles préconçus, s'éclaircissait. Elle prit forme et relief en lenteur, timide et discrète, mais solide dans les veines de mes convictions.

« Finalement, avais-je déduis, cette bravoure d'un jour et la lâcheté du suivant, la colère d'un soir et l'euphorie d'un lendemain n'étaient, en fait, qu'un jeu voulu et feint ou inconscient. Et je réalisai que c'était la seule différence entre eux ou la plupart d'entre eux et moi. Ils recevaient leurs ordres d'un commandement obscur et occulte, alors que j'allais les concevoir pour moi-même. »

« C'était, là, ma conclusion décisive après de multiples hésitations à tirer un trait, à émettre un verdict, à décréter une loi : le monde joue ! »

VI

Le monsieur des nouvelles continue de marteler ses vérités :

APRÈS L'ENVOYÉ SPÉCIAL, PLACE À L'EXPERT, LE SPÉCIALISTE DE LA QUESTION MÉSOTARIENNE.

— POUVEZ-VOUS NOUS ÉCLAIRER SUR LE MOBILE DE CETTE GUERRE ET NOUS EXPLIQUER LA VICTOIRE ÉCLAIR DE L'A.V.A. SUR LA MÉSOTARIE ? QUELLE LECTURE FAITES-VOUS DES MARCHES DE CES MILLIONS DE CITOYENS, DE CES LIESSES ? MANIFESTENT-ILS LEUR SOUTIEN À L'A.V.A. EN ESPÉRANT SON INTERVENTION DANS LEURS PROPRES PAYS ? DEMANDENT-ILS À ÊTRE LIBÉRÉS COMME LES MÉSOTARIENS DES MAINS DE LEURS DESPOTES GEÔLIERS ?

— TOUT D'ABORD, IL FAUT COMPRENDRE UNE CHOSE IMPORTANTE. LE CHEF DE LA MÉSOTARIE EST UN TYRAN, IL A MASSACRÉ SON PROPRE PEUPLE. EN PLUS, IL A INVENTÉ UNE ARME ULTRA DANGEREUSE QUI A LA CAPACITÉ D'ANÉANTIR TOUT L'A.V.A. EN UN SEUL JET. JE DIRAI ENSUITE QUE LA DÉFAITE DE CE RÉGIME EST DUE EN PARTIE À LA DÉSERTION DES GÉNÉRAUX DU DICTATEUR QUI NE VOULAIENT PLUS SE BATTRE POUR UN CHEF SANGUINAIRE, SANS OUBLIER, BIEN SÛR, L'ENGAGEMENT SANS FAILLE DES VALEUREUX SOLDATS VORAXIENS, LES GUERRIERS DE LA LIBERTÉ. AJOUTANT À CELA, L'EFFICACITÉ DES ARMES SOPHISTIQUÉES DU MONDE LIBRE DONT LA PRÉCISION CHIRURGICALE A FAIT LA DIFFÉRENCE DÈS LES PREMIÈRES FRAPPES.

Je me suis aperçu que le ton de mes objections avait changé, je lui prêtais plus d'attention et moins d'agressivité, mais voulais coûte que coûte le contredire jusqu'à la fin. Pourquoi le désirais-je, je ne savais plus, peut-être comme vous, anonyme lecteur, je m'abandonnais à la dialectique du duel, tout en évacuant le surplus de dépit que j'avais emmagasiné ce matin. La tension accumulée durant l'entrevue me poursuivait et m'empêchait de respirer à mon aise. Un peu de légèreté récréative ne me ferait que du bien après mon épouvantable échec devant le jury de ce matin.

— Le monde joue, c'est ton invention, tout cela ne prouve rien, je ne vois, là, aucun argument valable qui t'autoriserait à tirer cette conclusion ?

— Vous avez le droit de porter une appréciation pareille, je vous le concède, mais permettez-moi de vous raconter l'histoire de Lamne et Dunte, deux amis d'enfance et vous vous alignerez, peut-être, à mon point de vue.

— Je t'écoute, mais ne remonte pas jusqu'au temps de tes aïeux, répondis-je en grimaçant et en secouant la tête, lui signifiant que j'avais assez patienté.

— D'accord, je n'abuserai pas de ton précieux temps. Nous nous promenions, mes amis et moi, sur la principale artère de notre village. Nous étions arrivés à l'extrémité est de la rue, à une vingtaine de mètres du rond-point qui aspirait les quatre grandes rues et enfantait une route menant au village voisin. À l'époque de la construction du barrage, la presque totalité de la population active travaillait à son édification. Les gens du village appelaient cette route celle du barrage. Nous nous dirigions vers ce nœud, et Dunte se hasarda : « Nous voilà sur la route de Kamaska » Lamne, mon plus proche ami, s'exclama :

« Non ce n'est pas la route de Kamaska, mais celle du Barrage.

— Cette route mène bien à Kamaska, insista Dunte.

— Tu oses me contredire, toi, l'ignare qui vient de débarquer de la campagne, » répondit, belliqueux, Lamne.

Touché dans son orgueil, Dunte prit une couleur rouge tomate comme disait ma mère. (J'avais, pendant toute mon enfance, essayé de comprendre cette comparaison, j'étais peiné à l'extrême parce que je n'avais jamais vu un visage rouge comme une tomate. Ce rouge je l'avais recherché partout, sans jamais le rencontrer, j'étais sur le point d'abandonner cette quête et de mettre sur le compte de ma mère cette inadéquate image, quand la figure de Dunte combla d'un coup ma curiosité, car je vis la tomate dans ses pommettes.) Revenu de mon constat, et, sidéré par la rapidité de leur volte-face, voyant que l'air qui les séparait à ce moment-là s'échauffait sérieusement, et voulant atténuer la tension, je dis en toute solennité :

« Personne n'a tort, ce n'est qu'un malentendu. »

Dunte cria le premier :

— Non, c'est lui qui ne sait rien, il prétend tout connaître, il se croit toujours supérieur aux autres.

Lamne, rejetant violemment cette assertion, éructa :

— Tu n'es qu'un pauvre con de paysan, va, retourne parmi tes vaches et tes poules, tu ne mérites pas la ville.

Plus aucune force au monde ne pouvait intervenir pour arrêter l'imminence d'une confrontation sans merci. Je me démenais entre les deux pour les séparer sans grand succès. Après un certain nombre de coups de poing équitablement distribués, nul n'allait l'emporter dans cette arène improvisée, car les voitures passaient de plus en plus vite à côté d'eux. La proximité du danger remit la rixe à une date ultérieure.

— Dans cette absurde situation, quel camp aurais-je dû choisir d'après vous, mon meilleur ami ou mon plus proche voisin ?

— Je ne sais pas, mais à quoi rime toute cette histoire, elle n'apporte aucune preuve à ton postulat.

— Mais, si, si ! Et comment ? Vous ne voyez pas qu'ils se battirent pour rien ? Ils avaient, tous deux, raison ! Adolescents, nous ne supportons pas les règles, nous nous croyons en position de défaire toutes les normes, mais nous en créons de nouvelles. Chaque situation nous incite à asseoir notre indépendance, et renforcer notre liberté. Liberté qui est, par ailleurs, surveillée par le Dispensateur. Leurs rôles respectifs les obligeaient à proclamer la justesse et l'exclusivité de leur croyance ou de leur définition et par la force s'il le faut. Notre amitié s'arrêta net là : la route de Kamaska est la même que celle du Barrage.

— Le monde joue, donc, d'après tes conclusions. Les jeunes ne le savent pas, les adultes non plus, il n'y a que toi qui en es au courant ?

— Et beaucoup d'autres gens. Et vous aussi, vous jouez peut-être le rôle de la personne qui ne veut pas avouer son jeu. Mais vous jouez un rôle dans tous les cas.

VII

14h45

Je regardais, avec un vague intérêt, le présentateur qui revient occuper l'écran en débitant les mêmes nouvelles :

LE PRÉSIDENT DE L'ALCALINO-VORAXIE D'ATLANTIQUE (L'A.V.A.) DÉCLARE LA FIN DE LA GUERRE…

L'expert revient lui aussi et répète les mêmes propos, il atteste des bonnes intentions de l'A.V.A.

« SON CHEF ÉTAIT DANS SON DROIT D'ENTREPRENDRE CETTE GUERRE PRÉVENTIVE. L'OBJECTIF ÉTAIT DE LIBÉRER LE PEUPLE

MÉSOTARIEN DE LA TYRANNIE ET DE L'AIDER À BÂTIR LA DÉMOCRATIE ET À BÉNÉFICIER DU LIBÉRALISME PUR ET LIMPIDE… »

L'expert assène :

« LE CHEF DESPOTIQUE DE LA MÉSOTARIE PROPAGEAIT PARMI SES SUJETS ET SON PEUPLE UNE VILE PROPAGANDE DÉCRIVANT LES MEMBRES DE L'ALLIANCE COMME DE FUNESTES PRÉDA-TEURS QUI CHERCHENT À S'ACCAPARER LES RICHESSES DE SON PAYS. ALORS QUE L'ALLIANCE VISE, DANS SON ÉLAN ALTRUISTE, GUIDÉE PAR SES HAUTES ET GRANDES VALEURS MORALES DE GÉNÉROSITÉ, À METTRE SUR PIED UN RÉGIME LIBÉRAL DE JUS-TICE IMMUABLE AU PROFIT DES HABITANTS DE LA MÉSOTARIE. »

« QUANT À L'ENTHOUSIASME DONT FONT PREUVE DES POPU-LATIONS DIVERSES À TRAVERS LA PLANÈTE, IL TÉMOIGNE DE LEUR ATTACHEMENT AUX VALEURS DE L'A.V.A., CAR, IL EST ESSENTIEL DE COMPRENDRE UN ÉLÉMENT FONDAMENTAL QUI RÉGIT CETTE NATION : ELLE EST TOUTE DÉDIÉE À PROMOU-VOIR LA DÉMOCRATIE DANS LE MONDE. »

Il est évident, affirme-t-il, que :

« Le peuple de la Sinasie mérite lui aussi une interven-tion de l'A.V.A. pour le soulager de sa souffrance qui dure depuis plus d'un demi-siècle. Quant aux sujets des monar-chies de l'Arabiture et de l'Islamiture qui attendent, eux aussi, que les Voraxiens les délivrent de leurs dynastes auto-proclamés et monarques absolus, le président de l'A.V.A. les a entendus. Il a dit qu'il ne pouvait pas, tout seul, libérer les peuples du monde entier, les Jaunes, les Noirs, les Rouges, les Maures, etc. "Nous avons commencé avec les Mésotariens, nos plus proches amis dans le coin, mais il faut nous montrer de l'amour d'abord puis vos prédispositions à vous affranchir de vos chaînes en engageant, par exemple, des révoltes sur vos territoires. Un geste pareil, espère-t-il, aiderait, sans

aucun doute, à entrainer les nations libres vers un engagement plus actif dans l'Alliance Mondiale des Libertés
Immuables (AMLI). »

En remerciant vivement l'expert de ses précieux détails
et de sa pénétrante analyse de la question mésotarienne, le
présentateur enchaîne sur un autre sujet dans la même
région qu'il a qualifié de point chaud : le conflit entre la
Sémitie Supérieure et la Sémitie Inférieure.

3

I

Revenons à ma première apparition dans votre univers, j'étais à cheval entre l'espace commun des voisins et l'espace personnel inondé de la lumière du salon d'un côté et par la lampe de la cage d'escalier de l'autre, éclairé par deux faisceaux distincts, l'un public et l'autre privé. Vous ai-je dit que Jen a sursauté en interceptant ma réponse à la suite de son interrogatoire ? Dans toute sa hauteur, Jen, mules aux pieds, la blancheur de ses mollets bien galbés contrastant avec le justaucorps noir épousant les formes des cuisses jusqu'à son bassin et dessine les contours d'un « v » à l'envers, bien implanté et bien sculpté par les vents divins ou d'autres éléments mystérieux agissant en sous-mains pour le compte du créateur suprême. La chemise bouffante qui descend sur ses membres inférieurs rehausse l'esthétique de l'ensemble en mettant en relief la fameuse plastique de ses jambes.

« Franchement ! dit-elle, tu aurais dû m'avertir de ton retard, j'aurais pris mes précautions pour le souper, le film et le reste. » Cet adverbe m'est très familier, Jen est connue dans son milieu pour l'utilisation extensive de ce terme, ses copines d'université me l'ont confirmé il y a longtemps. À la contrariété la plus mineure, sa bouche confectionne l'adverbe « franchement » et le projette avec la force de toutes ses cordes vocales, il dégringole alors corpulent et sa dernière syllabe accentuée et allongée dure longtemps dans mon oreille. Que ce soit pour un retard ou une inconvenance ou une exclamation ou une incongruité Jen balance son mot préféré, cette fois-ci : « Franchement, tu ne te rends pas compte de l'heure qu'il est, il est passé huit heures et je t'attendais à six heures ! »

« Que s'est-il passé, Jer ? »

La question, par son intonation, avait valeur de verdict. Tu es fautif et coupable. Son reproche mériterait explication et excuses sur-le-champ. Le cou dégagé laissait poindre une blancheur satinée, intégralement laiteuse, ma femme est encore jeune. Je disais tout le temps qu'elle était désirable pour une foultitude de mâles. Elle a de la chance, j'ai dit au fond de moi-même, puis j'ai rectifié, toujours dans ma tête que j'étais un sacré veinard.

Toute cette femme devant moi répandue, me parlant et m'invectivant et dont le corps tout entier est empreint d'une aigre-douce colère, moitié blâmes et moitié inquiétudes, ne me tente plus comme du temps de nos amours inaugurales. L'envie de l'envelopper de tout mon corps pour mettre le feu dans son corps, pour le sentir crépiter, qu'elle me brûle, qu'elle réveille mon désir, a traversé furtivement les dédales de mon esprit. C'est cette satanée routine qui a brisé, ou pour être plus précis, a pulvérisé mes prédispositions avant-gardistes et mes ardeurs d'antan, du temps où Jen fréquentait les réunions des diplômés de l'université, elle était l'une des plus belles filles de ces rencontres.

Je tremblais, au début de notre relation, chaque fois qu'elle se pointait chez moi. Je me prenais pour un usurpateur, toute cette lumière brillera pour moi seul, c'était injuste. Elle n'éclairera qu'un seul sentier, un seul tunnel, le mien. Cette grande fille aux cheveux noirs et aux yeux grands clairs qui déplaçait toute une meute d'hommes dès qu'elle insinuait une embardée, la voilà emmurée, enfermée dans cette cage d'appartement et elle n'allume plus les syrtes de mes fantaisies ni les mèches de mes fantasmes. L'acquis qui détruit tout. C'est son effet qui nous ramollit, nous ponce et nous terrasse, me disait le Joueur.

Elle est là, tout le temps à ma disposition, théoriquement, mais cela fait deux ou trois semaines qu'on ne s'est pas roulés l'un sur l'autre. Elle est ma femme et je souligne le déterminant possessif. Je dois vous avouer que ce possessif m'indispose au plus haut point. Il m'échappe au niveau de son concept, parce que le sens de posséder un être humain me dépasse. J'ai bien considéré le terme dans toutes ses significations, mais je n'arrive pas à me reconnaître propriétaire d'une personne. Alors que veut dire MA femme ou MON épouse, serait-elle MA chose comme MON pantalon ou MA voiture ou MON bureau. Que ferait-on de sa propriété, la mettre en valeur, l'entretenir dans la perspective de la vendre et d'en tirer des profits, la fructifier, la louer ou la céder à autrui en usufruit? Me servir d'elle comme je veux du moment qu'elle est ma propriété, et quels seraient ces services? À quoi peut bien servir une personne qui vous appartient? À répondre à vos attentes, à satisfaire vos besoins, à vous accompagner dans vos voyages, à vous combler de bonheur, à vous procurer de la joie, du plaisir si votre cervelet décide qu'elle en serait capable? Mais l'appétence semble carburer à l'insaisissable, au fantasme. La projection de notre besoin primitif exige que l'objet de cette fantaisie réponde à des qualités propres, celles qui déclenchent instantanément le désir et l'attirance qu'elle induit par sa seule présence. Elle se donne à moi parce qu'elle m'aime, elle m'apprécie, elle m'admire, mais qu'est-ce qui a présidé au choix de cet amour, de cette admiration? Pourquoi m'aime-t-elle, moi, uniquement moi et exclusivement moi? Représentais-je l'idéal du mâle, le dominant et le conquérant à ses yeux? M'a-t-elle choisi en toute connaissance de cause, a-t-elle passé en revue toute la gent masculine, analysé leur musculature, leur physionomie, leur courage, leur fiabilité, leur intelligence, leur honnêteté, leur loyauté, leur engagement et leur fidélité dans toutes les situations de la vie, prenant ultimement une décision éclairée sur la base d'essais concluants dont les résultats sont tous positifs?

Je ne serais qu'un instrument de préservation de l'espèce comme disait le Joueur. L'instinct est, selon lui, le moteur le plus puissant, c'est lui qui nous mène dans les moments de veille ou de rêve. Il l'appelle notre second, il dirige la danse ancestrale, l'animale, car il est malicieux, doctoral dans ses actes, brutal quand il le faut, colossal quand il déploie son vouloir. Serait-ce, donc, ses impulsions qui décident, qui nous jouent des tours ? Il me la présente comme une propriété par des suggestions fort délicieuses en voilant ou en inhibant notre faculté de discernement. Si je suis le propriétaire, cela implique que j'ai le droit et le pouvoir de la posséder comme de la prêter ou de la gommer. Ce n'est pas le cas, alors ce ne serait qu'un subterfuge pour ne pas froisser notre égo. Cette fille en face de vous, elle vous a pris pour compagnon dans la perspective de se perpétuer, point. Ni amour, ni entente, ni flair spirituel, ni qualités exceptionnelles n'ont joué dans son choix. Vous êtes dans ses appartements pour la procréation et non pour ce que vous êtes intrinsèquement. Il avait bien raison le Joueur en disant que le terme amour est un euphémisme de copulation et aimer, de forniquer. Et nous, les hommes, nous sommes interchangeables, des produits indifférenciés à usage multiple.

II

Je me revois sourire à l'évocation de l'histoire d'Artys, une connaissance du Joueur, sa thèse sur l'amour était très instructive. Il s'est marié plus de trente fois, la plus longue union n'a duré que deux ans et la plus courte, trois semaines. Selon le Joueur, Artys était le « Joueur international » par excellence. Son métier de caricaturiste lui a permis de voyager partout autour de la planète, une feuille, un crayon, une place publique et le voilà à l'œuvre, au-dessus, donc, de la servitude financière. Ses innombrables liaisons avec des femmes de différentes races et cultures lui ont apporté une grande connaissance de la gouverne féminine et incidemment de l'homme. Il avait développé diverses théories sur les questions conjugales et les phénomènes de la vie en commun ou du vivre ensemble. Ses livres ont connu à une époque un grand succès populaire. Vous rappelez-vous le couple Mars/Venus ? Il a volontiers adopté le crédo de Nyvas, celui qui prône le retour aux sources et préconise la restauration du matriarcat.

Après les tribulations de ses deux précédents scénarios où il a joué tour à tour le rôle de l'homme viril, dur et directif puis l'homme fleur bleue, aimant, affable et admiratif sans limites de sa douce moitié, il s'est engagé dans son dernier scénario dans une entreprise de « cocooning ». Son expérience directive et virile l'a renseigné, à foison, sur le caractère entreprenant féminin, ses impératifs, ses exigences et ses sautes d'humeur, ses impérissables aspirations à la prééminence, son insupportable prurit à la précellence et sa massive et puissante présence sur scène. Il disait : « Nos scénarios respectifs se heurtaient, se battaient, se faisaient mal et pour cause, chacun voulait mener la barque, diriger la relation. Elle triomphe, selon mon expertise, dans tous les cas, parce qu'elle est la plus tacticienne sur le plan stratégique et la plus ingénieuse dans la guerre d'usure. » Par contre, le rôle fleur bleue lui a causé pas mal de désagréments. Il déduisait que « plus tu vas dans le sens de la femme, plus tu perds tes attributs et plus elle te méprise et te vassalise, c'est que tu joues sur son terrain. »

Il racontait au Joueur :

« Ce n'est qu'après de nombreuses épreuves conjugales que j'ai saisi l'inhérence de notre constitution. Nous, les êtres humains, nous n'avons pas été bien conçus. Nous sommes peut-être une version d'essai comme le signalait un penseur du siècle dernier, « une épreuve à laquelle l'on serait encore en train de travailler ».

Le mâle, en premier lieu, est très mal fabriqué, le travail dans son cas a été bâclé sur toute la ligne, fait à la va-vite en comparaison avec le modèle féminin qui ne manque pas de défauts lui non plus. Tout indique que l'homme a été créé pour qu'il ne réponde qu'à un seul objectif, qu'il ne remplisse qu'une seule mission, car il est bourré d'hormones de testostérone en quantité phénoménale. Elles produisent à leur tour des volumes considérables de fluides qui ne servent pratiquement à rien dans 99,99 % des cas. Des tonnes de petits têtards sont déversés dans l'environnement, heureusement qu'ils sont biodégradables, sinon on aurait suffoqué de la plus grande pollution de tous les temps sous une mare visqueuse lactescente et enfumée. Chaque mâle en produit en quantité industrielle, des milliards de spermatozoïdes qui finiront dans les égouts ou dans les champs, car, chaque fois que les deux bourses de l'homme sont saturées, il n'aura pas le choix, il doit vidanger n'importe où et n'importe comment.

C'est un défaut de conception, parce qu'il a été imaginé comme un outil sûr et efficient de procréation, un moyen de production. Il est toujours bien fourni et toujours prêt à l'emploi, utilisable à souhait, un bar ouvert, servez-vous à volonté, semble être la devise de son concepteur. On le remplit sans finesse et tout le temps chargé pour répondre aux besoins du sexe opposé, la femme, qui, elle, au contraire, n'est prête qu'une seule fois par mois. Il a été ainsi crée, il n'est assigné qu'à cette seule tâche. Son créateur, selon toute apparence, autant qu'on peut juger, ne savait pas comment le mettre en phase avec la période de la femelle, il a donc fini le travail à la hâte, il sera par défaut tout le temps chargé.

Pourtant, dans notre habitat, des espèces, antérieures à l'humain, étaient inventées avec beaucoup plus d'ingéniosité.

Prenons les lions, c'est la femelle qui éveille l'envie du mâle dès lors qu'elle est en chaleur. Sa parade se résume en de doux grognements et un roulement sur elle-même, cette manifestation déclenche chez le mâle le besoin de copuler. L'accouplement ne dure que de petites secondes puis il réintègrera son état normal, il vaquera à ses occupations habituelles sous un ciel serein sans subir aucune autre astriction ni prescriptive ni compressive ni oppressive puisque les hormones sont secrétées ponctuellement.

Les ours ont leur période de rut de mai à juillet, les femelles arrosent leurs ornières d'un parfum attirant et directif. Cette odeur provoque la sécrétion hormonale chez le mâle qui l'appelle à copuler. Le reste de l'année, ils s'amusent ou ils méditent en toute quiétude l'intention de leur existence.

Chez certaines classes de poissons et d'amphibiens la livrée nuptiale est spectaculaire : exécutant des danses impliquant divers mouvements de la queue, arborant des couleurs vives de leurs ventres ou émettant des lumières, mais l'accouplement se déroule à l'externe dans le milieu aquatique. Les femelles pondent des ovules qui rencontrent les spermatozoïdes contenus dans la semence que les mâles relâchent dans l'eau. Le mâle et la femelle ne se touchent même pas, ni de sueurs partagées, ni de fluides échangés, ni roulant l'un sur l'autre, ni de grotesques acrobaties, une copulation dans le parfait respect de l'intégrité et l'intimité de chaque individu.

Par contre, l'homme est pensé comme un fusil chargé jour et nuit, attendant sa cible qui n'apparaît qu'une fois par mois. En plus, il n'est pas garni de balles individuelles, mais d'un ensemble de millions de munitions à fragmentation. Et un seul petit projectile est sensé atteindre la cible à chaque coup. Le reste des munitions sont tirées malgré tout, même si elles ne servent à rien, parce qu'il n'y a qu'un seul petit têtard champion qui atteindra l'ovule. Au lieu de concevoir une arme qui tire coup par coup, une balle à la fois, non, le paresseux créateur a choisi de tirer des millions de balles pour atteindre un seul objectif, comme écraser un moustique avec une centaine de bulldozers.

Cette création, elle n'est pas du tout viable, ce n'est pas, non plus, une attitude du bon sens ni une stratégie de l'intelligence. Non seulement le fusil est tout le temps chargé, mais, il doit, aussi, se décharger au moins une fois par semaine, répandre sa semence avec ou sans procédure opérationnelle. Il doit se vider qu'il tire sur des cibles réelles ou fictives, pour être ravitaillé ipso facto sinon le dispositif tombe en désuétude illico presto. Chargeur jamais vide, c'est la stupide trouvaille de son inventeur. Quelle absurde œuvre qu'est le mâle ! Il est moulé une fois pour toutes, on ne peut même pas rectifier le tir en jouant sur les données de la chaîne de fabrication. La livraison est unique et son code est verrouillé. Sa matrice originale est conçue d'une manière telle qu'elle n'admet aucune mise à jour ni de nouvelles versions. Un seul bloc, compact, qui n'accepte ni réparation ni amélioration. C'est définitif comme produit, il est à prendre ou à laisser selon son concepteur. Si vous déplacez un seul élément de son assemblage, c'est tout l'édifice qui s'écroule et se détruit de lui-même comme on dit.

Pour le modèle féminin, la conception est un peu plus heureuse, mais son dilemme, c'est sa double nature : face, elle est cérébrale, pile, corporelle ou l'inverse. Son créateur la voulait une sensibilité et une intelligence, un corps désirable et un verbe respectable en même temps, une raison pure et une matière séduisante tout à la fois. Être une intelligence et une émotion cause de terribles maux de tête et souvent la perte de repères géographiques. Ce n'est ni une aptitude ni une faculté facilement gérable par le cerveau humain.

Cette dichotomie génère des réactions contradictoires, la femme est sensément spirituelle tant qu'elle agit en dehors des considérations sentimentales, mais dès lors que les hormones envahissent son corps, c'est l'instinct de préservation qui prend le dessus et parle à sa place. En mode femelle en parade, elle est à séduire et séductrice, elle est prédatrice et proie docile à la fois. Pour attirer le mâle, pour plaire, ses atouts sont, dans les faits, ses atours : ses yeux, son corps, son buste, sa poitrine, sa crinière, sa croupe, ses jambes, ses mains, etc., participent tous de cette comédie.

Malgré sa constitution élaborée évidente, le modèle féminin est mis au point, lui aussi dans une perspective de préservation de l'espèce, mais contrairement à son homologue masculin, son besoin sexuel reproductif sera périodique. Si l'architecte de cette œuvre a vu le mâle comme un outil dont le but suprême est de répondre à l'appel de la femelle, pour cette dernière il l'a vue comme un réceptacle de la profusion masculine. Ses phéromones doivent être puissantes pour attirer le mâle. Cette surdose déstabilise la femme elle-même, aux alentours de sa période, elle explose intérieurement, elle est un magma d'émotions en ébullition, un volcan à la veille de l'éruption. Lors de la maturation de l'ovule, la femme envoie inconsciemment des signaux aux mâles les alertant qu'elle est fécondable. Les mâles tout autour captent le signal et le déchiffrent comme une invitation express à copuler. Ils n'attendent que cela puisque comme on le sait à présent ils sont chargés en permanence.

Les mâles s'imaginent que la femelle les aime en voyant ses yeux brillants et larmoyants. Ils sont illusionnés, ils pressentent et flairent l'amour, ils se disent qu'ils sont irrésistibles, ou qu'ils sont élus grâce à leurs qualités propres. Mais la femelle à ce moment est à la portée de n'importe quel mâle qui se trouve dans sa périphérie.

« Dans la plupart des cas, disait Nyvas, les femmes ne répondent aux sollicitations de leurs conjoints que par respect, pour leur faire plaisir, et éteindre le feu de leur libido débordante. Elles jouent le jeu et simulent la jouissance et l'orgasme devant leurs esclaves d'hommes d'où la légende de femmes frigides. Toutes les femmes sont froides durant la majeure partie du mois. Elles ne s'éveillent que durant un intervalle de temps, de l'ordre de trois à cinq jours, au moment où leurs ovules appellent à être inséminés. À cet instant, tu les vois courir dans toutes les directions, leurs yeux se gorgent de désir, l'appel de l'instinct est impérieux. L'homme, le fortuné qui rencontre la femme à ce moment-là, dira oh quelle femme exceptionnelle au lit d'où la légende inverse de filles faciles ou de femmes chaudes. Il ne sait pas que toutes les femmes sont exceptionnelles au lit, mais pendant un temps déterminé. »

En mode de gestion, en dehors de sa période, la femme retrouve sa condition maternelle normale, elle est sereine et tout à fait paisible, elle s'occupe de la vie autour d'elle sans pression ni stress de son appareil hormonal. Sa force réside dans ses valeurs et ses réflexes de survie, elle élève sa progéniture, elle trace son territoire, marque ses frontières, sort ses griffes et protège sa tanière. Mais, vouloir paraître et méditer crée l'antilogie. »

La femme, a-t-elle été conçue bipolaire par défaut ? se demandait Artys.

III

Avant de franchir le seuil, le moustique que j'ai fait déguerpir en manipulant la serrure atterrit sur ma tempe. Je connais très bien ce stratagème destiné à tromper, par la ruse, la vigilance de son client, il paraît s'éloigner, mais négociant un virage à angle très serré, il rebrousse chemin et s'accroche à nos cheveux ou à nos vêtements pour s'introduire dans la maison, sans y être convié. Après plus d'une décennie à les fréquenter dans mon laboratoire parmi d'autres petites créatures volantes, je sais presque tout de leur famille et de leur classe, de leur mode de vie et de survie. Il va bientôt, en prenant son élan, renvoyer sa tête en arrière, dans son extension maximale et revenir avec toutes ses forces pointant son aiguille dans ma peau, perçant le tégument et aspirant mon sang avec ses pièces buccales. Pour une pénétration réussie, pendant l'assaut, le coup doit être sec, vif et droit. Il l'exécutera d'une seconde à l'autre, se gorgera de sang et ira pondre ses œufs pour perpétuer son espèce, si c'est une femelle, car contrairement à la croyance populaire les mâles ne piquent pas, ils meurent en s'accouplant. Je m'intéresse à présent à son histoire et à son plan. Que fera-t-il ce soir, dînera-t-il avec sa copine, invitera-t-il la première femelle moustique qu'il croise dans son espace ? Restera-t-il, tranquillement, chez lui, à siroter une tisane avec sa petite amie en regardant la télévision ? Mais a-t-il quelqu'un chez lui, chez moi, d'abord. Pense-t-il à lui en ce moment, lui racontera-t-il sa pirouette réussie avec laquelle il s'est introduit dans ma maison. Est-il au courant de sa très prochaine disparition, parce que je mûrissais l'acte de l'assassiner avant qu'il ne me transmette sa salive ? Il sera éliminé violemment sans qu'il le sache comme les deux mille onze âmes qui connaîtront le même sort cette année, selon le verdict des statistiques de notre pays.

Je divague, je pousse un peu trop loin, est-ce une surdose des paroles du Joueur qui me mènent sur ces terrains ? Cela fait combien de temps que je suis à l'entrée avec toutes ces constructions mentales ? Elle se demandera pourquoi je ne réponds pas à ses questions, figé dans cet intervalle de temps et d'espace, porte entrouverte. Si les moustiques pouvaient traiter des milliers d'actifs informationnels en une seconde, le cerveau humain serait capable de beaucoup plus, des centaines de milliers, peut-être. Comme je n'ai pas encore reçu la piqûre de mon insecte, ma référence absolue, cela implique que je suis dans les fractions de seconde. Tout est normal, elle ne s'apercevra jamais que je m'occupais de l'itinéraire de mon hôte d'insecte dans sa vie citadine.

Et la question, la seule qui vaille, elle revient en force emplir la cage de ma jalousie volontaire, comment vais-je la poser. De but en blanc ? Comment vais-je m'y prendre, l'introduire sans préliminaire. Quelle serait la meilleure approche, sous quel angle d'attaque allais-je opérer. Il faut bien préparer le terrain à la seule chose qui dévore mes méninges.

IV

Dans les premières semaines de notre vie en commun, notre idylle était une profusion d'attendrissements et de sentiments neufs semblables à l'amour des romans courtois. On s'aimait, et cet amour menait à une fusion, nos deux organes n'étaient que des instruments volontaires observant les valeurs nobles de notre union. Ils se croisaient afin d'exaucer le vœu de la sainteté de notre amour. Nos sexes étaient au service d'un idéal brumeux : l'amour qui grandissait en nous et s'installait dans la durée est renforcé par une fréquentation simple, réduite à notre chaleureuse et respectueuse présence. Elle ne faisait pas grand cas de sa beauté ni de ses diplômes, je dois le reconnaître ni de son rang ni de ses convictions philosophiques ni de ses appartenances sociale et religieuse d'ailleurs. Mais elle insistait depuis quelque temps à entreprendre une expédition maternelle que je reportais chaque fois à plus tard, arguant qu'il est encore tôt, que nous ne sommes pas encore bien stables dans nos emplois, qu'il faudrait qu'elle patiente jusqu'à la confirmation de mon poste à l'institut.

Les thèses de Nyvas qui œuvrait pour le retour du matriarcat doivent triompher, me dis-je, pour qu'on ne souffre plus de l'idiotie ambiante de la vie de couple. Aidons-les à bâtir leur monde et qu'elles mènent en clair au lieu de cette insupportable hypocrisie de direction cryptée à deux têtes:

Le Joueur disait que Nyvas avait bâti tout un ensemble de structures complexes pour démystifier le Dispensateur et préparer le terrain à l'avènement du matriarcat radical.

Elle savait comment s'y prendre pour multiplier les mouvements et les actions. La douceur au pouvoir était son slogan préféré. Démolissons tous les dogmes, toutes les doctrines et les pensées vieilles de millénaires pour bâtir une société matriarcale enrichie, détruisons le complexe phallique appelé « démocratie », dépouillons les mâles du pouvoir qu'ils ont usurpé aux femmes, écrivait-elle.

Elle disait que la transformation de la société de patriarcale à matriarcale prendrait des siècles si les femmes n'agissaient pas dans l'immédiat, car la « corporatie » s'approche de plus en plus de la colonisation globale du mental humain, celle de la solution finale.

Elle diffusait sa doctrine à travers ses livres et ses conférences, et la propageait dans tous les milieux où elle passait.

« C'est pour éliminer toutes les violences humaines et toutes les aliénations physiques et psychologiques, argumentait-elle, nous transformerons radicalement la société. Nous bâtirons une charpente matriarcale universelle qui abritera une nouvelle humanité. Elle sera juste et équitable. Toutes les femmes divorceront en même temps. Les hommes retourneront vivre chez leurs mères. S'ils n'en ont plus, ils seront parqués dans des studios comme ceux des étudiants, des habitations pour hommes seuls.

« Une chambre éternellement nuptiale sera réservée à la femme de la maison. Ce sera la chambre sacrée. Les femmes hériteront de toutes les habitations familiales. La vie, la flamboyante ne se passera que chez nous. Nous promulguons des lois qui engageraient tous les mâles adultes à subvenir aux dépenses des unités de vie, des femmes bien entendu.

« Les enfants, tous les enfants seront à la charge commune de toute la société. Dès que ces derniers atteignent l'âge de la puberté, les filles en particulier, elles auront le droit d'occuper une maison à elles seules si elles décident de procréer. Elles n'auront qu'à le déclarer pour posséder automatiquement un logement décent avec sa chambre sacrée. Elles recevront les mâles qu'elles désirent, ils resteront avec elles le temps que ces dernières le veulent.

« Nous nous occuperons bien de la gent masculine. Nous nous inclinerons devant leurs souffrances et leurs servitudes vis-à-vis de leurs insatiables besoins en matière de défoulement sexuel et autres. Nous bâtirons des gymnasiums, des stades, des pistes cyclables, des piscines, et des allées d'athlétisme pour qu'ils puissent se décharger de leurs fardeaux. Nous canaliserons leur surplus d'énergie vers des travaux d'utilité publique. Ils construiront des routes, des tunnels, des édifices, ils sillonneront les champs, ils cultiveront, ils cueilleront, ils creuseront des puits, ils conduiront des camions, des locomotives, ils piloteront des avions, ils navigueront, chasseront, pècheront, joueront au football, au baseball, au volleyball, ils boxeront, ils lutteront, ils escrimeront, ils nageront, ils courront le marathon. Nous les aiderons dans toutes leurs démarches, nous les encouragerons et nous les aimerons et leur prodiguerons de la tendresse, de la douceur et de l'amour.

« Nous nous chargerons de leurs surplus d'hormones, nous leur réserverons des sanctuaires des sens, des temples de la sensualité où ils peuvent recevoir amour, caresses, fellation, fornication sans aucune culpabilité, ils seront même choyés, ils choisiront eux-mêmes les filles qui les font le plus saliver ou bander, ils ne seront pas tenus de déclarer leur amour ni démontrer l'épaisseur de leur affection, nous savons qu'ils sont incapables de telles élévations, nous les adorons sans rien leur demander en retour. Ne sont-ils pas nos enfants, après tout !

« Le matriarcat fonctionnera à la mode primitive. Vous verrez alors comment nos mœurs se purifieront, comment se renouvèlera notre conscience dans ses approches holistiques de la vie. Il n'y aura plus aucune constriction ni aucune rétraction sur personne, toute déficience de toute sorte disparaîtra d'elle-même ainsi que toutes les déficiences mentales et morales. »

4

I

15h00

À quinze heures, j'étais encore l'homme que je ne suis plus au moment où je vous écris. Presque une demi-heure s'est écoulée depuis qu'il a pris place sur le comptoir, comme pour vous anonyme lecteur, je m'abandonnais passif et curieusement béat devant cette invraisemblable histoire. Je ne sais pas, par contre, ce qui vous a amené à prendre ce livre, ni quelle est votre motivation, ni ce qui vous a poussé à le lire jusqu'à ce point. Êtes-vous venu par hasard à parcourir ces lignes ? Êtes-vous soumis à cette littérature, êtes-vous un mordu de fantastique, un inconditionnel, ou quelque force non identifiable vous a obligé à feuilleter ce livre, mais ceci est une autre histoire ? Avez-vous été influencé par une critique dans un journal ? Une connaissance, qui jouit d'une autorité dans le domaine, vous a soufflé à l'oreille qu'il faille à tout prix consulter cet ouvrage. Il se peut que le recueil soit primé et qu'il ait atteint à une certaine notoriété. A-t-il reçu des distinctions significatives ? Avez-vous été alarmé par une mise en marché tonitruante ? Je ne sais pas et je ne le saurai jamais depuis ma retraite. À quoi sert-il de le savoir, l'important c'est que vous êtes là. Êtes-vous un Joueur ? Cela coulerait de source si vous le lisiez.

Une chose pourtant était très claire à mes yeux, je m'abandonnais au flux, j'étais emporté par un flot de mots que je n'ai jamais entendus de ma vie de scientifique. Existe-t-il, vraiment, un univers parallèle au nôtre, un univers de « joueurs » ? C'est après ces cogitations que j'ai repris mon interrogatoire, tout en m'assurant de l'absence de connaissances dans le restaurant.

En arrière-plan, sur l'écran de télévision, une dame qui a l'apparence d'une poupée de cire, portant un sourire métallisé, supplante le grave monsieur. Elle dégage une grande vivacité joyeuse, elle vient bombarder le spectateur d'une fournée de nouvelles, le rythme saccadé, la diction hachurée et l'articulation mécanique, le débit rapide comme son collègue, mais elle parle d'autre chose, de l'art.

L'ACTEUR CHKOPY A PERDU SON CHAT AUTOUR DU LAC DANS SON CHKOPYLAND. DES ESCOUADES SPÉCIALISÉES DANS LA RECHERCHE DES FÉLINS ÉGARÉS SE SONT MOBILISÉES DANS TOUT LE COMTÉ. L'ESPOIR DE LE REPÊCHER VIVANT EST MINCE, DÉCLARE LE CHEF DE LA POLICE, MAIS LES ÉQUIPES SUR LE TERRAIN NE DÉSESPÈRENT PAS. UNE CONFÉRENCE DE PRESSE A LIEU EN CE MOMENT MÊME AU SUJET DES DERNIERS DÉVELOPPEMENTS, NOUS Y REVIENDRONS DANS NOTRE PROCHAINE ÉDITION AVEC NOTRE ENVOYÉ SPÉCIAL. L'ACTEUR GARDE LE MORAL ET PRIE LE BON DIEU DE LUI VENIR EN AIDE.

Retirant mes yeux de l'écran, j'ai demandé :

« Comment avez-vous préparé votre premier scénario ?

— Vous me vouvoyez à présent ! Comme vous le désirez, répondit-il tout en m'avertissant que c'était une longue histoire. Je ne me suis même pas aperçu de cette tournure, mais sa signification avait son pesant d'or massif quand on y réfléchit, je l'ai élevé au rang d'un collègue ou d'un confrère.

— Raconte au moins les grandes stations, dis-je.

— On se tutoie, alors. D'accord ! Si, un jour, tu écris cette histoire, tu auras de grosses difficultés à synchroniser tes dialogues, un « vous-tu », un « vous-vous » et enfin un « tu-tu ». Ce ne sera pas élégant aux yeux de tes lecteurs.

— Qui te dit que je vais écrire cette histoire ?

— Je dis « si », je ne suis pas devin, mais j'ai comme une intuition qu'une étincelle fleurira de notre collision et que de notre rapport dialogique s'exhalera un parfum neuf. Mais revenons à ta question.

« Dans le temps où je découvris tout le processus et compris sa mécanique, j'entrepris la rédaction de petits rôles. Au début, ils étaient très simples et très courts, comme aller au centre-ville, entrer dans un bistrot, choisir une table près d'une fenêtre, s'asseoir, commander un café, mettre un morceau de sucre dans la tasse, remuer avec la cuillère pendant cinq à six secondes la potion noirâtre, la poser en douceur sur le bord de la soucoupe, prendre la tasse, l'approcher de son nez, humer les chaudes volutes qui s'en dégagent, la remettre à sa place, avoir à l'esprit une tendre pensée pour les lointaines personnes qui ont trimé à cultiver les grains de ce café, se lever, payer, saluer le serveur et enfin quitter l'endroit d'un pas sûr en ayant l'air que la saisie sensitive des effluves du liquide fumant avait bouleversé mon plaisir. C'était, là, l'une de mes premières incursions singulières dans le jeu.

— Cela n'a pas l'air d'une grande performance, c'est à la portée de n'importe qui d'entrer et de sortir d'un bistro, non ? Quel est le bien-fondé de ta thèse et sur quoi repose-t-elle ? » dis-je en réfutant son axiome.

« Tu n'as pas tort, n'importe qui peut effectuer le même exercice, mais est-ce qu'il l'exécutera en toute conscience, permets-moi d'en douter. Penser le scénario, l'écrire puis le jouer sans que personne ne puisse te contraindre à suivre son plan, représentent une sortie hardie en soi. Ça marchait ! Et quelle indicible joie de libération je réussis à vivre avec ce tout petit essai !

« Tu ne peux pas le croire, c'était enlevant, je planais comme si j'avais réalisé l'exploit du siècle, léger telle une plume se détachant d'une colombe au vol, je survolais la fourmilière qui vaquait à leurs servitudes quotidiennes, je regardais, d'en haut, la masse en besogne perpétuelle. Vous les entendez discourir sur tout et sur rien sans aucune nouveauté, ni aucune originalité dans leurs propos, répétant presque mot à mot ce qu'ils disaient le jour d'avant, ne se rendant pas compte de leur dérisoire actualité. La même personne rapportant, à la même assemblée, la même anecdote qu'il leur raconta la veille, et celui-ci se mettrait à rire comme la veille des mêmes chutes du conteur. Ils ressassent ces récits à longueur de journée, sans se lasser, ni s'offusquer de la monotonie de leur existence. "Une logique supérieure invisible les obligeait à frayer dans le tas, à être ensemble sans vouloir propre. Occupés à accomplir des tâches itératives, obscures, laborieuses et néanmoins paradoxalement futiles", disait, à quelque chose près, un penseur du siècle dernier.

« Mon opinion était faite, ma conviction était complète à ce moment-là. Les humains sont soumis, ils obtempèrent à des ordres sans le savoir.

— C'est dans l'ordre des choses qu'on répète les mêmes paroles ! C'est d'une simplicité enfantine, dis-je, pour l'anéantir, lui et son dispositif.

— Et voilà la réponse tragique, dans l'ordre des choses, et qui préside à cet ordre selon toi puisque tu le présentes comme un argument ? dit-il en s'emportant gentiment.

— Je ne sais pas, peut-être notre éducation ou notre culture ou les règles ordinaires de notre société. »

Il ajusta son siège et prit la pose sobre d'un aimable professeur contrarié par l'incompréhension de son élève. Il sirota son café et parla.

« Notre éducation, notre culture et nos traditions nous tombent-elles du ciel, crois-tu ! Il y a bien quelqu'un ou quelque chose (une énergie ou une force ou un monstre...)

quelque part qui a tout manigancé, pour que la masse, comme un troupeau, adopte le même comportement. Cela dépasse l'entendement, des êtres doués d'intelligence ne voudraient pas faire et refaire le même geste, dire et redire les mêmes phrases, durant toute leur vie, s'ils n'étaient pas enchaînés. Ils suivent la voie tracée par l'auteur de leurs scénarios. Ce qu'ils commettent dans leur journée est dicté par un maître-souffleur : par le Dispensateur. Même la convention des animaux est plus saine et plus sensée, les moineaux chantent au lieu de parler, les pigeons dansent au lieu de marcher.

— Qu'est-ce que tu entends par « dispensateur » dont tu n'arrêtes pas de parler, et pourquoi surveille-t-il les humains et comment les dirige-t-il?

— C'est une notion un peu délicate, parce que le Dispensateur est une entité abstraite, nul en vérité ne connaît son identité ni son essence ni sa substance, dit-il d'un trait, puis ramassant une bouffée d'air sans bruit, il s'étala :

« Il est comme le vent. Témoin et instigateur de toutes les extravagances humaines depuis les pyramides jusqu'aux cathédrales, depuis les frondes de pierre jusqu'aux têtes nucléaires, depuis les aèdes jusqu'aux stylistes de mode, contemporain de toutes les hallucinations collectives, frère de l'histoire, il est partout et nulle part. Initiateur impénitent de toutes les tendances que les supplétifs écoulent en détournant les esprits.

« Comme le vent, il est inodore, invisible et imprévisible, il s'engouffre dans les espaces vivants, disperse ce qui reste de sens aux humains aux quatre points cardinaux. En perpétuelle gestation, il ne tient jamais parole. Omniprésent, versatile, rien ne lui résiste, impérieux et impérial, il mène la danse, arrange les accords de son rythme, la vie lui est nerf et sang, il la corrompt selon son propre plaisir. Il a de l'étendue, disait Artys, il est l'inspirateur de l'illusion, il joue toutes les partitions de l'univers, il est mélodie et harmonie pour accompagner le chant des vagues quand il séduit, symphonie de l'existant lorsqu'il subjugue le vivant.

« Il attire tout et repousse tout, permanent et constant, selon Nyvas, personne ne saisit sa nature. Impérial, perpétuel, implacable, partial, intraitable, étouffant, envahissant, entêté, effaçant, il ne commerce pas avec la dignité, âpre et impitoyable, il régente notre espèce. Seule sa trace, c'est-à-dire son passé, prouve son présent et son futur et assure sa lignée. Ses ravages et ses vestiges témoignent de sa véritable existence, une présence sans corps. Les « joueurs », témoignait-elle, ne le démasquèrent qu'à travers les empreintes fossilisées des impacts de ses manifestations qui sont d'ailleurs imperceptibles à la grande majorité des mortels. »

« Tu vois que ce n'est pas facile de capter cette source, cela prendrait une ouverture potentielle de l'esprit et un regard froidement désintéressé pour prétendre déceler ses agissements. Dans certaines contrées on le nomme le Tuteur, dans d'autres, selon leurs cultures et leurs croyances, le Suzerain, le Réducteur, le Déterminant, l'Informé, le Détenteur, l'Interdicteur, le Mandataire, l'Occulte, mais pour la commodité de notre propos appelons-le le Dispensateur.

— Capté cinq sur cinq, le Dispensateur est une chimère, une fumée comme ton histoire, le raillai-je. »

II

15h15

Levant les yeux vers l'écran, je tombais sur le buste romain qui revient occuper l'écran en répétant les mêmes informations :...

LE CHEF DE LA SÉMITIE SUPÉRIEURE D'ORIENT A ANNONCÉ, POUR FAIRE ÉCHO AU DISCOURS DU PRÉSIDENT DE L'A.V.A., QU'IL ADRESSERA LUI AUSSI UN GRAND DISCOURS. ET LE CHEF DE LA SÉMITIE INFÉRIEURE PRIS LUI AUSSI DANS LE JEU DES GRANDS DISCOURS A DÉCLARÉ QU'IL EN PRONONCERA UN APRÈS CELUI DE LA SÉMITIE SUPÉRIEURE.

Je me retourne vers mon interlocuteur qui s'est exclamé : « L'heure est à la "speechomanie" » et je l'ai interpellé presque amicalement :

« Et tu as continué à écrire d'autres scénarios pour semer ton Dispensateur ?

— Mon deuxième rôle comportait un peu plus de risque parce qu'il me faisait interagir avec une autre personne. Je choisis bien mon sujet, c'était un camarade de classe avec qui je m'entendais bien. On venait de la même grande famille. Je me disais que si jamais ça venait à échouer (mon plan) je pourrais toujours lui expliquer le but de mon examen. Pendant la récréation, sous le préau, Bacoy est en train de reluquer les filles, tu t'approches de lui, tu poses ton bras sur son épaule, il se retourne, tu lui diras : "La vie n'est qu'une sentinelle qui veille à maintenir le continuum de la chaîne des espèces pour perpétuer sa fantasia." Quelle que soit sa réponse, tu ajouteras : "Et le divin n'est qu'un essaim de criquets qui se nourrit des nerfs de l'humain en les dévorant crus."

« Mon ami aux yeux perplexes s'écria : "Oh, oh, tu es fou ou tu as pris de quoi !" C'était exactement ce que j'avais prévu dans mon scénario. Une deuxième fois, les faits corroborent l'hypothèse émise. Mes résultats sont-ils reproductibles ? Je persévérais. »

« Il me fallait une autre expérimentation pour me convaincre, sans la moindre équivoque, de l'existence de la prédestinée de nos rôles, pensai-je.

— Et ainsi, tu es arrivé à la conclusion que ton truc marche?

— Ce n'est pas un truc, c'est une découverte, et c'en est une grande. On n'invente rien sur terre, comme tu le sais, tout ce qu'on fait c'est dévoiler ou déterrer ce qui existe déjà, ce qui existe depuis toujours. La loi de la marche aléatoire de l'univers ou celle de l'ordre par fluctuation ou la théorie du chaos existèrent depuis toujours jusqu'à ce que des scientifiques mettent au jour le principe de leur procès. La tare, c'est notre cécité, nous manquons d'acuité dans notre vision, nous ne voyons pas suffisamment loin, ni suffisamment à l'intérieur des choses.

— Enfin, je veux dire tu es arrivé à valider ton hypothèse? »

« Oui, dit-il, surtout après le troisième essai que j'avais préparé point par point avec l'habileté d'un artisan et la rigueur d'un savant. C'était un scénario un peu plus complexe pour répondre aux exigences multiples d'un rôle de composition faisant interagir trois personnes autour d'un sujet choisi au préalable. Je m'apprêtais, à l'époque, à passer l'examen d'entrée à l'université comme mes deux camarades de classe Amys et Asym. C'étaient de très bons amis entre eux, leur amitié était sincère et de longue date. Mon but était de vérifier la véracité de leur amitié, et conforter la thèse du malentendu que j'avais expérimentée avec mes amis d'enfance Dunte et Lamne.

« Nous étions de jeunes étudiants au seuil du monde adulte. Au fil de nos discussions, on abordait de temps en temps des questions à texture philosophique comme quel est le sens ou l'intention de l'existence, du temps ou de l'amour ou de la liberté… Des sujets qui nous passionnaient dès qu'on avait entrepris l'étude de la philosophie à l'école.

« Un jour, en fin d'après-midi, après le dernier cours, je m'attablai avec ces deux amis à la cafétéria. Mon troisième et fatidique scénario, dont l'aboutissement était capital pour asseoir la théorie du scénario, allait entrer en jeu. Saluant les deux amis, ils répondirent comme prévu dans mon texte. Je balançai dans l'air sans aucun empressement ni calcul apparent la question suivante : "Quelle est la définition de l'amitié, pourquoi les gens se font des amis?" Amys, attentif, écouta son voisin définissant l'amitié, acquiesçant à chaque argument qu'il apportait jusqu'à ma deuxième question : "Quel serait le gage ou la marque irréfutable qui prouverait l'amitié véritable?" Asym répondit le premier : "L'ami, le vrai, est celui qui prête l'oreille à tes plaintes et à tes complaintes, qui te soutient contre vents et marrées même quand tu es dans le tort, même dans l'adversité la plus féroce, qui te supporte dans l'heur et le malheur, celui à qui tu peux te confier en tout temps, celui qui sera à tes côtés dans les moments difficiles."

« Je lançai la question polémique suivante : "Pourquoi cherche-t-on à accabler de nos problèmes la personne la plus proche de nous, je ne voudrais pas, si j'étais dans le besoin, fondre sur mon ami et l'alourdir de mon fardeau, pourquoi l'infliger de mes souffrances? Ne pensez-vous pas, qu'ainsi, vous agissez pour votre propre gouverne, pour vos propres intérêts au détriment de ceux de votre ami? Pourquoi ne partager que les choses agréables avec l'ami?"

« Amys répliqua : "Le véritable ami est celui qui fait passer ses intérêts en dernier. Celui qui ne prendrait son repas que si son ami était rassasié en premier."

« Asym, le regarda du coin de l'œil et riposta, moqueur, en essayant d'être le plus clair possible : "Tu n'es, donc, pas un véritable ami pour moi, parce que tu ne m'as jamais offert ton repas."

« L'égo d'Amys intervint : "Je n'ai jamais dit que tu étais mon véritable ami."

"Alors tu n'es pas mon ami !?", interrogea Asym en s'exclamant toujours jovial, mais un peu déconcerté par le ton d'Amys, et voulant affirmer, sans heurt, à son ami que sa définition de l'amitié ne tenait pas la route.

"Si tu le vois ainsi, c'est ton affaire", conclut Amys dont le visage prit, soudain, une teinte pâle révélatrice de l'état de sa confusion.

« Ils se regardèrent dans les yeux durant un bref laps de temps, mais aucun secours ne parvint à ce moment pour leur faire entendre raison. L'absurde prend de l'espace comme prévu, il repousse nos deux protagonistes de plus en plus loin l'un de l'autre, les cantonne dans des positions antagonistes.

« Là, avec toute l'énergie de la sagesse juvénile, je haussai la voix essayant de leur faire voir la logique de leurs propos qui n'étaient pas dépourvus de sens. Que ce n'était qu'un malentendu, car ils avaient vu juste, mais sous des angles différents. Il n'y avait donc aucune matière à litige dans leurs propos. Ma voix alla se fracasser sur les parois obtuses du rôle de chacun de nos amis. Ils se transformèrent en murs l'un pour l'autre. Ils se lancèrent dans une inimitié sans fin, sans jamais se poser de question sur le motif de leur différend. C'était, à quelques mots près, les propos de mon scénario. »

« Tu as provoqué la rupture d'une longue amitié de deux jeunes gens juste pour vérifier la flagrance de ta prémisse ? N'est-ce pas du mépris et de la méchanceté gratuite envers tes amis ? » J'essayais de le culpabiliser sous couvert de la haute et bonne morale. Il s'est défendu en disant qu'il ne savait pas qu'il allait contribuer à la fin prématurée de leur amitié, en ajoutant : « Je m'étais dit que cela arriverait un jour ou l'autre. Combien de meilleurs amis avions-nous abandonnés sans le vouloir ou les avions-nous tout bêtement oubliés ? »

« Qu'est-ce qui les a poussés à agir ainsi à ton avis ?

— La variété du jeu n'est pas évidente pour tout le monde, car Amys, en traitant d'un sujet simple en apparence avec Asym autour de la responsabilité des amis les uns envers les autres, n'était pas préparé aux ouvertures du jeu. » dit-il, puis continua sur sa lancée démonstrative.

« Ce cafouillage est dû plausiblement aux imperfections de leurs scénarios respectifs, imperfections causées elles-mêmes par la résistance naturelle des jeunes personnes à suivre à la lettre leurs textes. Tu sais, comme moi, que les jeunes croient toujours pouvoir renverser les systèmes établis, leurs ambitions débutent avec l'opposition, la révolte puis ils se rebellent et enfin, dans la majorité des cas, ils s'insèrent sans trompettes ni tambours dans le jeu de la société.

« Un auteur perspicace des terres nordiques, écrivait dans son journal : "Quand les jeunes soutiennent telle ou telle affirmation, ils ne se soucient pas tellement qu'elles fussent justes, mais bien qu'elles servissent à les affirmer. Tant le besoin de luire soi-même, chez les jeunes gens, est plus fort que celui de voir dans la lumière."

« C'était la seule explication sensée à laquelle je parvins, alors. Plus tard, en atteignant l'âge adulte, la perception ludique de nos actes disparaît presque totalement de notre registre pour céder la place au sérieux de notre rôle dans la vie active, dirigée en catimini par notre Tuteur ou notre Dispensateur. »

— À ce moment-là, étais-tu sûr de ta découverte ?

— Pas l'ombre d'un doute que le principe des scénarios existe et tourne rondement, affirma-t-il en présentant son traité du jeu.

« Oui, nous pouvons créer et suivre notre propre scénario au lieu de jouer la pièce du Dispensateur. J'avoue que ce n'était pas de tout repos, être dans un état d'éveil perpétuel, d'une vigilance à toute épreuve, prêt, tout le temps, à parer les pièges du Tuteur, car il ne te lâchera plus dès l'instant de ta rébellion, disons de ta mutinerie pour ne pas employer de grands mots. Il mobilisera toute son armada pour te remettre sur le droit chemin, c'est ce qu'il ordonne par la bouche de tes proches, de tes parents et de tes amis. Il conspire en les faisant intervenir à tour de rôle. La mère qui pleure la perte de son enfant, le père qui te sermonne puis te menace et enfin les amis qui te reprochent ta distance et le dérèglement de ta trajectoire orbitale. Cependant, avec le temps et l'expérience aidant, j'avais pu surmonter tous les obstacles et j'étais capable d'écrire des scénarios pour des journées entières, puis pour des semaines et des mois. »

Je me demandais comment peut-on entrer dans un rôle écrit, alors que le monde autour de nous vit sa vraie vie, comment peut-on se dissocier de sa destinée ? C'est une fumisterie ! Il dit, comme s'il avait lu ce qui rôdait dans ma tête :

« En fait, c'est très simple, il ne s'agit pas de nous aliéner, mais de nous libérer et de nous épanouir. Dès que tu commences à jouer en suivant ton propre scénario, tu te libèreras de la toile du Dispensateur. Si tu ne le rédiges pas pour toi-même, un autre se chargera de l'écrire à ta place pour servir les desseins de je ne sais quelle cause, pas la tienne en tout cas. Tout ce que tu vois, là, autour de nous, ce sont des gens à qui on extirpa toute volonté intrinsèque. Ils se croient maîtres de leurs gestes, mais ce n'est qu'un leurre, ils suivent tous la même voie, tracée d'avance par le Dispensateur. »

III

Je voulais le relancer au sujet du sanctuaire, mais afin d'y arriver sans éveiller ses soupçons, je prenais une voie tortueuse tout en restant sur mes gardes vis-à-vis de sa théorie du jeu.

— Il n'y a que toi qui as percé l'asservissement du genre humain, dis-je, un peu moqueur.

— Oh que non, ils sont une multitude, comme je te le dis, tu serais sidéré si tu apprenais leur rang dans la société et leurs occupations dans les institutions culturelles et les corporations artistiques. Ils sont partout et dans tous les domaines. Tu n'entends pas parler de ce monde parce qu'il est secret et clandestin. Chaque Joueur a une odyssée originale qui l'amena à démasquer le Dispensateur. Artys, par exemple, c'était à travers ses nombreux mariages, ses voyages et sa profession de caricaturiste. Alysia, c'était presque inné chez elle le jeu, une Joueuse par essence. La nature l'initia dès son très jeune âge. Nyvas, c'était à travers son métier de mannequin qu'elle avait atteint au statut de la Reine des « joueurs »

Il m'a rapporté par la suite l'histoire de chacune de ses connaissances imaginaires.

Alysia, elle vint au monde des « joueurs » grâce à son éveil précoce, elle décortiqua puis assimila dès sa puberté les rapports régissant les mœurs de notre genre. Son œuvre s'apparente, dans sa fulgurance, à l'insolence ou à l'illumination du jeune poète, le destructeur d'une mode, le démystificateur d'un courant d'esthétique, le dénonciateur des impostures de l'art. Maximaliste par ambiance et naturaliste par choix, ses incursions dans le jeu tordaient sec le cou de ses Tuteurs surveillants.

Elle avait dix-sept ans au moment où il la connut. Nymphette diabolique qu'elle avait décrit son rôle dans son proto-scénario de quatorze à quinze ans. Elle rendit fou un illustre écrivain de son pays qui lui consacra un grand livre avant de se suicider.

Adolescente, elle découvre tout en même temps, le délice des plaisirs solitaires et l'intérêt des mâles et les postures qui font bouillir leurs testicules. Alysia disait, selon le Joueur, que c'était inouï ce qu'elle apprenait, alors. Tous les hommes, sans exception, jouaient la même partition. Elle provoquait le tremblement des membres des garçons, en les effleurant de ses mains, de ses cheveux ou de son corps, elle sentait les vibrations qui traversaient leurs artères, elle les faisait frissonner. Le paysage de leurs visages, lui relatait-elle, se transformait en un obscur et tempétueux ciel menaçant d'inonder la terre, quémandant quelque chose qu'ils ne savaient pas nommer. Les mots tombent de leurs gueules, ils se détachent, déjà, fêlés ou troués comme ayant subi une rafale de mitrailleuse ou si tu veux comme des fruits pourris, dégoulinant et collant aux contours déformés, informes perdant leur consistance, vaguement intelligibles. Leurs lèvres tremblent et prennent d'effroyables allures en même temps que leur membre se dresse comme voulant transpercer leurs pantalons.

Elle lui raconta les tribulations de sa prise de conscience de la spirale qu'elle l'appelait, alors, et dans laquelle évoluaient les humains enchaînés.

« Pour ma première avec l'homme, j'avais choisi un joli garçon dont toutes les filles de l'école parlaient, elles n'arrêtaient pas de dire des louanges sur sa beauté et son courage. En le touchant après un léger frottement, il mouilla entre ses jambes.

« J'essayais ensuite le beau voisin viril et méchant, le petit dur du village. En effleurant son bras, puis en posant mes mains sur ses cuisses, il se ramollissait en même temps que le membre entre ses cuisses se durcissait. Il était gêné, et il avait perdu la faculté du parler, grommelant des choses inintelligibles.

« Jouons avec les plus mûrs, les plus sages parmi les hommes, l'âge avancé leur apporterait peut-être un peu plus de sérénité et de solennité, me disais-je. Les quadragénaires et les quinquagénaires étaient les plus vulnérables, ils se retenaient avec une extrême maladresse en arborant un masque d'aridité comme s'ils étaient au-dessus de l'appel de la chair. Mon professeur de mathématiques était le premier sur ma liste, un cartésien, il saura se conduire, il ne suivra pas le troupeau, peut-être. Après le cours, je l'approchai prétendant que je n'avais pas bien compris sa dernière démonstration d'un théorème que j'oubliais maintenant. En me penchant sur son bureau, pour lui offrir une vue en plongée sur ma poitrine, il rougit. En l'effleurant de mes seins pour voir ce qu'il gribouillait comme explication, je ressentis les mêmes vibrations que celles qui déformaient les faces des garçons le soulever et parcourir ses artères, son entrejambe pointait et construisait une petite tente. J'eus pitié de lui, j'arrêtais mon jeu, en lui disant que j'avais tout saisi. Il s'était dirigé aux toilettes pour se soulager en rejouant, sans doute, dans sa tête, et au ralenti, la scène de mes attouchements. Ils sont identiques, des copies conformes, ils obéissent tous à la même fonction d'état de la préservation et réagissent de la même manière, quelle merveilleuse invention que cette machine, je m'émerveillais alors, son moteur démarre au quart de tour, il rugit pareillement indifférencié en tous lieux, aucune intelligence ne lui résiste, même la raison se tait et se cache au moment où il est à l'œuvre. Sont-ils tous prisonniers de leurs pulsions, des pions au service de leurs appareils génitaux, mon corps est-il une arme de perturbation massive ? Il fallait vérifier cette tendance générale de la gent masculine dans une ultime expérience pour conclure que les humains sont enfermés sans le savoir dans une coquille qui moule leurs faits et gestes, ils exécutent, peut-être des rôles prédéterminés. »

Un jour, un lointain cousin, écrivain de son métier et aristocrate de par sa lignée, nous rendit visite, à la fin du mois d'août :

« Qui est cette belle et jeune personne ? » demanda-t-il à ma mère.

« Mais, voyons c'est notre fille Alysia. », répondit-elle avec force joie et fierté.

« Oh, elle a grandi, et superbement », s'exclama-t-il, en m'épluchant de haut en bas, il dit :

« Te voilà une demoiselle bien épanouie, bientôt tu bouleverseras la quiétude de beaucoup de garçons. » J'allais lui dire, j'en ai déjà fini avec les garçons, ce sera ton tour à présent. Succombera-t-il comme tous les autres à mes avances ou bien les penseurs sont-ils une espèce affranchie ? Seraient-ils libérés de la mainmise du Dispensateur ?

« Au troisième jour de son arrivée, c'était un mardi prétendument paisible, mais il cachait un orage en gestation. La maison était vide de tous ses habitants, partis s'approvisionner en ville, que les domestiques qui peinaient dans les cuisines. Dans le jardin, notre auguste invité allait passer l'examen de la petite et diabolique nymphette que j'étais. »

Elle lui avait dit, regarde la scène :

« Extérieur jour, autour de quinze heures, une table sous un parasol, quatre chaises en osier dont l'une d'elles supportait l'imposant derrière du célèbre écrivain.

« Je m'approchais discrètement comme un chat de mon champ de bataille. La souris se prélassait, paisible, sur son séant emmagasinant les derniers rayonnements du soleil estival. C'est une attaque-surprise qui allait vérifier une fois pour toutes la quadrature du cercle humain.

« *Avec force contorsions, tortillement et traînements de pattes – pour masquer* ma *prétendue gêne d'importuner le grand Monsieur –*, comme un papillon autour d'une source lumineuse, me posant un instant sur son épaule gauche et m'absorbant dans la contemplation d'une feuille de papier qu'il avait couverte de mots.

« J'essayais avec nonchalance de déchiffrer ses hiéroglyphes.

« Décollant mon bras de son épaule, je le posai sur sa cuisse et mes yeux s'arrêtèrent sur ses avant-bras. Ils ressemblaient à des branches d'arbre, dans leurs rainures coulait une chaude sueur. J'imaginais que si une petite bête microscopique vivait dans ses parages, elle verrait des ruisseaux se gonfler pour devenir des rivières et des lianes se tremper jusqu'à se courber et se coucher dans leurs lits comme dans une jungle tropicale.

« *Comme je penchais mes bouclettes blondes au-dessus de la table,* l'honorable romancier *posa un bras autour de mes épaules en un simulacre lamentable d'affection paternelle.* Sans quitter des yeux la feuille qu'il tenait à la main, je me laissais glisser sans empressement *jusqu'à être à demi assise sur ses genoux.* Son profil crépusculaire vu en contre-plongée flambait, sa barbe bien fournie frétillait et ses lèvres entrouvertes pendouillaient bêtement, ma tempe était *à portée de ses canines dénudées; je sentais la chaleur de son corps à travers la toile rugueuse de ses vêtements* de gentlemen. *D'emblée, j'eus la certitude* qu'il brûlait d'envie *d'embrasser ma nuque ou la commissure de mes lèvres,* il songeait que je le désirais − *mieux : je fermerais les yeux selon les préceptes* des films d'amour. La tentation est forte, *je décelai un changement net dans le rythme de sa respiration; car il ne regardait plus ses gribouillages, mais attendait, avec un sang-froid mêlé de curiosité* un autre geste de ma part, un peu plus explicite. Son bras s'est immobilisé, comme figé sur mon dos, je sentais l'emballement de son pouls, le crescendo du battement me traversait le corps, il me faisait imprudemment tressaillir ce qui accélérait la métamorphose de la physionomie du fascinant penseur. Je suis sa *nymphette limpide* ! Qu'il avait écrit dans son récit. Il suffoquait presque lorsque je ramenais mon autre jambe sur sa cuisse. Il me parut, alors, comme les autres garçons, incapable de parler, que des grognements d'une chose sans cervelle. Le grondement du tonnerre siffla la fin de la partie. J'arrêtais mon numéro avant qu'il n'explose et qu'il ne m'éclabousse de sa bave et de sa lave, car sa braguette avait comme la ferme résolution de sauter sous l'effet d'une poussée magmatique d'où transparaissaient les premières fusions sous l'aspect d'un liquide translucide qui se coagulait au sommet d'une protubérance dans son entrejambe. Haletant comme un chien après une grande course, il jappait au lieu de parler, je conclus, alors, que l'humain était vassalisé, mais je ne savais pas encore par quelle puissance.

« Il avait dit plus tard dans son livre, en décrivant la même scène : *"son petit corps impubère, cruellement désirable de la tête aux pieds. Ses deux petites colombes semblent déjà bien formées. Mon cœur bat à se rompre. Je me tortillais sur ma chaise avec de sourds gémissements de confusion rétrospective."*

Alysia avait percé le secret de notre espèce en testant et en mettant à l'épreuve les pulsions de l'homme. Elle est préconfigurée par une entité occulte qu'elle qualifiait affectueusement de « Ver Suprême », me rapportait-il.

— C'est une histoire touchante, cette Alysia semble sortir d'un conte pour adultes ou d'un monde à l'envers.

— Ce n'est pas fini, écoute les péripéties du récit que me relata Artys. En ce qui le concernait, deux événements avaient concouru dans son adhésion au parti du jeu, comme il disait : sa démission après la dissolution de sa compagnie dans une multinationale et sa participation comme illustrateur de personnages d'animation aux côtés d'un réalisateur de films fantastiques. La série d'échecs de ses mariages le poussa aussi dans ce couloir de connaissances fines. Il me conta les péripéties de son dernier ménage qui lui confirma une fois pour toutes la prédestinée de l'acte humain.

« Dans mon dernier ménage avant ma conversion au jeu, j'avais le rôle (imposé par mon Tuteur) d'un homme qui voulait se caser, fonder une petite famille, vivre dans la tranquillité d'un foyer prospère et serein, mais sans enfants. Je ne voulais pas me dupliquer. Connaître les joies d'une famille unie, le prototype le plus répandu sur terre. J'ai donc entamé ma nouvelle phase en cherchant une fiancée. Je me suis dit la première femme que je rencontre je lui proposerai le mariage pour le mariage. Ainsi, Tyrsa est devenue en l'espace de quelques semaines ma femme officielle. Au début de la relation, elle prétendait qu'elle était une femme très simple ni exigeante ni difficile, elle aimait la vie, les bons restaurants, mais aussi rester à la maison au chaud autour d'une tisane, dans les bras de son amoureux, pas du tout attirée par la maternité. Trois mois après notre emménagement, elle a suggéré que nous allions dans le vieux continent où la température est douce et où il fait bon vivre. Je l'ai suivie et nous avons déménagé dans une ville qui baignait dans la mer. Deux mois plus tard, elle s'est plainte de l'humidité et de la froideur des gens. Le sud, cette fois, nous a accueillis, la chaleur humaine est débordante dans ces contrées. Ce qui l'a irritée dès la troisième semaine de notre atterrissage. Retrouvons les paysages de notre amour et retournons dans notre pays, argumenta-t-elle. Dans les premiers jours de notre retour, elle a commencé à regretter le soleil du Sud et m'a accusé de ne jamais proposer de solutions agréables à notre vie. Le neuvième mois de notre union, s'est ouvert sur des vœux express de ma femme : "Fais-moi un enfant", demanda-t-elle puis elle m'a supplié et enfin elle l'a exigé. "Il n'en est pas question", répondis-je obstinément. Un climat lourd et électrique s'est installé dans notre foyer. Chaque mot que je prononçais recevait, dès sa naissance, la hache de sa langue avant qu'il ne se rende jusqu'à ses oreilles. Un mois plus tard, elle a reçu le papier de divorce qu'elle m'a réclamé et s'est envolée vers la ville de ses parents. »

« Je me suis demandé pourquoi toutes mes femmes finissent par vouloir enfanter. Suis-je un attracteur universel de futures mères, ou serait-ce une puissance inconnue qui les dirige vers ce but ? »

En analysant son parcours conjugal, Artys eut la certitude que toutes ses anciennes femmes jouaient une pièce dont elles n'étaient pas les créatrices. Ce fut sa rencontre avec l'auteur du fantastique qui lui ouvrit les yeux sur l'appareil pourvoyeur de scénarios du Dispensateur. Il eut l'occasion de le vérifier quand son patron l'obligea de suivre le séminaire d'un gourou du marketing moderne. Il s'agissait de mettre en pratique une nouvelle technique publicitaire. Il l'instruit sur la théorie de la fabrication du goût. Dorénavant, ses dessins et caricatures doivent suggérer et persuader le client par leur propre sens en puissance au lieu d'accompagner le message écrit en appliquant la méthode de « la préférence à la carte ».

Cette approche révolutionnaire, selon son inventeur, consiste à inverser les termes de l'équation classique du marketing. Au lieu de sonder les consommateurs pour connaître leur goût, il propose tout simplement de le fabriquer pour eux, construire leur préférence. Demander à des millions de personnes ce qu'elles utilisent comme ingrédients dans leurs marmites coûte très cher et relève presque du domaine de l'impossible. Qu'est-ce qu'un habitant du Sud aimerait écouter comme musique, acheter comme voiture, regarder comme film ? On ne le sait pas, alors il faut le créer et le lui dire en l'implantant directement dans son cerveau.

Voudrait-on vendre des disques de musique populaire à des millions d'exemplaires ? Créons la préférence ! Comment ? Bombardons les gens d'un air de cette musique. La planète entière vibrera sous les notes de cet air. Pas une radio, pas une télé qui ne passe en boucle la musique de cet album. Pas un journal, pas un critique, pas une émission qui n'évoque cette musique. Trois semaines plus tard, les ventes de ce produit atteindront des sommets, des chiffres astronomiques. Le globe entier fredonnera le même air. Il suffit, donc, d'habituer une personne à une marchandise donnée pour qu'on puisse déduire ses goûts. Ce qui est valable pour la musique l'est aussi pour la mécanique, les vêtements, les ingrédients, les saveurs, les voyages et même jusqu'au canon de l'appréciation esthétique.

En parcourant les éléments essentiels de cette théorie, Artys découvrit la monstruosité de l'approche, modéliser l'humain, l'homogénéiser, le transformer en un collectif incolore et inodore. En poussant son étude, il apprit que les gourous du marketing roulaient pour une entité occulte. Ils agissaient au nom d'un corps secret qui confectionnait des rôles prêt-à-porter aux moutons.

Il démissionna de son poste et du monde asservi et rejoignit le milieu du scénario souverain.

— Tes amis ont tous des histoires extraordinaires à ce que je vois !

— C'est exactement la définition du Joueur, l'ordinaire, c'est son antithèse.

Quant à Nyvas, disait-il, son entrain naturel et son détachement impérial lui ouvrirent la grande porte du jeu.

« La mise en abîme nous l'escamotons sans grand effort si nous sommes prédisposés au jeu », témoignait-elle. La marche de son émancipation est un cas d'anthologie. Elle rejoignit l'industrie de la mode à l'âge de seize ans, participant à un concours de beauté dans son école, elle était l'élue. Son entourage l'encouragea à concourir à l'échelle nationale, elle avait décroché le titre de Miss du pays puis de l'univers par son charisme et sa beauté, car elle n'avait rien à prouver, juste être et paraître la mettait dans un état de jeu poignant.

Elle savait qu'elle attirait les petits mâles de son école qui l'approchaient en état de fonte en lui déclarant leur amour. Rejetant leurs avances mielleuses et leurs mièvreries, elle les prenait par les bras et les secouait à toute force en les apostrophant : "Soyez hommes, ne faites pas comme les filles". Sa conduite de jeune fille au-dessus des appels de l'instinct, dont elle ne sentait pas encore l'acuité ni l'intensité les intimidait. Sa fougue, sa personnalité rieuse et sa grande énergie décourageaient les prétendants les uns après les autres. « Elle ne se prenait pas au sérieux et ne pouvait pas pendant ce temps appréhender ni intégrer dans sa tendre pensée les intérêts et les convoitises des adultes. Elle resta la petite enfant espiègle et blagueuse, bagarreuse, désinvolte et très portée sur les quatre cents coups. Elle avait un peu beaucoup du sang des garçons, les sports, les aventures spontanées, affrontant les petits dangers et les sensations fortes comme des randonnées dans la forêt, l'escalade des montagnes, l'exploration des grottes, etc. Elle ne souciait guère de sa beauté, sa présence et sa franchise rendaient les garçons encore plus nerveux leur enlevant toute propension à la démonstration, parce qu'elle pouvait aisément les battre dans toutes les manifestations physiques, en athlétisme comme en natation, en vélo comme à cheval.

À dix-sept ans, Nyvas était déjà une femme mûre sur le plan physique, d'une présence imposante, elle dépassait par sa taille toutes les filles de son âge. Sa cordialité et son abandon lui assuraient une grande aisance dans le parler en public, soit qu'elle était insouciante et ignorante des convenances soit qu'elle était tout à fait consciente de son charme qui captivait l'assistance et lui donnait en contrepartie toute la latitude de l'utiliser à bon escient en montrant dès ce jeune âge une étonnante prédisposition au jeu qu'elle cultivait avec adresse et habileté.

— Comment sais-tu tout cela ? dis-je en lui coupant la parole.

— Elle me raconta le processus de sa conversion lors de notre collision charnelle.

— Comment l'as-tu connue ?

— Cela est une autre longue histoire, répondit-il, ajoutant qu'il me la raconterait un jour.

Puis, il a repris en disant que Nyvas était artiste en tout. Elle lui avait conté ses aventures lors de l'élaboration de leur premier scénario commun. Elle lui relatait ainsi son accession au monde de la comédie humaine.

« J'avais autour de dix-huit ans. Il y avait une meute d'hommes autour de moi, heureusement que ma mère était à mes côtés. Elle avait un petit savoir sur l'artificialité de la comédie humaine et sur son cirque. Dans le temps, elle était une actrice passablement connue. Dans ma loge, les cadeaux pleuvaient. Le maître d'hôtel n'arrêtait pas de frapper à ma porte. Un tas de bouquets de fleurs s'ingéniant dans la grosseur et la couleur. Et des roses, et des œillets, et des tulipes, et des fuchsias, etc., la surenchère était criarde dans le choix des cartes, mais aussi dans les beaux colliers, dans les belles bagues avec des petits mots aussi touchants les uns que les autres.

"De la part de M., le promoteur du défilé de mode, veuillez accepter mes vœux les plus sincères pour votre prochain anniversaire."

"Mes vœux pour votre réussite actuelle et future. Votre grand admirateur S de la maison Jior."

« Le concepteur H du défilé me présente ses félicitations les plus chaleureuses pour ma sublime prestance, etc. Tu vois le genre ? Le spectre va du plus ridicule au plus pathétique. Ma sublime prestation, tu entends cela. De prestation, il s'agissait d'une marche sur le podium, portant une robe ou une jupe.

« Je ne pouvais pas admettre que de petits pas exécutés sous les projecteurs aveuglants de la scène puissent déclencher une telle avalanche de reconnaissance et d'admiration. Je me disais, je parlais toute seule, au fond de moi-même, ce n'est qu'un songe, je suis en train de rêver peut-être. Qu'ai-je fait de si extraordinaire pour mériter toute cette attention et tous ces cadeaux, je n'ai pas inventé la pénicilline, ni la radio, ni le téléphone, ni l'ordinateur ni la bombe H. Comment se fait-il que je sois adulée et adorée à ce point. Le directeur du magazine "Tel" me prie de lui accorder une interview, le rédacteur en chef de la revue "Gor" invite ma haute bienveillance de bien vouloir lui réserver l'honneur de publier mon portrait. Il voulait écrire un papier qui exposerait les points saillants de ma vie.

« Ma vie, je suis partie sur un grand rire, quelle vie, je viens de terminer mes études secondaires. J'habite chez mes parents, je partage ma chambre avec ma sœur et toutes nos discussions ne tournaient qu'autour des garçons. Quelle vie voudrait bien inventer pour moi, le rédacteur ? Ce que je mange à midi et ce que je lis comme livres et quelle couleur est ma préférée, si j'aime les chats ou les chiens ou les deux. Qu'est-ce que j'aime prendre au petit déjeuner, tu vois le portrait ?

« Le patron d'une grande chaîne de magasins à la mode implore ma haute personne, tu as bien entendu, m'implore de bien vouloir accepter son invitation, je lui ferai le plus grand honneur et l'ultime bonheur de me voir assister à la fête annuelle de ses grands magasins. Ajoutant que ma présence mériterait bien la modique somme de cent mille écus. »

La belle Nyvas, mannequin de son métier, aventurière de son état, elle sillonnait les pays du monde tout en affinant sa méthode du jeu. D'une capitale à l'autre, elle s'exerçait à améliorer ses rôles. Elle a atteint un tel degré de liberté et de pouvoir qu'elle voyait la vie comme un carrousel où les individus, tels des satellites soumis à la force de gravité, étaient liés ou collés ne pouvant plus s'en détacher. Elle chercha dans sa jeune expérience ce qui l'amena à occuper un tel rang dans la société. Analysant les dessous de son ascension, elle déduisit que la société était policée. Après les milliers de commentaires répétés par des milliers de fanatiques qu'elle recevait au fil du temps, elle comprit que les gens étaient enchaînés. Pourquoi tout ce beau monde me disait la même chose textuellement : tu es belle, magnifique, sensuelle, charmante, attirante, agréable, sexy, sublime, inégalable, tu es la déesse, la divine, la diva, la plus admirable, la plus désirable ?

Elle eut droit à tous les superlatifs positifs de la langue.

Elle se demandait :

« La gent masculine est-elle à ce point limitée, tous les mâles sont des prétendants à la couronne de mon corps, sont-ils tous idiots, abrutis, je suscite la même réaction là où je descends, ils me déclarent à tour de rôle et chacun à sa façon, leur amour et leur attachement et leur affection et leur désir, ils voudraient mon allégeance à leurs penchants lubriques, mais pour qui roulent-ils ? »

Elle se disait une chose ne tournait pas rond chez les humains, ont-ils tous le même réflexe devant l'objet désiré, ils sont donc substituables ou permutables, Jodias un jour, Josias un autre.

Du côté des femmes, il y en avait qui cherchaient sa société, pour être vues, parce que toutes les lumières étaient braquées sur elle. Elles espéraient être arrosées de ses restes, mais il y en avait d'autres qui l'évitaient parce qu'elle les éclipsait. Cependant, dans les deux cas, les mêmes propos, admiratifs et laudatifs l'accueillaient après sa prestation. Là, aussi, remarqua-t-elle, l'approche est orthodoxe, les mêmes mots, presque les mêmes phrases s'échappent d'entre les dents féminines.

Pour te dire, des fois, l'ouverture sur l'univers des « joueurs » est presque mûre. N'y avait-il, donc, aucune autre vision des choses dans ce monde que ce qu'elle expérimentait. Certes non !

— Elle est remarquable son histoire, je peux très bien sympathiser avec son irritation, mais comment a-t-elle intégré le monde des « joueurs » ?

— Dans la nuit du vingt-cinq mars de l'année…, dans un petit restaurant d'une rue anonyme, elle avait rendez-vous avec le prétexte de son ascension, elle allait embrasser l'autre versant du ciel. Une ex-vedette du show-business se tenait là. Elle reconnut tout de suite Nyvas et elle s'était dit, voilà, une fille au courant des dessous de l'artifice et des paillettes, je vais lui ouvrir la porte du jeu si elle n'y est pas déjà. Il ne lui fallut pas beaucoup de temps ni de démonstrations pour qu'elle s'aperçoive qu'elle était Joueuse sans le savoir. Son intelligence et ses connaissances lui ouvrirent, sur le coup, l'univers du jeu. Depuis ce jour-là, elle comprit son rôle, ce qu'elle cherchait depuis longtemps était en elle, il suffisait qu'elle le lise sans intermédiaire et sans loupe dans son cerveau. Nyvas était prédisposée, étant au fait du comportement de l'homme et ayant expérimenté toutes les facettes de la vie policée, elle devint l'une des plus grandes « joueuses » et l'une des plus talentueuses de notre époque.

— C'est un cheminement exceptionnel et c'est très inspirant, mais qui me dit que tu ne fais qu'inventer ces histoires.

— Personne, mais regarde dans le miroir si j'y suis. Tu sais que le réel et le fictif peuvent jouer le même rôle et avoir la même fonction. Combien de civilisations furent bâties sur des récits fictifs ou mythiques, penses-tu ? Les mythes qu'on appelle justement fondateurs !

IV

J'étais désarmé, tirant une morale devant cette réplique de haute volée, je me suis ressaisi. Je restais sur mes gardes tout en apparaissant intéressé à son système de scénarios, j'ai dit :

« Est-ce que le Joueur suit toujours son scénario, je veux dire à tout instant ?

— Bien sûr que non. Le cerveau ne peut se prêter indéfiniment à cet effort, il lui faut du temps pour récupérer et se reposer, c'est-à-dire s'occuper de l'impératif instinctif. Si tu vibres à la vue d'une femme qui passe à côté de toi, cela tu ne peux jamais le planifier, si ça te fait de l'effet, ça te fait de l'effet, difficile à taire, c'est au-dessus des capacités d'un cerveau en marche. Si un oiseau rouge te fait sourire, tu ne pourras pas te soustraire à cette impression non plus. C'est une autre histoire de l'organisation directive, elle se situe dans une sphère triviale, celle de notre animalité. C'est l'impératif du cosmos, qu'on devrait questionner un jour, mais le Dispensateur en use et c'est là où réside le danger de la rechute. Tu sais très bien que tous les services de police secrète emploient ce stratagème pour piéger leurs clients, c'est un moyen extrêmement efficace. »

« Alors, quand est-ce que tu suis ton scénario ?

— En agissant, dans l'interaction, tu suis, sans aucun doute, une sorte de scénario !

— D'accord, en disant ces mots, est-ce que tu as suivi ce qu'il y a dans ton livre ? dis-je en essayant de le mettre dans l'embarras de la contradiction. »

« Point par point. Et comme toi d'ailleurs, en entrant dans ces lieux, tu saluas le serveur avec la même formule que celle de la veille. Et comme hier et avant-hier, le serveur te répondit avec la même salutation en ajoutant, puisque tu es un client régulier : "Oh, il fait beau aujourd'hui !" Et tu dis, comme les jours précédents : "Oui, il fait beau, espérons que ça dure."

— Il est donc impossible de ne pas suivre le texte ? dis-je en procédant par déduction.

— Dans les interactions ordinaires de tous les jours, il est presque impossible de passer outre son texte. Dans toute communication avec tes semblables, tu suis ton scénario. Tu dois improviser, par ailleurs, dans des situations complexes comme celles des histoires d'amour où d'autres paramètres entrent en jeu, comme les sentiments et les émotions. En d'autres termes, en interagissant, l'être humain est désarmé, il suit forcément un scénario, écrit par lui ou par le Dispensateur. Oui, tu suivis un scénario en me posant cette question et au moment où je te parle, je suis à la lettre mon scénario. »

« Il est donc hors de question de se libérer de son scénario ? Je voulais le piéger, qu'il comprenne qu'il ne pouvait pas mystifier tout le monde.

— Il est presque impossible, dit-il.

— Tu n'es pas libre de ton scénario, donc, même si tu dis que tu suis ton propre texte ? dis-je en revenant à la charge.

— Non, je ne suis pas du tout libre, pas dans le sens que tu donnes au mot "libre", mais dans ma propre pratique de tous les jours, je le suis, libre de tout.

— Quel est l'intérêt, alors, de concevoir un scénario, demandais-je d'un ton triomphant.

— En rédigeant ton scénario, tu sauras au moins que tu suis ton propre scénario.

— Si tu sais que tu suis un scénario, quelle différence cela fait-il par rapport aux autres ?

— Sachant que tu suis un rôle préétabli conçu par toi, cela te mène à ne pas suivre le plan du Dispensateur tout court. »

Ce traité sur l'indétermination de l'être semble suivre une méthodologie propre à l'imaginaire de mon interlocuteur. De plus en plus charmé par cette incursion inattendue dans le jeu dont les contours m'apparaissaient caractéristiques d'un esprit juvénile et indépendant, j'ai repris mon interrogatoire :

« Les gens qui suivent des scénarios sans le savoir sont-ils dangereux ?

— Cela dépend de ce que tu entends par "dangereux", pour qui et pour quoi aussi. Le paradigme des scénarios instauré par le Dispensateur qui nous assigne un rôle, dès notre naissance, ne fonctionne que si les gens sont en totale ignorance de leur état.

— Ce qui veut dire ?

— Ceux qui suivent le scénario sans le savoir, ne sont pas, en pratique, dangereux pour le système du Dispensateur, parce qu'ils appliquent à la lettre ce qui a été décidé pour eux.

— Alors, ceux qui sont dangereux savent-ils qu'ils suivent ?

— Oui, ceux qui connaissent le moteur du vaisseau sont les redoutables ennemis du Joueur et du suiveur inconscient, parce qu'ils sont à la solde du Dispensateur par crainte ou par intérêt. Ils sont à sa disposition, ils sont les gendarmes du régime, des collabos. La bulle ne peut grandir ni survivre sans souffleurs intéressés. »

Non satisfait, je persévérais dans mon offensive :

« Les "joueurs", courent-ils des dangers ? demandai-je.

« Le système fermé ne peut jamais revenir en arrière spontanément, c'est une loi de l'univers, toute transformation réelle s'effectue avec augmentation de désordre global, cela crée de l'entropie et cette entropie menace l'équilibre institué par le Dispensateur. Il ne supporte pas, donc, la dissidence, il élimine les acteurs lucides ou il les recrute comme supplétifs. Ils occupent en général des postes de surveillance, tels que la police ou la gendarmerie ou les services secrets. Nous avons, là, l'un des cycles les plus fourbes que l'humain ait connus dans toute son histoire. C'est une construction qui produisit toute une race d'espèces qui ne savent pas qu'elles ne font que jouer le rôle d'individus libres de penser et d'agir. C'est la méthode la plus insidieuse et la plus démoniaque de l'autocontrôle ou de l'autosatisfaction suggérée qui ne fut jamais inventée comme si elle était sécrétée par une glande greffée dans le corps. Faire accroire à une personne qu'elle est entièrement libre de ses faits et gestes, de ses orientations et convictions, alors qu'en réalité elle ne fait que suivre mot à mot ce qui lui a été assigné comme rôle dans la vie, c'est le summum de la machination, c'est la perfection de la manipulation montée par le Dispensateur.

« Le parcours d'Agyles est un cas accablant et symptomatique de l'extrême violence du Dispensateur. Il élimine les "perturbateurs" en les enfermant dans les hôpitaux psychiatriques et en les poussant au suicide. Agyles, un Joueur de fraîche date au grand potentiel, mais pas assez aguerri, fit les frais de son éclosion précoce avant qu'il fourbisse ses armes. Il décrivit dans son journal leurs perfides méthodes d'exécutions. "Ils commencent par alerter tes proches, parents, frères et sœurs puis ils élargissent le cercle à tes amis et tes collègues. Ils te conseillent de consulter un médecin, un psychologue ou un psychiatre, ensuite, ils le recommandent et enfin tes parents l'exigent. J'ai été emmené de force dans un asile psychiatrique. Ils m'ont bourré de pilules bleues et rouges. Ils ont facilité mon évasion. Sur la route, je me suis allongé et je me suis coupé les veines. Ce n'est que l'intense froid qui m'a sauvé la vie. C'était leur première tentative."

« La veille de son départ définitif, il appela une connaissance et lui révéla les grandes lignes de son dernier scénario dont il pressentait l'imposture. Le contenu ne lui ressemblait pas du tout, Il fut écrit peut-être sous l'effet d'un artifice insufflé par le Tuteur. "C'était comme un rêve", disait-il. « "Je marche vers les rails comme un somnambule, attiré par leur aimant, un peu beau, un peu balourd, un peu fin et insouciant, un peu intelligent, un peu superflu, un peu sûr de rien, un peu lourd de notes inachevées, un peu léger d'airs dans la tête, un peu imprégné de sons contraires, peut-être juste de vent, du vent dans les oreilles, du vent me frayant la voie, du vent jouant avec mes cheveux, du vent guidant mes orteils, du vent caressant mes joues. J'étais au vent, vent dedans. Un vent portant propulsait mon destin. Je l'ai suivi sous les insinuations vertes de sa chanson altruiste. Des notes joyeuses de l'au-delà qu'il sifflotait. Il m'a poussé jusqu'au pont. J'ai dit en montant sur le pont : je suis là, près de la chute, prêt au voyage, le monde et ses couleurs et ses bavardages m'ont abruti. Voilà, vêtu de mes beaux pantalons et de ma plus belle chemise, chaussettes aux pieds, pour rencontrer le vide de vos digressions insipides pour éviter vos hurlements séquentiels assommants. Je suis allongé sur les rails et je vois le train aux yeux grands ouverts qui fonce sur mon corps. Il passe, je me réveille trempé de sueur et tremblant des orteils aux cheveux. Le Dispensateur a-t-il engagé un tueur à gages, le vent, pour m'achever?" »

« Le lendemain, la police le retrouva dans la position qu'il avait décrite à son ami, coupé en deux à la verticale avec ses belles chaussettes et ses beaux pantalons. »

V

Le présentateur qui retient l'attention revient occuper l'écran.

L'Alcalino-Voraxie d'Atlantique avait entrepris la guerre et l'avait remporté en éclair sur la Mésotarie.

L'expert revenait lui aussi avec le présentateur et répétait les mêmes paroles depuis mon entrée dans ces lieux :

Tout d'abord, il faut savoir une chose importante, le chef de la Mésotarie est un tyran…

Me désignant les soldats qui paradaient sur l'écran, il m'a demandé ce que j'éprouvais à leur égard.

« Ce que j'éprouvais, j'ai répété en riant, parce que j'estimais l'emploi de ce verbe un peu déplacé. Ce sont des soldats qui rentrent du front, ils ont hâte de baiser les leurs, répondis-je avec une neutralité positive.

— Regarde comme ils sont heureux, ils paraissent en parfaite forme physique et morale. Ils font des signes de victoire avec leurs mains, ils saluent le public massé sur le trottoir ? D'où reviennent-ils ?

— De la Mésotarie ! ?

— C'est la guerre qui a lieu en ce moment. Servis-tu déjà sous les drapeaux ?

— Non, je n'ai jamais mis les pieds dans une caserne. Et toi ?

— Le meilleur exemple de la capture absolue de chacun de nos actes est l'institution militaire, je servis dans le corps des marines à l'âge de 19 ans. La première journée de notre engagement, le sergent formateur nous avait dit :

« Dès ce moment, vous mettez dans les vestiaires de la vie civile et vos vêtements et vos croyances, religieuses et philosophiques. Vos "je pense que", "je crois que", "selon moi" ou "ce n'est pas normal", sont des petites bêtes nocives, ici, qu'il faudrait dorénavant s'en débarrasser au plus sacrant, vous les enfouissez dans votre subconscient qu'ils ne voient plus le jour jusqu'à votre libération du service. »

« La vie dans l'armée est exempte de réflexion. À l'intérieur des murs d'une caserne, les règles sont explicites. Toute l'architecture est basée sur un seul commandement : obéissance aux ordres. Ils te diront : ici, on réfléchit à ta place, tu es un outil entre les mains de tes chefs. Les études effectuées sur le moral des soldats et leurs supérieurs, selon les psychologues du Ministère de la Défense, attestent que nous jouissons d'une bonhomie fort plaisante et d'une grande placidité dans notre quotidien, nous semblons heureux de notre sort, car nous sommes dispensés, sous tous les rapports, du sens de la responsabilité. Nous sommes corps et âme propriété de l'armée.

« Aucun remords ni aucun regret ne ronge notre conscience, car nous croyons au fond de nous-mêmes que nous ne sommes pas, personnellement, responsables des tueries que nous perpétrions. Nous pouvons détruire des villages entiers, raser des villes de la carte avec notre arsenal, exterminer une ethnie entière avec le sentiment du devoir accompli. Nous sauterons même de joie devant les obus que nous larguons et qui atteignent leurs objectifs, que ce soit un abri pour enfants ou un dépôt d'explosifs. Pour nous, l'opération est réussie, c'est tout ce qui comptait d'après les conclusions du rapport du département d'État de la défense.

« À la fin de notre service, nous reprenons nos rôles dans la vie civile comme avant. Cependant, la majorité d'entre nous ne savent pas qu'ils continuent de plus belle à se soumettre, niais, à d'autres instances beaucoup plus subtiles, parce qu'ils n'émettent aucune requête directe. C'est, plutôt, tout un mécanisme, savamment monté, qui nous mène à servir les desseins du Dispensateur. »

— Nous sommes, donc, tous dans la même caserne peuple et soldats et chefs de soldats ? dis-je sans conviction.

— Penses-tu que le chef suprême des soldats et du pays est un bourreau sanguinaire, un assassin sans scrupules, un tueur sans pitié, un homme sans cœur ? dit-il, et sans attendre ma réponse il continua :

« Non, bien sûr, il fut élu pertinemment parce qu'il incarnait le bon père de famille tranquille, aimable et responsable, qui prend soin de ses enfants et de ses parents, qui aime sa femme et qui la respecte, qui écoute ses amis, qui console les parents des soldats disparus, qui a de la compassion pour ses proches, qui aide les pauvres. Non, bien sûr parce qu'il a une religion et il croit en un Dieu tout puissant et il le craint et suit ses préceptes et ses recommandations : ne point tuer son prochain, ne point mentir, ne point tricher. Il prêche même la bonne parole parmi les siens, il encourage ses concitoyens à se conformer aux enseignements du livre sacré, il exhorte les jeunes à respecter l'abstinence avant le mariage. Penses-tu qu'un tel père puisse décider un jour, comme ça, sur un coup de tête, d'envahir un pays souverain, et d'envoyer son armée massacrer des milliers d'hommes et de femmes et des milliers d'enfants de son propre gré, et d'applaudir le retour de ses fantassins en leur adressant de sincères félicitations de succès ?

— Tout ça me paraît bien logique, selon ta théorie, le chef de cette grande nation est, lui aussi, un Joueur écervelé qui ne sait pas qu'il joue, c'est ce que tu veux dire ? Il exécute les ordres de son Dispensateur comme moi ?

— Il se trouve qu'il grimpa les échelons d'une manière différente de la tienne. Tu es bien un chef de quelque chose, n'est-ce pas ? »

VI

15h45

La femme qui a l'apparence d'une poupée de cire supplante l'homme sérieux de la télévision et s'égosille :

JOSYLINA, L'HÉROÏNE DU DERNIER FILM DE SYBRUCK ENTREPREND UNE DIÈTE EN VUE DE SON PROCHAIN TOURNAGE, ELLE VIENT DE PUBLIER UN LIVRE DE RECETTES DE PETITS DÉJEUNERS DANS LEQUEL ELLE DÉCRIT SES DERNIÈRES CRÉATIONS DIÉTÉTIQUES. LES JOURNALISTES QUI ONT PU L'APPROCHER LUI ONT DEMANDÉ QUELLE ÉTAIT LA COMPOSITION DE SON DERNIER PETIT-DÉJEUNER, ET ELLE A RÉPONDU AVEC JOIE ET AMABILITÉ, PRÉCISENT LES REPORTERS. « J'AI MANGÉ, CE MATIN MÊME, UN AVOCAT UN PEU GRAS, JE DOIS L'AVOUER, MAIS PAS MAL FERME TOUT DE MÊME, UN ŒUF DUR, UNE BANANE, DEUX TRANCHES D'ANANAS ET UN JUS DE TOMATE BIOLOGIQUE, C'EST CE QUI MAINTIENT MA LIGNE FINE ET SQUELETTIQUE », BLAGUAIT-ELLE.

C'est la suggestion intrusive ou le règne de l'apparence et de la ressemblance, disait le Joueur. Le Dispensateur ne manqua jamais d'inspiration pour divertir les humains, après la prévalence de la figure « des Dieux, des Prophètes, des Aèdes, des Sages, des Philosophes et des Intellectuels », le voilà enfin arrivé à celle « de la Star, du Présentateur Vedette et du Sportif. » Les anciens archétypes furent spirituels et les modernes, physiques, remarquait-il.

J'étais surpris par ses commentaires et impressionné, en vérité, par ses vues.

« Où est-ce que tu as acquis ce savoir ? »

« Je fus instruit par la marche aléatoire de l'histoire, par ses éclairs et par sa foudre, celle qui frappe sans volonté propre ni distinction ni discernement les marcheurs et autres coureurs parmi nous. J'appris par tâtonnement dans les artères sombres de la vie et j'étudiai dans les coulisses du chaos. » Dit-il.

« Dans quelle langue t'exprimes-tu ? Pourquoi utilises-tu cette obsolète syntaxe dans ton parler, ces temps sont impropres à la communication moderne ?

« Non, monsieur, c'est mon scénario. Cela fait presque six mois que je n'utilise que le passé simple dans mes récits. Le passé composé est un parasite du langage. L'emploi des auxiliaires est un gaspillage pur et simple de notre salive. Ils sont superflus, ils ne servent qu'à alourdir les phrases, qu'à bouffer notre énergie. "J'ai mangé", "tu as chanté", "nous sommes allés", "ils ont voyagé" deviennent : "je mangeai", "tu chantas", "nous allâmes", "ils voyagèrent", n'est-ce pas plus élégant, plus fin et plus léger, et nous réalisons, en outre, de grandes économies. Considère cela à l'échelle de tout un peuple ? Ce temps gagné sur les auxiliaires servira à bâtir des dizaines de tunnels et de ponts, des milliers de maisons, notre vie s'allongera de quelques années. Débarrassons-nous de ces petites particules insignifiantes qui nous empoisonnent la vie et précipitent notre fin. Si on se racontait nos histoires au passé simple, on économiserait, temps et argent, tu ne trouves pas ! Allons, abolissons les temps composés, et édifions notre récit au passé simple !1 »

— Quel charmant jeu de langue, comment l'as-tu découvert ?

— C'est Alysia qui m'initia à ce jeu, le premier scénario qu'elle m'avait proposé consistait à n'utiliser dans notre parler pendant trois semaines que des verbes transitifs indirects. Ensuite, elle apporta une légère variation : en plus des verbes transitifs, elle ajouta que ces derniers doivent contenir un « v » ou un « r » ou les deux. Une autre fois, elle introduisit la spécificité suivante : toutes nos phrases doivent impérati-

---

1 Le joueur a inventé une nouvelle conjugaison sans auxiliaires, voir l'appendice.

vement comporter des noms et des verbes en « r » ou en « v » ou les deux.

— Comment est-ce que vous pouvez communiquer qu'avec des mots comprenant les lettres « r » et « v »? Comment diriez-vous, pour commander un café par exemple?

— Voudriez-vous me servir un breuvage velouté de grains noirs torréfiés, brûlant et sans sucre. Il fallait être créatif. Alysia passa toute une saison sans employer aucun verbe dans ses phrases. Elle disait que les verbes dérangent parfois la quiétude des substantifs. Ils prélassent paisibles dans une phrase nominale, mais dès qu'un verbe fait irruption, tu les vois sauter les uns sur les autres comme des bêtes féroces sur leurs proies.

Ce ne sont que des esprits ludiques ces « joueurs », me suis-je dit.

5

I

Devant une Jen nerveuse et assez anxieuse, j'étais concentré sur mes manœuvres tactiques d'approche finale, vous disais-je, à propos de la question qui me torturait. Elle revenait, comme une pluie soudaine d'un orage d'été, taper de plus en plus fort sur les vitres mi-closes de mon honneur viril. Elle faisait surface dans ma tête comme une vague aux bras du vent, elle roule, s'enroule et gonfle, bientôt elle va s'abattre sur le rivage, elle m'emporterait, si je ne lui creusais pas un sillon, si je ne la canalisais pas vers l'enceinte auditive de Jen. Comment l'introduire, dois-je tourner autour du pot, effectuer plusieurs tours de piste, puis par des décélérations progressives et procédant par des virages de plus en plus serrés et par des glissements souples, je la déposerais en toute douceur, qu'elle ne sente même pas son atterrissage?

Jen regardait la télé quand je suis rentré, un peu plus tard que d'habitude. Ouvrir la porte, avancer d'un pas puis ramener le deuxième en le traînant jusqu'au premier, refermer la porte derrière soi, se retourner, jeter un œil panoramique indolent, embrassant les lieux sans retenir de prime abord aucun détail, j'étais conscient de chaque geste comme un cambrioleur ou un invité d'une grande personnalité qui met pour la première fois les pieds dans le palais de son hôte. Les murs du couloir tapissés de petits tableaux que je n'ai jamais examinés avec attention. Ma femme les a récupérés de son ancien logement. Ont-ils une valeur esthétique prouvée qui nourrit le plaisir visuel de Jen matin et soir? Je ne sais pas! Ce n'est pas important non plus. Me dirigeant vers le salon, les fauteuils, les chaises, la table, la télévision me semblaient figés, givrés par le temps, rivés au quotidien jusqu'à ne plus paraître. Qui a décidé de leur mise en place ? Jen, bien sûr. Je ne me suis jamais occupé de ces choses d'intérieur, je ne m'immisçais pas dans ses choix, à un point tel qu'elle m'accusait parfois d'indifférence. J'approuvais, généralement, sans que je sois formellement consulté, tout ce qu'elle apportait comme innovation dans notre demeure (nouveaux meubles, nouvelle salle à manger, nouvelle décoration…)

Mes yeux neufs cherchaient ceux de Jen qui est venue à ma rencontre. Observant ma démarche indécise, elle a sur-sauté. D'après son visage qui passait par toutes les couleurs pâles, j'ai compris sur-le-champ que le mien disait long sur ma métamorphose. Je lisais sur le sien le désarroi que le mien exprimait, arborant de multiples impacts, vestige de mon exposition prolongée au rayonnement verbal du Joueur, fièrement exhibés par ma toute récente conversion. J'avais à l'évidence l'air hébété, comme un boxeur qu'on vient d'envoyer au tapis et qui essaye de toutes ses forces de se remettre debout, mais en vain.

Debout, la tête haute, balançant d'un côté à l'autre, tout son corps était en convulsion, ses paupières se pliaient et se reployaient, ses cils battaient à une folle fréquence, me dévisageant à la quête de tout indice prometteur d'une clarification de ma prestance incongrue à vrai dire. L'intelligence émotive de ma copine butait sur l'allure abstruse de mon sourire, j'étais, tout d'un coup, illisible et imprévisible à ses yeux.

Elle m'a longuement scruté, comme jamais elle ne l'avait fait, en suivant mon avancée indécise vers le salon. Une grande interrogation clignotait vigoureusement dans ses yeux qui dardaient dans toutes les directions menant aux miens, elle la faisait trembler tout en me renseignant que j'étais différent de l'homme qu'elle avait toujours côtoyé.

« Oh Jer, mon chéri, qu'est-ce qui s'est passé ? » dit-elle, d'une voix nouée.

« Mon chéri, quelle funèbre figure tu fais, un événement grave ou un incident fâcheux serait arrivé au laboratoire ? Est-ce qu'on t'a refusé le poste de recherche ? »

Une question me brûlait les lèvres et enflammait tous les filaments de mes fibres sensitives. Elle trottait de long en large dans ma tête, elle voudrait s'en échapper. Sortir, c'était son maître mot, de ma bouche, des pores de ma peau, de mes poils, mais sortir. J'étais incapable de placer la moindre parole. L'inquiétude rampait dans ses veines, la crainte d'assister en direct à la déclaration d'une nouvelle tout à fait inattendue et fort probablement dramatique la mettait dans un état d'alerte rouge. Ses yeux scintillaient, ses mains gesticulaient, son être tout entier frétillait exigeant sans délai une explication de l'état de mon état.

Elle a insisté : « que s'est-il passé Jer ? Réponds-moi s'il te plaît, tu me fais peur.

« Ne t'inquiète pas, répondis-je. Rien de grave, rien du tout.

— Je t'ai attendu pour le souper, mais tu n'es pas venu et tu ne m'as même pas téléphoné. Alors, j'ai commencé à visionner le film que nous avons loué pour la soirée. »

Le souper, le téléphone, le film, ces mots entraient nus dans mes oreilles sans chair et sans signification aucune, comme vidés de leur substance. Tout ce qui tournait libre dans ma tête et prêt à prendre place dans notre salon c'était l'incontournable question. Comment la mettre sur la table sans aucune préparation, je sais qu'elle n'était pas une question ordinaire. Je me retenais avec un effort évident comme un enfant qui n'ose pas avouer la vérité de ses coups tordus à ses parents. Toute l'atmosphère de notre logis était empreinte de cette question. Elle vociférait dans tous les coins et recoins de la maison, mais inaudible aux oreilles de mon épouse.

J'ai, de peine et de labeur, balbutié que tout allait bien, que je n'avais rien, rien de grave ne m'était arrivé. La teneur de mes propos et leur cadence et le tremblement qui les caractérisait n'offraient aucune assurance à ma copine.

—Tu as l'air ailleurs ! Tu as vu ta mine, regarde-toi dans le miroir !

J'ai finalement prononcé une phrase plus ou moins cohérente : « Aujourd'hui, j'ai rencontré une personne. Je viens de la quitter à l'instant, nous sommes restés au bistrot pendant tout l'après-midi. »

J'étais moi-même et très sûr de moi avant d'entrer dans ce restaurant, et j'en suis sorti autre, un nouvel homme, vierge et pris dans le vertige du jeu. Je me parlais.

II

Ce matin encore j'étais l'homme que je ne suis plus maintenant. À onze heures, à la cafétéria, je me préparais à affronter le patron, je révisais mes notes en sirotant un café, j'apportais les dernières retouches à ma présentation. En y entrant, je croisais mes deux adjoints et collègues de recherche qui s'en retiraient. Ils m'ont interpellé en chœur avant de me souhaiter la bonne chance : « T'as vu la nouvelle stagiaire… un P.É.T.A.R.D ! » Frénétiques et excités comme mes bestioles quand je leur appliquais une pression de deux bars et en les dopant au kérosène. « Non, je ne l'ai pas vue, dis-je, ajoutant qui va l'encadrer ? »

« Moi », répondait le duo.

« Quelle est sa spécialité ? » m'enquérais-je. « La statistique atomistique appliquée aux milieux humides », dirent-ils.

— C'est pile dans mes cordes.

— Une pratique même superficielle en microbiologie statistique ne lui ferait que du bien, argumentaient mes deux subalternes en riant. « Merde, pour ta réunion ! » Crièrent-ils en s'éloignant. On fêtera cela au bistrot si tu réussis à faire fléchir le « Rictus ». C'est ainsi qu'on appelle le patron entre nous.

J'ai passé presque deux heures dans l'immense bureau du directeur au treizième étage. Il était entouré de deux personnes étrangères à l'institut, je ne les avais jamais vues auparavant. Il les présenta comme les envoyés personnels de notre grand bailleur de fonds pour nos recherches. Leurs lunettes noires m'indisposaient et me mettaient très mal à l'aise. Sans vous encombrer de détails scientifiques et de termes techniques de notre jargon, je pourrais résumer ma position ainsi : je voulais réorienter les travaux de notre chaire vers des domaines d'application médicale. « La nouvelle étape de notre travail devrait être dirigée vers des applications microbiologiques à caractère médical au lieu des applications aérodynamiques qui n'apporteraient aucun résultat palpable à l'avancée de notre organisation de santé », commençais-je. « Continuez, nous vous écoutons », intervint le directeur sans aucun encouragement.

III

En rentrant chez moi, j'ai suivi le chemin habituel, mais du côté nord, comme je vous l'ai déjà dit. Je me préoccupais de mon circuit, je notais l'état de la chaussée, les couleurs des maisons, les paresseux bourgeons d'avril sur les chétives branches des arbres qui cillaient comme émergeant d'un long sommeil. Encore sous l'influence des heures de discussion que j'ai eues avec le Joueur, je me posais mille et une questions. Pourquoi je prenais toujours le même chemin, est-ce une décision souveraine, voulue et exécutée selon mes penchants et mon humeur de l'heure, est-ce inscrit dans mon cerveau une fois pour toutes. Je fais le trajet machinalement sans réfléchir aux autres options. Suis-je sur le pilotage automatique ?

Au coin de la rue de ma résidence, je voyais de loin mon voisin en robe de chambre transportant la poubelle pour la déposer sur le trottoir. Sapiens, son nom. On s'est échangé d'innombrables « bonjour » sans jamais tenir une seule conversation intelligente, que des platitudes d'usage : « Oh, il fait froid aujourd'hui », ou « Il fera beau demain ». Que fait-il dans la vie, je ne sais rien de lui, sauf qu'il est gérant d'une succursale de banque. Sa femme, non plus, ne m'a jamais adressé plus de trois ou quatre mots à la fois, que des paroles creuses. Nous entendions parfois des cris de jouissance ou de frustration du bas de notre appartement et nous nous disions, ma partenaire et moi : « Oh, les voisins venaient de goûter au plaisir charnel ou ils se sont fâchés pour une raison ou une autre ». Aux premiers jours de notre emménagement, nous nous intéressions à cette animation au-dessus de nos têtes. Cela occupait un peu notre ménage, elle agrémentait le contenu de nos dialogues, mais avec le temps elle ne faisait plus le sujet de nos discussions.

En l'apercevant, comme à l'accoutumée, à une heure précise de la nuit, porter ses vidanges, je me suis demandé : « Sapiens, joue-t-il, est-il un adepte du jeu ou suit-il le rôle qu'on lui a assigné sans qu'il ne sache rien de sa condition. » Tout ce qui résonnait dans ma tête c'était le jeu, le scénario et le Dispensateur, en somme tout ce que mon énigmatique voisin de comptoir m'a inoculé.

Je le croiserai, au seuil de l'immeuble, c'est inévitable, je ne suis qu'à cinquante mètres de la cible. Comment l'aborderai-je ? Bonsoir, bonjour comme d'habitude ou, pour une fois, je casserais la monotonie des palabres que nous n'avons cessé de nous livrer sans aucune substance. Ces variantes se perpétuaient en désordre et sans frein dans ma tête, cela enflait au-delà de toute mesure. Que se passerait-il si je l'approchais avec une recette tout à fait nouvelle, comment réagira-t-il à mon hommage, dira-t-il comme à l'accoutumée bonsoir et il s'éclipsera dans la cage d'escalier, ou ira-t-il prendre part à ma nouveauté et interagir différemment.

Là, un bouillon d'inquiétude envahissant les terminaisons nerveuses de mes synapses a tiré l'alarme, je n'avais pas encore écrit mon propre scénario. J'imitais le Joueur, mais le Joueur a dit : « Celui qui suit les préceptes d'un autre Joueur finira fatalement entre les mains du Dispensateur ». Il m'informait que dans le monde des « joueurs », la notion de maître et disciple n'existait pas. Chaque individu est une entité unique et souveraine. Dans cet espace, personne ne suit ni adopte les principes d'une autre personne. « Chaque individu doit, c'est un impératif vital, central pour ne pas dire crucial, trouver sa propre voie, parce qu'à cette altitude et dans cette gracile dimension, aucune recette au monde ne te sera utile, ni aucun savoir humain ni divin ne pourra te porter secours, car tu seras tenu d'innover, d'inventer, de créer à tout instant. » me prévenait-il.

IV

Jen, une employée irréprochable, travaillait en toute loyauté, elle s'occupait des finances d'une grande administration. Elle avait son devoir à cœur ou plutôt à tête. Elle exécutait toutes les tâches qu'elle répétait à n'en plus finir sans jamais se plaindre. Elle était raisonnablement heureuse dans son bureau d'après ses commentaires.

Jen ne se fâchait jamais, pas en profondeur en tout cas, toujours affable et avenante, elle s'enquérait de ma carrière, alors que je ne me suis jamais intéressé à la sienne. Je tenais pour acquis que son métier n'allait pas lui ouvrir de grandes portes. Elle parlait peu de son emploi, à part les croustillantes anecdotes au travail, la secrétaire qui passait son après-midi chez le directeur. La femme de ce dernier qui faisait irruption de temps en temps dans le bureau de son mari pour légitimer ses soupçons. En dehors de ces petites histoires, elle n'a jamais montré d'attachement ni modéré ni excessif à son travail, ni aucun corps de passion pour ce qu'elle accomplissait chaque jour. Pour elle, son emploi se résume à effectuer des opérations répétitives sans que l'émotion ou la logique n'intervienne là-dedans comme elle se conduisait avec le ménage ou la vaisselle. Elle ne se faisait pas grand cas de son labeur dans la société.

Elle s'emportait des fois si je rentrais tard, mais en général elle s'accommodait de mon horaire, elle disait toujours que si je travaillais autant, j'arriverais bien un jour à occuper le poste de président de la chaire. Nous ne faisions plus l'amour comme au début de notre relation, cela est tangible, mais nous cultivions une bonne entente basée sur un respect mutuel et une admiration presque réciproque. Nos entretiens ces dernières semaines tournaient surtout autour de l'éventualité de la conception d'un enfant. Comme je n'étais pas très chaud à l'idée, on l'a mise de côté ou sur la glace momentanément. Maintenant que je pense à notre union, je commence à comprendre le manège de notre ménage, il semble qu'un ordre que je ne sais pas définir gère notre quotidien depuis quelque temps. J'ai constaté que nous n'avions pas les mêmes rêves ni les mêmes perspectives en fin de compte. En rentrant du laboratoire, je lui disais : « Bonjour chérie, comment ça été ta journée ? », elle répondait : « Pas mal, un peu comme d'habitude », ensuite elle me posait la même question. Et la phrase automatique bondissait : « Oh, tu sais c'est comme d'habitude rien de nouveau ». Du temps où j'étais en compétition avec deux autres prétendants au poste d'adjoint du directeur de la chaire, je rapportais souvent les manigances des uns et des autres, mais depuis ma nomination à ce poste nos conciliabules sont revenus à la normale.

En fin de semaine, nous copulons ou nous forniquons comme le disait Artys. On ne se préparait même pas à le faire ou à l'exécuter ou à le perpétrer. Une fois au lit, la chaleur que la proximité de nos corps dégageait et le besoin animal tapi dans nos cervelets s'entendent et nous poussent à la chevauchée nocturne. La tenue ou la gérance de cette chose est, en elle-même, très curieuse. Nous sommes allongés en train regarder un film ou quelque chose d'autre à la télé, puis je ne sais par quel miracle la température monte et on oublie la télévision pour se jeter dans une arène de lutte gréco-romaine. On ne se parle presque plus durant l'acte comme aux débuts de notre rencontre. Notre ébat ressemble plus à une empoignade corporelle mécanique voulant l'un et l'autre se vider du trop-plein d'hormones qu'à l'idée élevée qu'on attribue à l'amour. Après cet exercice, nous nous endormons dos à dos. C'est notre rythme et notre rituel. Pour vous dire la vérité, je ne sais plus à quel moment cette affreuse et assommante note s'est immiscée dans la partition musicale de notre couple. Si on lui posait la même question, elle ne saurait pas répondre non plus. Notre amour est devenu fonctionnel satisfaisant nos besoins pressants sans plus. Sans commentaires. Notre travail prend la majeure partie, si ce n'est la totalité, de nos articulations verbales vitales. La « coordinite primaire », disait le Joueur.

V

Après un petit moment d'hésitation, Jen m'a interrogé :
« Quelle sorte de personne as-tu rencontrée ? » Elle voulait,
évidemment, savoir si c'était une femme, mais, prudente, elle
opérait par approximations inductives. J'ai dit : « C'est une
personne entourée de mystères, elle m'a envoûté, ensorcelé
avec ses paroles.

— Comment est-elle cette personne ? »

Une petite idée ludique germa dans l'éther de ma nouvelle
principauté : plaisantons un peu avec Jen, recommandait-elle.
Étirons la durée du suspens, je m'amusais malgré la gravité de
la situation. Notre association va-t-elle éclater en mille tessons
ou carrément se pulvériser comme subissant l'assaut de deux
missiles de plein fouet ?

— Une personne pas du tout ordinaire, répondis-je, elle
semble débarquer d'une autre planète.

— Est-elle belle à tes yeux ? dit-elle en crachant le morceau.

J'ai dit : « C'est un homme que j'ai rencontré. » Un profond souffle de soulagement trahit sa respiration, elle a repris
son calme :

« Quel genre d'individu était-ce ? Et pourquoi ça t'a
affecté à ce point ? dit-elle.

— C'est un homo-sapiens qui sillonne la ville et qui
parle aux gens. Et aujourd'hui c'était mon tour.

— Oh Jer, c'est une histoire abracadabrante, comment
est-ce que tu as écouté ce type pendant tout ce temps ? dit-
elle en s'attendrissant. »

Il y avait une pointe de compassion mélangée à de légers
regrets et des griefs dans ses yeux. Et la question, celle qui

m'obsédait, revenait de plus en plus insistante, voulant à tout prix se libérer de mon cerveau. J'ai refréné son ardeur et reprenant les rênes de la convenance, j'ai demandé à Jen si elle avait passé une bonne journée au sanctuaire.

Le sanctuaire me renvoya aux confidences du Joueur sur le « Siestal ». Je revois mentalement les détails de sa description et les règles de ses activités.

VI

« C'est un endroit réservé aux femmes, créé par les femmes et pour les femmes et je soupçonne des « joueuses » derrière cette réalisation. » me confia le Joueur.

— Qu'est-ce qui te fait dire que ce sont des « joueuses » ? demandai-je.

« Elles cherchent des hommes peu ordinaires, elles ont des critères rigoureux dans le choix des mâles : niveau d'éducation, âge, allure générale, morphologie, intelligence, etc. Elles recrutent des corps, mais aussi des âmes sensibles dotées de caractères divers, drôle et sérieux en même temps, éloquents et à la répartie facile, en somme des êtres d'agréable compagnie. Elles engagent ou embauchent pour les débaucher des hommes sains qui possèdent des propriétés remarquables. Pour être admis dans ce cercle, tu passeras un examen écrit et un autre à l'oral. Ce dernier peut porter sur la culture générale ou sur l'histoire, la philosophie, l'art, la politique, etc. En général, l'entrevue dure de vingt à vingt-cinq minutes. Tu feras une présentation devant un petit jury sur un sujet de ton choix parmi trois ou quatre thèmes que l'examinatrice te propose, où tu dois charmer, comme un candidat politique briguant une investiture provinciale ou nationale, ton électorat. Comme persuader un théiste que la divinité qu'il vénère ou qu'il craint n'est rien d'autre qu'un serpent à plusieurs têtes crachant du feu sur les fidèles. »

— Et puis ?

« Elles s'amusent et jouent avec les hommes, elles les passent en revue comme on fait défiler les suspects devant les témoins, à travers une vitre fumée, dans les commissariats de police. Nous portons des numéros et elles nous interpellent parfois pour nous poser des questions, pour vérifier apparemment notre degré de compatibilité et d'autres choses propres aux subtilités du jugement féminin." Numéro sept, avancez, tournez-vous à gauche à quatre-vingt-dix degrés puis à cent quatre-vingts, inclinez-vous, mettez-vous à genoux, enlevez le haut, souriez" etc.

Au sanctuaire, nous sommes à la disposition des femmes, elles en usent à satiété. Selon la qualité de notre performance (relative à la cote de satisfaction de tes clientes) et la note émise par leur assemblée, elles épinglent une, deux ou trois étoiles sur ton épaule comme les grades des soldats. L'appréciation reste valable pendant trois ou six mois, elle sera soumise à une réévaluation tous les trimestres ou semestres. Une carte d'accès te sera délivrée portant un code alphanumérique dont la signification m'échappe. 9ALAP7X est mon matricule.

Les membres se recrutent selon un schéma pyramidal et cloisonné de façon à ce qu'ils ne se connaissent pas entre eux. Il y a l'entremetteur (qu'ils appellent le rabatteur) qui propose des noms, après enquête et vérification, le conseil donne le feu vert à l'approche. Ils t'envoient un professionnel, un expert dans les relations publiques. Il entreprend d'engager le candidat à travers une rencontre qui semble due au hasard, mais en réalité il t'évalue, tout passe : rang social, occupation, situation conjugale, histoires d'amour, voyages, niveau d'instruction et d'ouverture, etc. Si le conseil décide d'essayer le candidat, il sera abordé par son contact qui le restera durant toute la période d'appartenance au Sanctuaire.

Chaque femme a sa cabine privée où on peut boire, manger, écouter de la musique, regarder des films et se coucher. Elles l'appellent la clinique des rêves ou la clinique « Siestal », car après la jouissance quelques-unes d'entre elles y piquent un somme. Il y a des séances entre midi et quatorze heures du mardi au vendredi et aussi le lundi et jeudi soir entre dix-sept heures et vingt heures qui peuvent s'allonger, parfois, jusqu'à vingt-deux ou vingt-trois heures. »

Lundi et jeudi, c'est justement l'horaire des cours de yoga de Jen », pensai-je en m'alarmant intérieurement.

— Pourquoi vas-tu au sanctuaire, n'es-tu pas pris dans une union, comme tu dis ?

— J'y vais de temps en temps à titre bénévole pour aider et pour diversifier mes investissements chromosomiques, pour y vider le surplus et y vivre, aussi, des moments extatiques avec des femmes consentantes.

VII

Je disais donc que Jen s'était fâchée raide, je lui ai demandé si elle avait passé une bonne journée au sanctuaire après avoir réfréné l'ardeur de la question qui grattait la peau de mes nerfs.

Placide, renfrognée et sans aucune chaleur dans ses propos, comme si on l'avait contrainte à prendre un sens giratoire dans un rond-point sans qu'elle soit convaincue de la boucle, elle a dit, sans joie ni jubilation qu'« il y avait peu de monde au sanctuaire aujourd'hui, mais j'ai pleinement profité du nouvel appareillage de gymnastique. Dans la piscine, j'ai bien nagé, de dos, sur le ventre, sur la poitrine, en papillon, j'ai fait de six à neuf tours du bassin. Le sauna était relaxant, surtout en alternant le chaud et le froid, et enfin le massage était bien réparateur, j'ai même fait une petite sieste. »

J'allais lui demander, « toute seule ou accompagnée », puis j'ai étouffé la question, ce n'était pas approprié à ce moment, décidai-je.

6

I

15h50

Plus d'une heure s'est évaporée depuis qu'il est entré dans le bistrot, je n'ai toujours pas bougé, je suis comme vissé au comptoir. Je ne sais plus ce qui me retenait. Je me trouvais ridicule dans cette posture sans plans ni intentions, écoutant les récits rocambolesques d'un inconnu. Je reconnaissais, toutefois, que son exposé était agréablement amusant, je dirais même enchanteur, et les éléments de son argumentaire se tenaient brillamment les uns aux autres, malgré leur étrangeté évidente, ma tête bouillonnait et foisonnait d'interrogations cinglées et cinglantes.

L'homme à la façade d'un buste romain revient occuper sa place sur l'écran, il parle et fort, il hurle, sa diction au rythme débridé crève presque les tympans. « Des stupéfiants sonores, c'est l'esthétique du harcèlement », commenta le Joueur.

APRÈS L'ENVOYÉ SPÉCIAL, PLACE À L'EXPERT DE LA QUESTION MÉSOTARIENNE… TOUT D'ABORD, IL FAUT COMPRENDRE UNE CHOSE IMPORTANTE. LE CHEF DE LA MÉSOTARIE EST UN TYRAN…

… APRÈS LA DÉCISION UNILATÉRALE DU DÉGEL DE LA COLONISATION DES TERRITOIRES DE LA SÉMITIE INFÉRIEURE, LES NÉGOCIATIONS RISQUENT DE CONNAÎTRE UNE PÉRIODE DE GLACIATION INDÉTERMINÉE.

LE CHEF DE LA SÉMITIE INFÉRIEURE ACCUSE, DANS SON GRAND DISCOURS, LE CHEF DE LA SÉMITIE SUPÉRIEURE DE TERGIVERSER SUR L'ÉCHÉANCE DU RETRAIT DES COLONS MALGRÉ SON ENGAGEMENT ÉCRIT SUR LA FEUILLE DE ROUTE DU QUARTETTE POUR LA PAIX.

IL SUPPLIE LE PRÉSIDENT DE L'A.V.A. DE RAISONNER SON ALLIÉ BIEN-AIMÉ, PARCE QUE, DIT-IL, LA SÉMITIE INFÉRIEURE DU SUD SOUS LE CONTRÔLE DU PARTI DE DIEU NE TARDERA PAS À RÉAGIR ET REPRENDRA SES ACTIVITÉS MILITAIRES ET MENACERA DE NOUVEAU DE RASER DE LA CARTE LA SÉMITIE SUPÉRIEURE.

ÉCOUTONS UN EXTRAIT DU DISCOURS DU CHEF DE LA SÉMITIE INFÉRIEURE…

Je me sentais écrasé par la légèreté de son univers, c'est exaspérant, mon statut et mon ego me somment de retirer mon épée et de la remettre dans son fourreau devant cet inégal duel. Nous n'avons pas les mêmes armes. Il a tout le loisir d'aiguiser ses outils dans son temps libre, je parie qu'il ne travaille même pas. Ce n'est pas mon domaine. Ma stature et mon rang dans la société que j'ai bâtis sur de longues années et après d'âpres luttes me recommandent de résister et de me défendre ou de désister et déserter l'arène.

Je suis le plus intelligent, le plus instruit, mais sans arguments j'aboutirais à une risible impasse. En même temps, je me gardais à carreau à cause de ma réputation connue de tous les habitués de ce commerce. Est-il sensé que je prête autant d'attention à cet étranger, qui, à première vue, ne semble même pas digne d'une poignée de main ordinaire ? Je regardais autour de moi, je vérifiais s'il y avait des connaissances dans le bistro, par bonheur tous mes collègues étaient déjà repartis au laboratoire.

Des traces de gêne m'habitaient tout de même, la serveuse et le barman avec qui j'échangeais parfois de courtes phrases de courtoisie témoignant d'un respect mutuel, que vont-ils penser ? Au diable la perception des autres, peut-être qu'ils jouent sans le savoir ou qu'ils sont « joueurs » comme mon interlocuteur, me suis-je dit.

Ma tête est une indéfinissable foire, emplie d'innombrables pensées confuses et brumeuses, cela m'étourdissait et déréglait la marche habituelle et rationnelle de mon cerveau.

Allais-je jouer à l'indifférent ou témoigner contre toute attente de ma subjugation? J'ai décidément opté pour le premier choix pour reprendre les rênes de ma dérive parce que je pressentais que la discussion prenait une direction dont la finalité m'échapperait à coup sûr. J'ai tranché, attaquer de front sa ligne de défense, mais avant cela, je voulais connaître son histoire avec Nyvas le mannequin. C'était une curiosité teintée d'envie et d'intérêt vis-à-vis des gens en vue, les femmes d'entre elles en particulier.

Il a dit :

« Notre rencontre se déroula comme si c'était une scène dans un film d'aventure. Il y a de cela une dizaine d'années, j'avais un scénario de quinze semaines et il arrivait également à sa fin comme aujourd'hui avec toi. Mon installation de l'époque consistait à vivre sans argent pendant cent jours, j'étais, donc, une personne sans domicile fixe, je m'alimentais des restes des restaurants (je reviendrai sur l'art de se nourrir à l'œil dans les stations cinq étoiles et plus, si tu le veux) et je squattais un appartement dans une bâtisse en ruine dans la vieille ville pour mon hébergement. Là, aussi, je vis des épopées irréelles. Tu liras les détails de cette aventure dans le livre "L'homme sans relief", écrit par un célèbre Joueur, dont la thématique fut inspirée de la performance artistique de ce scénario-là ».

— Veux-tu abréger un peu, tu ne peux pas aller droit au but, comment as-tu connu Nyvas?

— J'y arrive, il faut bien que je te mette au courant de l'environnement circonstanciel et conjoncturel ainsi que sa subordination à mon texte pour apprécier à sa juste valeur la qualité, l'originalité et la profondeur de nos scénarios.

— Est-ce que tu rencontres beaucoup de femmes « joueuses »? dis-je en l'interrompant.

145

— Très peu, mais j'ai de merveilleux souvenirs. Je te les raconterai un de ces jours, dit-il en reprenant son récit.

« J'étais, donc, un vagabond assoiffé et affamé, en fin de cet après-midi, j'entrai dans le premier bistro situé sur ma droite (c'était dans mon scénario de ne visiter que les commerces sis à ma droite) Une très jolie fille agrémentait le comptoir, habillée avec élégance, portant une légère robe très courte qui mettait en exergue ses belles jambes soutenues par de hauts talons. À côté d'elle, un jeune homme grand et bien bâti s'y tenait, on aurait dit qu'il venait juste d'être modelé, le genre parfait, l'impeccable, celui que les femmes redouteraient parce qu'elles se sentiraient en concurrence avec la moitié de la planète. Autour d'un verre, ils discutaient comme un joyeux couple. Une fausse timidité, par contre, caractérisait la belle dame qui arborait un franc sourire, fière, en toute apparence, du fruit de sa moisson. Je me demandais, à ce moment-là, si elle jouait. J'analysais son jeu verbal et corporel, essayant de dénicher des indices qui n'infirmeraient pas ma première impression, mais j'étais presque sûr en le regardant aller que l'homme ne savait pas qu'il exécutait un rôle manufacturé. »

— Alors, c'était dans ton scénario de les approcher ?

— Bon ! Parfois, le scénario m'assigne des rôles farfelus que j'exécutais avec finesse et détachement. Durant ce temps-là, j'étais atrocement pauvre, sans argent, j'avais une tignasse drue et sauvage, portant des vêtements usés jusqu'à la moelle de leurs fibres. Et j'avais le rôle d'un individu misérable, frêle et effacé qui n'aspirait à rien dans sa vie, mais qui pourrait faire preuve d'un courage désintéressé à l'occasion. J'enfilai, donc, les couleurs de ce héros et je les abordai. Le gars me gratifia d'un gentil regard sans hargne ni peur, je n'étais pas à sa hauteur, il le savait par intuition ou il le déduisit depuis mon accoutrement. Touché par sa compassion teintée de suffisance et de mépris, j'ouvris par des petites escarmouches. J'improvisais. La première phrase qui me passait par la tête, je la propulsai dans sa nudité et sa virginité.

— Qui était?

« L'un d'entre vous saurait comment on pourrait se procurer du feu pour allumer la mèche d'un cigare éteint? En termes ordinaires, j'aurais pu dire : avez-vous des allumettes. »

— Et?

« Le gars, un peu serviable, un peu irrité, un peu condescendant, me fit un sourire complice qui disait : "Je suis sur le point d'embarquer cette belle fille". Et il me désigna par sa tête le barman, en mimant qu'il devrait avoir du feu. Comme je ne bougeais pas et je fixais les yeux de sa compagne en quête d'une petite tendresse ou un petit baiser sur les lèvres, son regard entama un virage de cent quatre-vingts degrés ou plus, se chargea en une fraction de seconde d'une dose d'agressivité dont il m'était difficile d'estimer l'intensité et l'ampleur. »

— Et la femme?

— Sans le vouloir expressément, mes yeux décidèrent de se balader librement sur son visage, sa poitrine, ses belles jambes, elle était parfaite, elle ferait la joie de n'importe quel mâle sur terre ou sous terre, pensai-je. Elle m'envoya promener par un dégoûtant regard en proférant : « Tire-toi d'ici, au diable ! ». Le gars se sentit obligé de durcir le ton et proféra dans l'atmosphère enfumée du bar un terrible ultimatum : « Fais de l'air si tu ne veux pas finir sur une civière. »

— Ne me dis pas que tu as couché avec cette fille? le taquinai-je.

— Elle est si belle, je te le dis. C'était dans mon scénario…

— Oui, oui, dans ton scénario, n'aimer que les belles femmes, ne fréquenter que les plus ravissantes des filles. Dis-je en l'interrompant.

Il s'est esclaffé en disant que le pathétique dans l'histoire c'était le jeu du gars qui était parfait, absolument parfait, comme lorsqu'on ne sait pas qu'on est en train de jouer. Il avait, en revanche, percé le jeu de la dame qui ne tournait pas rond.

« Tu peux, parfois, le déceler sur le visage de l'actrice, dans ses gestes, elle n'épouse pas le rôle bien comme il faut. Ça paraissait qu'elle jouait faux », ajouta-t-il.

— Elle jouait la méchante comme il est écrit dans son scénario, mais elle forçait un peu la dose, dis-je à sa place.

— Oui, c'est exact, m'approuva-t-il.

— Et alors ?

— Je lui avais dit : « Ton jeu mérite un peu plus de perfection, ma chère ». Et le gars qui ne savait pas qu'il jouait se leva, me toisa et vociféra : « Je ne pense pas que tu as entendu ce que t'a dit la dame ? » Tu vois ce que je visais par le danger que représentent ceux qui ne savent pas qu'ils jouent. Alors, je regardai avec insistance la dame qui faisait la sourde en se concentrant sur sa boisson. J'hésitais un peu, peut-être que j'avais tort et que je devais décamper. Mais, à cet instant, une étincelle très faiblement perceptible brilla dans ses yeux. Tu sais, quand les yeux d'une femme expriment le désir, ils s'adoucissent et s'emplissent d'une fine membrane mielleuse, c'était dans cet écran visqueux que je me vis, naviguant comme un marin sur une mer calme puis j'assistai à la naissance d'un léger sourire émergeant d'un petit repli de sa lèvre inférieure. J'avais vu juste.

— Et le gars ?

— Il dit : « Tu as trois secondes devant toi pour respecter le vœu de Madame, sinon tu vas te réveiller dans de beaux draps. »

— As-tu eu peur ?

— Non, je continuais à jouer de plus belle et de plus en plus sûr. Après une décennie d'endurance et d'exercice, j'étais presque parfait dans mon jeu. Je dis à la dame : « Je sais que tu joues. Si tu n'interviens pas, je passerai de pénibles et durs moments que je ne souhaiterais pas vivre, parce qu'ils ne sont pas prévus dans mon scénario. »

— Super, et ton homme est occupé à compter jusqu'à trois n'est-ce pas ?

« Il était à deux sur le point d'en finir avec le compte et moi. Je criai : "De grâce appelle ton chien, calme-le et retiens-le". Elle éclata de rire, crachant tout autour, le gars la regarda avec de grands yeux ouverts, comme frappé par la foudre. C'était brillant de sa part. Elle prit ses affaires d'une main et moi de l'autre et m'extirpa du bar. Je me débattais prétendant qu'on me malmenait injustement. Je criais : "Au secours, à moi, elle m'emmène à la dérive, elle m'invite à l'enfer".

— Alors, jouait-elle, elle aussi ?

— Oui, bien sûr.

— Qu'est-ce qui s'est passé après ? repris-je, totalement absorbé par le récit.

— Elle m'avoua qu'elle était bien une Joueuse, je la remerciai à la mode des « joueurs » et nous devînmes de grandes connaissances. »

II

Sur l'écran de télévision, apparaissait la silhouette d'un « chien battu », un homme dont la mâchoire inférieure pendouillait qui ne semble tenir à l'ensemble de sa figure que par de vieux câbles usés ou rouillés, les yeux vides, les cernes masquaient ses traits, c'était le chef de la Sémitie Inférieure qui prononçait son discours devant les membres de la Société des Nations.

HONORABLE HOMOLOGUE, PRÉSIDENT DE LA SÉMITIE SUPÉRIEURE, L'ACQUIS DE RECONNAISSANCE MUTUELLE DE NOS DEUX PAYS, PARDON, DE VOTRE PAYS ET DE NOTRE AUTORITÉ A ÉTÉ CHÈREMENT PAYÉ PAR NOS FRÈRES SÉMITIENS INFÉRIEURS. NE LAISSEZ PAS TOMBER LA DERNIÈRE BRANCHE D'OLIVIER QUI NOUS RESTE ENTRE LES DENTS, S'IL VOUS PLAÎT. SI LA SÉMITIE SUPÉRIEURE CONTINUE DANS SA POLITIQUE DE DÉNI EN NOUS ENFERMANT ET EN NOUS ISOLANT DU MONDE EXTÉRIEUR, NOUS NE POURRONS PLUS GARANTIR QUE NOS COMPATRIOTES DU SUD N'ENTREPRENNENT PLUS DE NOUVELLES GUERRES DE PIERRES…

Revenu de cette incursion dans le tube cathodique, je suis passé en mode d'attaque tous azimuts, une offensive en règle, il fallait bien que je reprenne mes galons et qu'il le sache. J'ai mis en branle mon premier raid :

« Toute cette histoire de jeu et de scénario veut-elle dire que tu vis au-delà des normes de la société, au-dessus des règles du troupeau, sans émotions ?

— Libre de toutes les contraintes, oui, tout à fait affranchi comme un nuage blanc ne déférant qu'à l'humeur du vent.

— À l'abri des pulsions légitimes qui nous guident tous dans la vie, tu gouvernes et tu diriges tout ?

— Si tu le vois ainsi !

— Tu sais ce que je pense ? précisai-je.

— Le scénario m'appelle à être curieux, vas-y, dit-il.

— Je pense que tout ce "jeu" n'est pas du tout un jeu.

— Oui, je t'écoute, répondit-il, en se calant sur son siège, plutôt attentif. »

Jetant un coup d'œil circulaire autour de moi, il n'y avait qu'un petit nombre de clients que je ne connaissais pas. J'ai pris une gorgée d'eau, et en reposant le verre sur le comptoir, la serveuse l'a rempli en me demandant si j'avais besoin d'autres choses. Un « non » sec a bondi sur son faciès fatigué. Il l'a fait reculer d'un pas, puis il l'a effacée de mon horizon.

« Mettons que c'est vrai, que tu suis un jeu, que tu joues et tu sais que tu es en train de jouer, le réaliser et l'assumer si stupidement dépeint, peut-être, le dérèglement de ton âme. C'était ma première salve.

— Ce n'est pas dans mon scénario de me poser ces questions unidimensionnelles. Mais si tu veux une réponse générale, le jeu nous libère de l'emprise du Dispensateur, dit-il en se défendant.

— Tu te demanderas alors pourquoi tu tiens tant à ce qui n'est au fond qu'un simple jeu ?

— Je te l'ai déjà dit, je ne le prends pas du tout au sérieux. C'est un scénario et je peux le remanier comme je veux. Mais c'est toi qui prends ton scénario au sérieux, dit-il en contre-attaquant.

— Quelle confortable position, tu peux toujours répondre et sans crainte d'être contredit que cette posture illusoire est écrite dans ton foutu scénario ! répondis-je, irrité.

— C'est de l'illusion, et alors ? C'est le but de la gymnastique, la beauté de la parade », dit-il en souriant.

Je cherchais son point faible, une fissure dans la fondation de ses fondements. Où serait-il vulnérable ? J'ai essayé :

« Mais regarde-toi, regarde comment tu es sur la défensive dès qu'on te renvoie ta propre salade, tu rougis et ton visage parle à ta place de ta confusion. Ça, c'est la réalité, ce n'est pas du jeu. C'était mon deuxième direct qui a fait mouche.

— Tout ça est dans…

— Oui, oui, je le sais. Tu ne t'es jamais demandé si tu possèdes une jugeote humaine, peut-être que tu ne sais pas, toi-même, si tu joues, tu prétends jouer alors que tu suis comme tout le monde. Ça serait trop beau pour être vrai ! As-tu peut-être un objectif caché derrière tout ce théâtre ? »

J'usais de son propre vocabulaire sans me rendre compte.

« Je suis bien content de te voir utiliser les mots et les arguments des "joueurs". C'est curieux ce que tu avances, mais ton jugement est fallacieux dans son principe », dit-il.

Il ne l'a pas raté, le sagace, j'ai encaissé le coup.

« C'est faux et tu es toi-même faux. Tu te trompes en croyant que le monde est une énorme blague. En réalité, tu n'as aucun respect ni pour l'humain ni pour la société. Un autre direct de ma part.

— Mais je le suis, un vrai faux, très difficile de me distinguer de l'original, marmonna-t-il.

— Ton histoire est très intéressante, mais ce n'est pas de la vie. Tu ne vis pas ta vie, tu joues avec elle ? La vie n'est pas un jeu, c'est du concret, le sermonnai-je, en me défoulant sur lui.

— Pourquoi, alors, dépenses-tu de l'argent pour écouter du faux et suivre de la fiction, du non-concret comme tu dis ? s'esquiva-t-il.

— Quel faux et quelle fiction ? répondis-je en haussant la voix.

— Tu ne passes tout de même pas tout ton temps au travail, tu regardes la télévision ? Tu vas au théâtre, au cinéma des fois, tu lis des livres, des romans, n'est-ce pas de la fiction ? Pourquoi le fais-tu, penses-tu ? Et toute la masse qui fait de même ? Pourquoi paye-t-on pour passer du temps dans la fumée du mirage ?

— Je regarde de la fiction, mais je ne prends pas ça pour du concret, dis-je froidement. »

Il est parti sur une lancée démonstrative, pesant ses mots et renforçant ses propos par des citations et des exemples de la vie courante.

« Mon propos est le suivant, dit-il, pourquoi les gens vont-ils au cinéma, pourquoi lisent-ils des romans, pourquoi vont-ils au théâtre. Sais-tu que l'industrie du cinéma à elle seule, je veux dire l'argent qu'elle génère équivaut au revenu d'une centaine de pays réunis. Si toute une armée travaille dans cet univers d'irréalité, cela indique qu'il y a un intérêt impérieux de tout un chacun à fuir son réel pour s'enfouir, ne serait-ce que pour quelques heures, dans un monde fictif. C'est un besoin inhérent à la condition humaine, je veux dire l'humanité enchaînée, l'humanité qui croupit sous le joug du Dispensateur.

« Oui, c'est du concret pour le troupeau parce qu'on leur assigne des tâches parfaites, un parcours sans fautes et on les récompense pour leur loyauté. Combien de personnes dans ce monde, sont-elles heureuses de leurs conditions, penses-tu ?

« Est-ce humain de passer quarante ans de sa vie à taper sur un clavier, ou à couper des légumes dans un restaurant, ou à serrer des vis d'un moteur dans une usine, ou à s'égosiller à la télévision pour parler du nom de chat de telle ou telle star ? Demande-leur comment ils se portent ? Ils te répondront tous avec un grand sourire qu'ils ont rêvé pendant toute leur vie de devenir secrétaire, présentateur de nouvelles, animateur de show à la télévision, électricien, comptable, vendeur d'automobiles, etc. Selon tes lumières, sont-ils sérieux, sincères et honnêtes dans leurs proclamations? Mais oui! On leur inculqua dès leur jeune âge qu'ils aimaient couper des légumes, vendre des voitures, rugir dans un microphone…

— Oh, arrête ça! le contrai-je. Pour moi, cette affaire de scénario, ce n'est qu'un subterfuge pour ne pas affronter la crudité ou la cruauté de la vie. C'est une fuite en avant pour ne pas voir la réalité en face. Il semble merveilleux de dire que tu es libre des asservissements de la vie et de ses aléas, affranchi des contraintes du consensus de la société.

— Bravo! Bon point, c'est une excellente réplique. Tu vois, je ne sais même pas si tu joues en disant cela, mais prenons l'exemple de ton grand-père, est-il vivant?

— Il est mort, il y a longtemps.

— Désolé, le mien aussi, mais avant de mourir il me fit cadeau de cette pierre, dit-il. »

Il prit une agate de la poche intérieure de son veston et la déposa devant moi. Puis réduisant le volume de sa voix, il a dit, sur le mode d'une confidence:

« C'est une perle rare, c'est un précieux cadeau d'une grande teneur heuristique.

— J'entends de la dialectique éristique.

— Rien à voir, ce matériau est le témoin vivant de notre vanité selon mon grand-père. Sur son lit de mort, il me confia le secret de la pierre et de son mutisme qui a duré plus de cinquante ans.

— Est-ce la pierre philosophale? l'interrompis-je en riant.

154

— Je dirais la pierre de touche de notre vassalité ou bien la pierre d'achoppement à notre souveraineté, elle renferme le motif de la retraite anticipée de mon grand-père, rétorqua-t-il en me racontant le périple de son aïeul. »

« Mon grand-père n'avait fait qu'un seul voyage dans sa vie, c'était lors de la conscription obligatoire pendant la Grande Guerre, son périple avait duré quatre ans. Toute sa famille le croyait mort, parce qu'il ne donna aucun signe de vie durant toute la période de la guerre. À son retour, il entra dans un mutisme volontaire presque permanent. Il ne disait que le strict minimum. Il ne parla qu'à moi sur son lit de mort. Il m'offrit cette pierre en disant : « Tu vois cette agate c'est tout ce qu'il y a d'intègre dans ce monde ».

« Mon grand-père ne savait pas que la guerre était finie quand il a tué un jeune soldat. Toute sa compagnie décimée, sans munitions et sans viatiques, il errait dans les tunnels et se cachait dans les tranchées en se nourrissant de racines d'herbes, de rats, de gerboises et parfois de chair humaine. Un jour, en sortant de sa cachette, il échoit sur un uniforme ennemi, il n'avait pas réfléchi plus d'une seconde, me disait-il.

« Il fonce avec sa baïonnette sur le fantassin qui souriait et faisait des signes de la main et criait dans une langue que mon grand-père ne connaissait pas, c'était un mot qu'il tra-duisit par la suite en "armistice", mais c'était trop tard. En plantant la lame de son arme dans le cœur de son ex-ennemi, il fut éclaboussé par un jet de sang dense qui jaillissait de tous les orifices de sa face. En se défendant, le soldat faillit lui arracher le bras, mais il lui plaça un autre coup qui le mit à terre. En se ruant sur lui pour l'achever, le jeune militaire le prit dans ses bras et le serra très fort, tout en gémissant. Il balbutiait quelque chose et lui remit cette pierre et une photo en éclatant de rire. C'était un rire sonore effrayant qu'il n'avait jamais entendu de toute sa vie, un rire funèbre d'agonie. Ils restèrent collés, lui mourant et mon grand-père exténué. Il s'était endormi, aidé par la chaude épaisseur du sang de son homologue. Mon grand-père se réveilla dans un hôpital. Il apprit, alors, et en même temps, que la guerre était finie depuis une vingtaine de jours et qu'il avait tué son beau-frère. Il avait éliminé le dernier survivant de toute sa belle-famille. Mon grand-père était le fiancé de la fille de la photo. Elle habitait à côté de notre village sur l'autre rive du fleuve qui faisait autrefois office de frontière.

« Mon grand-père avait tué des centaines d'hommes sans aucun mobile solide ni aucune raison et il avait perdu des centaines de ses camarades de son petit patelin, sans raison non plus.

"J'ai éliminé un grand nombre de jeunes hommes que je n'ai jamais connus et qui ne m'ont jamais causé aucun tort ni de près ni de loin. J'ai perdu de la même façon un nombre considérable de jeunes camarades. J'étais le seul rescapé du bataillon, comme si tu jettes une pièce de monnaie une centaine de fois et elle atterrit toujours sur le même côté, le pile. Est-ce de la chance ?"

"Je n'oublierais jamais ce rire macabre de ma dernière victime et cette odeur de chair en décomposition n'a jamais abandonné mes narines, tapie dans les plis de ma mémoire, vivace et emmerdeuse me rappelle en permanence la putréfaction de mes semblables. Des deux côtés des tranchées que des corps gonflés, jeunes dans leur grande majorité, emplis de gaz, éparpillés sur le champ, leurs positions présentent une grande richesse esthétique à ceux dotés de sensibilités artistiques lugubres. Là où mon regard atterrissait, des cadavres dont certains avaient sauvegardé leur intégrité, mais d'autres, mutilés, l'avaient perdue. Il y avait des corps auxquels manquaient un bras, une jambe, un morceau de la tête, d'autres aux abdomens éventrés, les organes en l'air, colonisés par des vers." "

"Même les animaux morts présentaient un aspect surréel. Des fourmis, des rats, des vaches, des chevaux et même des papillons enflés et surdimensionnés comme les avions primitifs de la Grande Guerre, semblaient attendre le feu vert d'un décollage. Quel paysage et quel spectacle ! Et pourquoi tout ce bazar, pour une parcelle de terre, pour un pont, pour une pierre. Nous nous entre-tuons pour de la pierre. Garde-la, elle va tout le temps te rappeler la bêtise humaine, nous sommes des frères effrontés." »

« Après un long silence et un long soupir, il dit : "C'est à cause de la Nation ce gâchis, cette propension guerrière. La Nation, petit fils, n'a pas d'esprit. Elle est bête et éhontée et celui qui la chevauche le mène droit dans le trou. Combien d'hommes bons dans leur individualité ont formé des Nations barbares collectivement ?" »

« Il disait que notre parcelle de terre a connu plusieurs propriétaires à travers le temps. Elle était, à la mort de son grand-père, un domaine du Royaume et à la mort de son père, de l'Empire et la voilà aujourd'hui un territoire de la République. "Je ne sais ce qu'elle sera à ta mort, mais je tends à croire qu'elle appartiendra à quelque corporation supra étatique." »

« Il me dit : "Méfie-toi de la Nation, elle pue, la Nation est un pus. Cette substance gluante en dégoulinant elle atrophie toute vive raison. Elle souille tous les rivages de l'esprit. Les humains sauront vivre en paix lorsqu'ils apprendront à rejeter les avances de cette prostituée nationale." »

"Est-ce qu'on peut précipiter sa disparition ? demandai-je."

"Rien à faire, l'humanité tient étrangement de l'homme. Il arrive tout blanc et tout fragile, il grandit royalement euphorique et éminemment bon et détaché. Puis, au début de l'âge adulte, il est bombardé d'information et d'hormones qui lui mettent le feu au cul, il court et saute et cherche à s'emparer de la terre, de la femme, de l'air d'autrui, mais à la fin de ses jours, il retombe dans le blanc de l'enfance, le détachement l'habite de nouveau et s'en va enrichir la chaîne du carbone en paix. Cette civilisation entre tout juste dans l'âge adulte, mon petit-fils, ça lui passera, on ne sait pas dans combien de temps, mais ça arrivera tôt ou tard. En attendant, il faut savoir jouer avec elle sans se compromettre." »

« Jouer avec elle, c'était cela le mot clef. Mon grand-père avait dans sa tête, peut-être à l'état embryonnaire, la philosophie du jeu.

— Comment le sais-tu ?

— Nous avions eu ce dialogue qu'il amorça lui-même avant qu'il s'éteigne sous mes yeux. »

« Est-ce que tu connais mon grand-père ? dit-il.

« Non. Répondis-je.

« Et ton petit fils, penses-tu qu'il se souvienne de moi ? J'en doute fort, dis-je.

« Et le petit-fils de ton petit-fils aura-t-il une souvenance de ton passage sur terre.

« Non, dis-je à nouveau.

« Cette chaîne, petit-fils, est un long fleuve qui se nourrit de la moelle de nos os. C'est dans son limon que tu retrouveras les traces du secret de notre voyage, dit-il en expirant. »

— Qu'est-ce que c'est que cette déclaration énigmatique, elle ne te permet pas de déduire qu'il jouait ou qu'il était au courant des manigances du maître du jeu ?

— Mais c'est d'une clarté aveuglante : les êtres humains passent leur temps à trimer pour maintenir cette prison à ciel ouvert en vie. Et à quand l'avènement de cette société de loisirs dont les chefs ne cessent d'en parler depuis des années ? Considère ce que tes ancêtres ont enduré dans leur passage sur terre. Leur sueur et leur labeur ont-t-ils servi à te rendre plus heureux, à rendre la planète plus habitable, plus joyeuse. Nous pouvons continuer ainsi et estimer ce que les ancêtres de tous les êtres vivants ont tiré de leur voyage terrestre. Y'a-t-il sur terre un homme qui se rappelle ce que son millième arrière-grand-père a fait de sa vie, et représente-t-elle quelque intérêt significatif pour lui. Ressent-on quelque fierté ou orgueil ou colère vis-à-vis d'eux. Considérait-il sa présence sur terre indispensable ou était-il éjectable et remplaçable à souhait ?

— Par le Dispensateur, dis-je en anticipant.

— Bien sûr, dit-il en ajoutant :

« D'après toi, travailler dans une usine de chars, épouser une collègue, mettre des enfants au monde, se tuer à l'ouvrage, contribuer à l'effort de l'armement et à la dilapidation des richesses minières de la planète sans lever les yeux, vivre dans une abondance honteuse de produits manufacturés est une option humaine ? Est-ce une danse de l'intelligence ? »

Je suis resté sans voix pendant de longues secondes, réfléchissant à l'intelligence et à sa danse, j'ai eu comme une vision : des papillons immaculés ruisselaient du plafond. Ils dansaient. Il pleuvait des papillons, mais au contact du comptoir ils s'évanouissaient comme des flocons de neige sur une terre tiède.

— Je ne sais pas parce que je ne connais pas assez les pas et les passes de l'intelligence.

III

Sur l'écran de télévision, le grand chef des Sémitiens Inférieurs interpelle son homologue de la Sémitie Supérieure devant les représentants de toutes les nations dont la majorité s'enfonçait dans une profonde sieste sur leurs confortables sièges :

NOUS, LES SÉMITIENS INFÉRIEURS DU NORD, NOUS VOUS RECONNAISSONS ET NOUS RECONNAISSONS VOTRE DROIT À LA VIE, À LA SÉCURITÉ, AU LANCEMENT DE GUERRES PRÉVENTIVES ET PUNITIVES SUR NOS FRÈRES ET VOISINS. NOUS RECONNAISSONS VOTRE DROIT DE POSSÉDER DES ARMES D'ÉLIMINATION MASSIVE ET VOTRE DROIT ABSOLU DE LES EXPÉRIMENTER SUR NOUS ET SUR NOS VOISINS. NOUS SOMMES FIERS D'ÊTRE VOS COUSINS ET VOS VOISINS LES PLUS PROCHES.

NOTRE VIEILLE TERRE N'AURA JAMAIS UN PEUPLE COMME VOUS POUR LA CHÉRIR ET L'ADORER. VOUS L'AVEZ IRRIGUÉE DE LONG EN LARGE ET VOUS EN AVEZ FAIT POUSSER LES MEILLEURS FRUITS DE LA PLANÈTE, VOUS L'AVEZ ASPHALTÉE ET TERRASSÉE ET COUVERTE DE BELLES ŒUVRES D'ART, DES BARBELÉS ET DES GUÉRITES ET MÊME DE GRANDES MURAILLES. CE CHEF-D'ŒUVRE D'ARCHITECTURE ET DE GRAFFITIS TÉMOIGNERA DE VOTRE PASSAGE PENDANT DES MILLÉNAIRES. NOS DESCENDANTS ET LES VÔTRES NE SERONT QUE FIERS DE LEURS PRÉDÉCESSEURS.

Maintenant le mode offensif, ne désirant en aucun cas lui céder du terrain, intensifiant les tirs, je voulais le désarçonner en visant son assemblage psychologique, qu'il vomisse sa petite et mesquine vérité :

« Tu sais ce que je pense ? annonçai-je, en guise d'ouverture et en préparant le terrain à mon assaut.

— Non ! répondit-il, d'une voix candide.

— Je pense que tu as été gravement blessé dans ton enfance. Tu as souffert d'une carence quelconque ou tu as subi une agression inqualifiable de ton milieu ou de tes proches au point d'échafauder un monde fantastique comme un mécanisme de défense, un mode d'évasion pour demeurer sur la marge. Tu ne peux affronter tes propres émotions ni faire face aux épreuves de la vie, alors tu construis de la fiction pour te protéger.

     — C'est comme si j'entendais mon psy, dit-il naïvement et en riant. »

Il se fout de ma gueule, ce vaurien, ce marcheur sans but, me dis-je.

     « Tu as un psy ? repris-je, avec une raillerie présomptueuse.

— J'en eus un. Il y a des années de cela, je vivais encore chez mes parents. Mon père m'emmena de force consulter un psychologue, parce qu'il croyait que je n'étais pas "normal", surtout après mes fugues inexpliquées et la trempe de mon caractère de plus en plus bizarre à ses yeux.

     — Je devine qu'il t'a dit la même chose que moi : tu t'es dit en t'informant de son pronostic qu'il ne savait pas qu'il jouait ?

     — Oui, c'est exact, il ne le savait pas, alors. J'allais le voir dans son cabinet même sans rendez-vous. J'aimais consulter, car le canapé m'apparaissait comme un terrain fertile au jeu.

     — C'était dans ton fameux scénario…

     — Oui, après la première séance, il m'avait dit : « Tu as peur de tes propres émotions, peur d'affronter la réalité », mais j'étais pas mal sûr qu'il ne savait pas qu'il jouait. Il exécutait le rôle du psy manigancé par le Dispensateur.

Il est malade de ses propres élucubrations, ce gars, me fis-je.

« Et tu as suivi la thérapie ?

— Oui, et avec un infini plaisir, dit-il. »

Puis il s'est étalé sur l'analyse de sa croisière psychologique.

« C'était très agréable dans ce milieu feutré de s'enfoncer dans le fauteuil et de parler de ma balade personnelle, car en général je ne traitais que de choses objectives avec les miens, le subjectif, je le rangeais dans le sous-sol des méandres de l'ego. Il me posait des questions très proches de mes préoccupations : "Qu'as-tu senti la première fois que tu as embrassé une fille ?" Je répondis sur-le-champ : "La terre tremblait autour de moi et le soleil dansait dans ma tête, c'était l'automne, les feuilles jouaient dans notre cour, elles s'élevaient des fois jusqu'à notre hauteur pour partager avec nous la succulence du nectar qui se dégageait de nos baisers." Je brodais à n'en plus finir sur chaque sujet qu'il me proposait. Une autre fois, il me demanda de parler de mes préoccupations urgentes, là, dans le moment présent. Je cherche à comprendre l'obsession des hommes à entreprendre des guerres, dis-je. Je commençai par énumérer les guerres par leurs noms dont je doutais un peu de leur neutralité, je citai dans un ordre alphabétique tous les pays qui connurent au moins une guerre ou un conflit armé, ce qui est déroutant c'est que je nommai presque la totalité des pays membres de la Société des Nations. Ils se firent tous la guerre les uns aux autres, cependant on distinguait clairement et sans équivoque la disproportion du nombre de victimes quant à la richesse ou à la pauvreté du pays.

« D'ordinaire, le rapport est de un à dix selon la puissance des belligérants. Un pays du Nord sacrifie dix hommes pour en tuer cent, mais avec les nouvelles technologies d'armements sophistiqués le rapport pourrait grimper à dix pour mille. Est-ce qu'on est porteur d'un gène dingue, responsable de notre propension guerrière, belliqueuse, martiale, responsable de notre tendance à la sauvagerie ? J'évoquai la dernière centaine de guerres et les innombrables batailles sanglantes que connut notre siècle. L'être humain, est-il régi par défaut comme un tueur dans le sang, un génocidaire né ? Il me semblait cruel et affreux ce type de raisonnement, mais c'est la réalité toute crue, affirmai-je. C'est là, dans ce funeste et macabre et non luisant bilan de l'humain qu'une étincelle brûlante de vérité heurta ma rationalité.

« "Et quelle était cette étincelle ?", se précipita-t-il à me demander. Je dis que l'être humain est possiblement prédéterminé. Il est conçu comme une première version d'un produit non encore fini, il n'est pas le maître de ses actes dans les faits. C'est une force invisible, occulte, une entité mystérieuse qui a un pouvoir considérable sur l'humain qui le pousse à se conduire ainsi. Les « joueurs » l'ont identifié, ils l'appellent le Dispensateur. Il m'interrompit sans préavis pour annoncer que la séance était terminée.

« Une autre fois, il m'invita à parler des choses joyeuses, qu'est-ce qui m'enthousiasmait dans ce temps-là. Comment je percevais l'amour et quelles sensations j'avais expérimentées à ma première relation sexuelle (ils aiment parler de sexe, les psy). Médite bien cela. Je lui racontai :

« La première fois que j'eus un rapport intime avec une fille, c'était à l'âge de dix-huit ans. J'étais amoureux d'Isisbela, une fille que j'avais rencontrée à l'université. Elle suivait une formation en médecine, c'était la plus belle fille de la faculté à mes yeux, une grande fille aux yeux clairs d'un vert gris, longiligne et bien en chair. Je rêvais d'elle dans mes bras presque chaque soir.

« Il intervint : "Tu voulais dire que tu pratiquais l'onanisme tous les soirs". Oui, confirmai-je, il me suffisait des fois de me souvenir de son sourire ou de sa main dans la mienne ou d'un détail, d'un trait de son visage, parfois je descends un peu pour me délecter de la blancheur de sa nuque. Ensuite dans les moments de manque d'inspiration, je la voyais dans toute sa grandeur allongée dans mon lit sur le côté, poitrine contre poitrine… "Mais, viens aux faits ton premier acte", précisa-t-il.

« L'endroit n'était pas approprié du tout, continuai-je. Elle m'invita chez sa grand-mère qui vivait seule. Après le repas, dès que la vieille dame a quitté la salle à manger et regagné sa chambre, elle m'arracha à ma chaise et m'entraîna dans la cuisine, le seul coin en retrait du reste de la maison. Assise sur la table, elle ouvrit très grand ses bras et agrippa l'excellence de mon corps qu'elle plaça en face d'elle, et m'embrassa goulûment. J'étais entre ses jambes sans que je le réalise, je me sentais fondre en elle, nos corps se frottaient allègrement à la hauteur de cette table, j'étais sous un autre ciel, éclatant de chaleur et soudain le toit s'assombrit, perdant le sens du temps et de l'espace, et une averse subite et intense me trempa jusqu'à l'os. Je me dis, au fond de moi-même, ça, ce n'était pas de l'onanisme, malgré les vêtements encore sur nous, nous voyageâmes ou je voyageai par la seule force de nos baisers.

« Un petit durcissement de mon organe me signalait que le match reprendrait sur le champ. La vigueur et la chaleur de nos membres nous incitaient à recommencer la chevauchée. Elle enlevait mon pull tandis que je déboutonnais son jean, puis, fébrile, j'abaissai la fermeture éclair, le pantalon glissa à terre, d'un coup de pied elle l'envoya sur le plancher, entre-temps j'enlevais tout ce qui couvrait mes membres inférieurs. Nous étions dans la tenue d'Ève… Nos corps se touchaient, nos lèvres collées, nos langues défrichaient des territoires jamais explorés auparavant. La braise couvait puis tout à coup s'enflamma à l'arrimage de nos organes les plus sensibles. Une chorégraphie de deux corps unis dans une cuisine était née. Le mouvement était ample et doux à l'ouverture de la pièce et au fur et à mesure que les notes montaient dans la gamme, il s'accélérait... Une voix altérée et étranglée tonna "Ça suffit, ça suffit", le visage de mon psy avait pris une teinte rouge pâle. Il grommela d'inaudibles mots, ensuite sa voix s'éclaircit : "C'est fini pour aujourd'hui", dit-il. Je m'apprêtais à ouvrir la porte quand il me demanda où se trouvait la mine dans laquelle je puisais mes récits. Dans le jeu, lui répondis-je en toute franchise. »

« A-t-il décelé une démence quelconque chez toi ? demandais-je avec insistance.

— La psychologie est une recette vieille comme le monde, toutes les religions de tous les Dieux l'exploitèrent sans scrupules. Son cri de conscience interne remettant en cause sa condition, se fit entendre à ce moment-là, me semble-t-il.

— Qu'est-ce qui t'a fait croire cela ?

— Parce qu'il disparut de la circulation après notre dernière consultation. En affirmant qu'un Joueur ne ferait jamais un psy, il ne peut supporter la supercherie de la thérapie, un sage ne peut prétendre guérir un autre sage en d'autres termes. Plus tard, il a appris qu'il avait rallié le monde des « joueurs », selon ses termes.

« Les psychologues, sont-ils des gens anormaux à ton avis ?

— Je ne voudrais pas utiliser le mot « anormal », dans ce cas, parce qu'il comporte différentes définitions et prête à confusion. Ce qui est normal pour la société ne l'est pas pour le Joueur, parce que, en effet, dès qu'une norme s'installe, il n'a qu'une envie, l'enjamber et sauter par-dessus. C'est sa hantise.

— Alors, sont-ils des imposteurs ?

— Ils le sont, dans un sens. Ils sont comme les « joueurs » à cette différence près qu'ils sont l'image du Joueur dans le miroir, ils sont à l'envers du décor, si tu vois ce que je veux dire. Ils sont au service du Tuteur qui leur assure une belle stature dans la société, ils gagnent leur vie en répondant aux accusations du Dispensateur Suprême qui décrète que telle ou telle personne doit consulter parce qu'elle commence à dévier de sa trajectoire. Le cas d'Agyles est très révélateur de leur approche de dressage. C'est un cas d'école. Un jeune Joueur très prometteur, la machine l'a fauché à la fine fleur de l'âge sans aucun état d'âme.

« Les psy sont les alliés objectifs du Tuteur. Il y a parmi eux des praticiens honnêtes, avertis et bien renseignés sur la supercherie, mais ils continuent de s'acquitter de leurs charges, ils sont des collaborateurs passifs. Les autres, ils exécutent avec force et conviction leur rôle sans être au courant de la dramatique qui se déroule sous leurs nez. »

Cet homme est déconnecté des réalités, comment peut-il affirmer de telles énormités en toute tranquillité. Il a dit que son psy s'est libéré de la toile en touchant les visées du Dispensateur. Il avait déserté son cabinet en suivant les conseils de quelques « joueurs » avertis. Il a construit son propre monde et il est devenu un Joueur célèbre. Il avait écrit des livres critiques remettant en cause toute l'arnaque des « sciences de la psychologie ».

« Oh, pour l'amour de Dieu, tout ça est une divagation d'un homme dérangé ! dis-je avec énervement.

— Je l'accepte, ainsi formulé, parce que tout ce que tu avances est écrit par l'auteur de ton scénario.

— Écoute, je n'ai personne pour écrire mes scénarios. Je ne connais rien à la vie, je ne sais rien sur moi-même, mais au moins, je suis ici, en chair et en os, je ne prétends pas que tout est un jeu dans le seul but de chasser l'ennui ou la peur ou je ne sais quelle autre tare.

— Peut-être que tu l'es, tu es un Joueur qui cache son jeu, il est écrit, peut-être, dans ton scénario, de jouer l'ignorant ou l'insouciant ou l'inconscient ou le flegmatique ou l'indifférent…

— Peut-être que je joue le rôle du gars que tu rencontres au Café qui ne sait pas qu'il joue, dis-je en riant.

— Bon, enfin, est-ce que tu joues? demanda-t-il en souriant.

— Moi, je travaille, je ne joue pas ! Et comment tu fais, toi, pour vivre, est-ce en jouant?

— Oui, comme tu le dis, à bon droit, en jouant, répondit-il en jubilant. »

IV

15h59

Il est presque seize heures, s'il faut rendre compte des résultats de la réunion à mes collègues, il est grand temps de retourner les retrouver, ils quitteront sous peu le laboratoire. Je suis quasiment sûr à l'heure actuelle que mon beau projet ne résistera pas longtemps au sabordage du jury, coulé. Que vais-je leur annoncer, ma défaite, ma chute, ma déchéance, et comment procéderai-je? Ils connaissent tous ma position, avec quelles paroles et sous quel masque les aviserai-je. Voilà, j'ai perdu mon pari ! Je démissionnerais s'il me restait un grain de dignité. La perspective de cette décision à prendre m'effraie dans sa projection, je coule vers la compromission, et mes convictions et mes engagements, je les enterre, je les ravale. Quel homme ferai-je aux yeux de mes collègues et mes étudiants et mes stagiaires. Je rampe, je suis à plat ventre? Ils diront : « Voici le vendu, le lèche-bottes, le lâche ».

Les rejoindrai-je et faire comme si, comme si rien n'était arrivé en avalant la pilule devant mes condisciples. Ce jury, tel un vautour à trois têtes, m'a assommé, il a déchiqueté ma carrière et il a dévoré les pépites de mes rêves.

« Le devoir m'appelle, j'étais enchanté par ton monde », dis-je, indécis, d'un ton fluctuant, flottant, hésitant, incertain et perplexe en somme, sans punch ni aplomb, d'une volonté irrésolue, fragile et douteuse.

Il a ouvert de nouveau son petit carnet et s'est arrêté sur une page.

— Tu te dérobes, lança-t-il, avec un sourire au coin des lèvres.

— Que veux-tu dire par là, toute personne doit travailler ?

— Non, moi, je n'en suis pas tenu.

— Alors, soit tu as dévalisé une banque, soit tu as hérité d'un important pactole.

— Non, pas du tout, je travaille aussi, mais c'est un jeu pour moi. Il s'est tourné vers une cliente du Café qui plaçait, avec un soin étudié, de petites bouchées de nourriture entre ses mâchoires. Il lui a demandé : « Madame, est-ce que vous jouez ? ». Elle a légèrement levé les yeux vers lui sans perdre une seconde dans la besogne à laquelle elle se consacrait et a siffloté « peut-être ». Il s'est retourné et a envoyé dans l'air : « Peut-être que oui, peut-être que non. Mais je doute fort qu'elle joue. »

Quel genre d'emploi avait-il et qu'il prenait comme un jeu, lui demandai-je, si ce n'était pas indiscret. Il a dit, sans aucune fierté, qu'il était établi à son compte, qu'il travaillait sur commande pour de grandes instances gouvernementales.

« Tu n'es pas sérieux, tu fabules ! m'écriai-je.

— Pas du tout, j'aide les fonctionnaires et les élus municipaux, provinciaux et nationaux, et c'est très amusant. Je reçois chaque jour des commandes d'allocutions et de textes de circonstances pour tel ou tel événement. J'ai commencé comme tout le monde au bas de l'échelle, j'avais une table dans un petit Café où je proposais mes services de scribe : lettres de remerciement, de demandes d'embauche, de réclamations, de déclarations d'amour… Ce n'était pas très payant, mais cela assurait ma nourriture quotidienne. »

« Et comment as-tu escaladé les échelons ?

— Mon scénario de cette époque m'assigna un drôle de rôle, j'étais un écrivain public et je recevais une aide de la sécurité du revenu (la charité de la société). Un jour, ils me convoquèrent à leur bureau, ils me sommèrent de rencontrer un conseiller. Je me dis, voilà, ils reprennent leur harcèlement. Ils m'indiquèrent les démarches à suivre.

— Et tu les as suivies.

— J'y allai comme un homme libre.

— Là, tu te fourvoies. Tu te crois libre, alors qu'en réalité tu ne fais que suivre comme les autres.

Vous remarquerez qu'à ce stade de la discussion mon entendement fondamental ou ma saine faculté se balançait entre son traité « magique » et ma rationalité scientifique, j'entrais et je sortais de son univers sans m'apercevoir que j'épousais de plus en plus le point de vue de sa théorie, je glissais irrémédiablement vers l'indéterminé.

— Non, j'étais libre, car j'avais écrit auparavant dans mon scénario que j'étais la personne qui qualifierait leurs règles d'amusantes.

— C'est exaspérant, mais que s'est-il passé après ? Lui ai-je demandé avec empressement, comme désirant en savoir plus, je m'étonnais moi-même. »

— Mon jeu était une performance pure, une improvisation globale dont j'étais très fier après coup. Je l'ai mise, par la suite, à la disposition des « joueurs » à travers un écrit dénommé « la catalyse du potentiel personnel ». C'est une pièce classique tragi-comique en un acte et trois scènes, qu'on pourrait intituler « La tragédie du langage », s'exclama-t-il en riant.

Il m'a joué la dramatique en prenant soin de planter son décor, de présenter ses acteurs, son chœur et même ses didascalies sans oublier sa scénographie, ses figurants et son public.

« Regarde, voici le premier acte, dit-il :

Lieu de la tragédie : un espace de bureau (éclairé par une vulgaire lumière blanche de néons) divisé par un grand rideau de verre en deux grandes sections, d'un côté les clients ou les administrés, assis sur des chaises en plastique fixées au sol sur cinq rangées, silencieux et tenant dans leurs mains des numéros, et de l'autre les agents de l'État ou les administrateurs debouts et jacassant portant tous des lunettes. Les gens dans la salle d'attente représentent le public qui fait, parfois, office de chœur, puis l'agent et son client, de part et d'autre du guichet, les protagonistes.

« Et voici la première scène :

Deux individus se tenant face à face, mais séparés par une épaisse vitrine munie d'un cercle de petits trous à la hauteur du comptoir, il assure un passage au langage qui permet la communication. Un employé modèle du service (c'est ce que dit une pancarte collée sur le mur à sa gauche), assis sur un tabouret dominant un citoyen, le Joueur, debout, mais courbé mettant sa bouche près des trous du cercle.

L'AGENT : Numéro trente-six, que puis-je pour vous, monsieur ?

LE JOUEUR : Son excellence votre chef de service m'a convoqué pour que je motive mon non-emploi.

L'agent vérifie en détail les papiers du Joueur en agitant son index de gauche à droite en signe de non-satisfaction.

L'AGENT : Avez-vous un handicap quelconque qui vous empêche de travailler ?

LE JOUEUR : Non, pas à ce que je sache.

L'AGENT : Pourquoi ne travaillez-vous pas ?

LE JOUEUR : Je n'ai jamais refusé un emploi et personne ne m'a jamais proposé de travail. Après mille entrevues et mille regrets et mille refus, j'ai compris, je ne suis pas bête.

L'AGENT : Qu'est-ce que vous avez compris ?

LE JOUEUR, *d'une naïveté provocatrice* : Que j'étais trop perfectionniste, les employeurs disaient qu'ils cherchaient des subalternes, des exécutants, car les postes de travail à pourvoir n'exigeaient, d'après eux, aucune intelligence.

L'AGENT, *l'air sévère et sur un ton sec et autoritaire* : Avez-vous un diplôme ou de l'expérience dans un domaine donné ?

LE JOUEUR : Je sais écrire.

L'AGENT : Tout le monde sait écrire, c'est à la portée de tout écolier.

LE JOUEUR : Je veux dire que je suis un bon rédacteur, je peux travailler comme journaliste ou comme écrivain.

L'AGENT, *agacé et parlant fort* : Écrire, ce n'est pas une profession, n'importe quelle personne peut prétendre savoir écrire. Avez-vous un diplôme en journalisme ? Ou avez-vous d'autres aptitudes ou des capacités remarquables ?

Un petit murmure désapprobateur monte de la salle d'attente.

LE CHŒUR :

IL RISQUE DE PERDRE SA CROÛTE, IL COUCHERA SOUS LES PONTS OU IL SE JETTERA AU FLEUVE.

LE JOUEUR, *serein, mais intimidé* : Non, j'apprends par moi-même, je suis un autodidacte. Et pour la capacité, je ne sais pas trop ce que cela voudrait dire. S'il s'agit d'être capable de travailler, oui, je le suis. Je suis capable d'écrire, de voyager, de nager, de parler, de danser et de penser. Ah, penser, j'ai des pensées à la pelle, je pense tout le temps. Je ferais un excellent penseur.

Le chœur reprend les deux dernières phrases du Joueur à la troisième personne :

LE CHŒUR :

OUI, IL PENSE, IL PENSE TOUT LE TEMPS, IL FERAIT UN EXCELLENT PENSEUR.

L'AGENT, *haussant la voix* : Tu joues au crétin. As-tu déjà vu une offre d'emploi disant : « grande corporation cherche penseur bilingue » ? As-tu une spécialité quelconque comme dans la maçonnerie, la peinture, la mécanique, la cuisine, tu vois ce que je veux dire ?

LE JOUEUR, *dubitatif puis recouvrant son naturel et sa confiance* : J'avoue que je n'avais jamais reçu de diplômes, parce que je m'auto-instruis. Tenez, une fois j'étais curieux de savoir quel mode reproductif les fourmis possédaient et quelle était la motivation de leur multiplication ? Je m'enfermai dans une bibliothèque pendant sept semaines. J'épluchai tous les écrits sur les fourmis, je sus alors tous les dessous du grouillement de ces êtres, de leur rang, de leur famille, de leur mode de vie, de leurs couleurs, de la durée moyenne de leur espérance de vie, de leur classe, de leur organisation sociale jusqu'à leurs rites et rituels devant la naissance et la mort. C'est inouï la variété de fourmis qui existe sur terre. On en répertoria plus de trois mille castes jusqu'à présent.

Je peux vous citer, ainsi, de mémoire une centaine de noms de fourmis. À la fin de mon étude, personne ne me donna de diplôme, je ne le demandai à personne non plus. Mais j'avoue modestement que je restai sur ma faim, car aucun manuel ne traitait de l'intention de leur existence, je veux dire pourquoi sont-elles là. Était-ce, là, une réflexion humaine ? Pourquoi sommes-nous là ? Quelqu'un le sait-il ? Quelle question ? Comment peut-on demander à une fourmi ce qu'elle faisait sur terre. Enfin, nulle œuvre dans la bibliothèque universelle n'élucidait ce point. Et j'ai d'autres exemples en ce qui concerne mes connaissances. Si vous le désiriez, je pourrais vous en énumérer quelques-unes.

L'AGENT, *impatient et grimaçant* : Non, ça va, j'ai assez d'informations sur ton compte. C'est largement suffisant. En somme, tu connais tout, mais tu n'as aucun diplôme à proprement parler. Monsieur, les fournis travaillent, elles ne bavardent pas.

LE CHŒUR :

LES FOURMIS TRAVAILLENT, ELLES NE BAVARDENT PAS, LA RESPLENDISSANTE ESPÈCE MARCHE À SA LIBERTÉ, ELLE NE RENONCE PAS À SON DESTIN.

LE JOUEUR, *se retournant vers le public, perplexe et souriant* : C'est juste, pour être franc et honnête avec vous, je ne crois pas aux institutions éducatives. Dès que tu entres dans une école pour suivre une formation…

L'AGENT, *coupant la parole au Joueur et sur un ton de la dérision* : Oui, oui, je sais, tu n'as pas besoin d'études comme tout le monde, tu es un être à part.

LE JOUEUR, *rouspétant calmement* : Vous permettez, votre excellence, je vous explique, s'il s'agit d'un apprentissage technique ou pratique je n'ai rien contre, mais…

L'AGENT, *excédé interrompant son interlocuteur* : Ne va pas plus loin, j'ai tout compris.

LE JOUEUR, *parle d'une voix très basse, doucement, presque en chuchotant comme s'il avait honte* : J'ai un autre travail.

L'AGENT : Et lequel ?

LE JOUEUR, *gêné et un peu indécis* : Je compose des vers, je versifie, j'écris de la poésie.

L'AGENT, *parlant fort de manière à ce que les gens dans la salle l'entendent* : Et ça, la poésie, est-ce un métier ? Tu vas peut-être travailler dans une ferme à planter des poèmes puis à les cueillir et tu vas au marché les vendre à la criée. Des poèmes frais à 99 sous la pièce. Et comme tu n'attires aucun acheteur, tu les liquideras à 99 sous la caisse. Toujours pas de preneurs, tu demanderas 99 sous pour toute la récolte. Toujours pas de clients, tu les supplieras de les prendre gratuitement, mais pas un seul acquéreur. Tu loueras un grand camion que tu payeras avec l'argent de l'État, tu le chargeras de tes poèmes et tu iras les déverser dans le fleuve. Tu profites effrontément des largesses de la société et tu lui causes des dépenses inutiles et un tort impardonnable, gaspillage de papier, donc moins d'arbres dans notre beau pays et pollution de ses eaux.

LE JOUEUR, *embarrassé et un peu perturbé* : Je suis désolé. J'arrête de planter des poèmes dès aujourd'hui.

LE CHŒUR :

ÉRADIQUONS LA POÉSIE, ELLE POLLUE L'ENVIRONNEMENT.

L'AGENT, *l'air supérieur et dictatorial, parle comme un moraliste, sermonnant le Joueur* : Qu'est-ce qui légitime ton oisiveté ? Est-ce que tu as une raison ?

LE JOUEUR : Bien sûr que j'ai une raison !

L'AGENT : Et quelle est cette raison ?

LE JOUEUR : Ma raison n'est pas facile à définir ! !

L'AGENT : Je ne te demande pas de la définir, mais de m'en donner une !

LE JOUEUR : Laquelle ?

L'AGENT : N'importe quelle raison !

LE JOUEUR : Pour quelle raison je dois vous donner ma raison.

L'AGENT, *haussant les épaules* : Pour ma part, je m'en fous de ta raison, mais c'est le système qui la veut.

LE JOUEUR : Je n'ai pas de raison à donner au système.

L'AGENT : Mais tu as dit que tu avais une raison.

LE JOUEUR : Je n'ai pas une raison, mais j'ai de la raison, je suis un être raisonnable.

L'AGENT : Je ne te demande pas si tu as de la raison, je veux savoir si tu as des raisons qui justifieraient ton non-emploi.

LE JOUEUR : Les raisons de mon non-emploi résident dans la rareté de l'ouvrage. En réalité, je cède le passage à tous les gens qui sont dans l'urgence de dénicher du travail, comme les pères et mères de famille.

L'AGENT : Et pourquoi donc ?

LE JOUEUR : J'ai fait mes calculs, si le taux de chômage se situe à 10 % de la population active, je déduis que ma petite personne relève de cette fraction d'individus sans emploi. Si ce taux est stable, cela veut dire que si je prends un emploi, un autre perdra le sien. Et comme je cultive le sens du partage et de l'équité, j'ai renoncé à évincer des innocents de leur emploi.

L'AGENT : C'est de la rhétorique, ce sophisme n'est pas une raison suffisante.

LE JOUEUR : Ma raison est nécessaire.

L'AGENT : Ta raison est singulière à ce que je vois.

LE JOUEUR : Elle pourrait être à géométrie variable également.

Un court silence durant lequel l'agent réfléchit à la suite de l'entretien, il énervé consulte sa montre.

L'AGENT : Il me faut une raison valable tout de suite et sans façon, mon rendement est en jeu.

LE JOUEUR : Ce sont les employeurs qui ont des raisons, moi, je n'en ai aucune de valable.

L'AGENT : Quelle est la raison de l'employeur qui te donnerait une raison à toi de ne pas travailler ?

LE JOUEUR : Leur raison c'est qu'ils n'ont pas de l'ouvrage pour tout le monde. Ils sélectionnent les meilleurs candidats, les plus productifs et les plus dociles.

L'AGENT : J'ai besoin d'une raison, n'importe laquelle à mettre dans ton dossier.

LE JOUEUR : Inscrivez qu'il a une raison comme tout le monde.

L'AGENT : Tu n'as pas l'air de comprendre, il me faut le contenu de ta raison.

LE JOUEUR : Excusez mon ignorance, mais ma raison est un contenant et un contenu en même temps.

L'AGENT : En d'autres termes, quelle est la substance de ta raison ?

LE JOUEUR : Oh, comment saurai-je de quelle substance est constituée ma raison ?

L'AGENT : Mais c'est ta raison, tu dois le savoir, ta raison t'appartient, n'est-ce pas ?

LE JOUEUR : J'ai une raison, mais elle ne m'appartient pas au propre, je ne sais même pas où elle demeure. Comme les pensées, j'en ai pas mal, mais elles ne m'appartiennent pas, je ne les possède pas. Je ne connais pas, non plus, la raison de ma raison.

L'AGENT, moqueur : Ta raison n'a pas de raison, si j'ai bien entendu ?

LE CHŒUR

LA RAISON N'A PAS DE RAISON, IL A RAISON.

LE JOUEUR : Vous avez raison.

L'AGENT, *énervé* : Je n'ai pas raison, je veux une raison, une seule foutue raison à transmettre à ton bureau d'emploi, tu piges !

LE JOUEUR : Si vous n'avez pas raison, alors je n'ai pas à vous donner ma raison.

L'AGENT, *furieux* : Garde ta raison si tu l'as, je doute à bon droit que tu en aies une, et je doute même que tu jouisses de ta raison.

LE JOUEUR, *fâché et parlant fort* : J'ai de la raison et j'ai même assez de raisons pour vous dire que vous me manquez de respect. Est-ce que je vous ai demandé, moi, la raison de votre rage sans raison. Donnez-moi votre raison d'abord ?

Le ton monte, l'atmosphère s'envenime.

L'AGENT, *contrarié et offensé* : Je n'ai aucune raison à te donner.

LE JOUEUR : Pour quelle raison ?

L'AGENT : Pour aucune raison et je ne suis pas ton subordonné.

LE JOUEUR, *actant comme un chef* : Je te congédie pour insubordination, car, moi, je suis ton employeur ultime. Sans moi et mes frères tu ne travailleras même pas, avec ou sans raison.

LE CHŒUR

NOUS SOMMES LES EMPLOYEURS DES EMPLOYÉS SANS RAISON.

Scène II

Le chef du bureau, alerté par le brouhaha dans la salle vient appuyer l'agent.

LE CHEF DE BUREAU : Monsieur trente-six, si votre agent vous demande la raison de votre non-emploi, il faut lui donner votre raison, sinon vous allez perdre le privilège d'être nourri et blanchi aux frais de l'État.

LE JOUEUR : Je ne peux donner ma raison.

LE CHEF DE BUREAU : L'État exige des raisons, une au minimum.

LE JOUEUR : Je n'ai aucune raison, demandez plutôt aux employeurs, ils ont sans doute un paquet de raisons.

LE CHEF DE BUREAU : Quelles raisons ?

LE JOUEUR : Les raisons pour lesquelles ils ne m'emploient pas.

LE CHEF DE BUREAU : Quelles sont ces raisons ?

LE JOUEUR : Je ne connais pas leurs vraies raisons. Mais ils disent tous que j'étais trop intelligent et surqualifié. Ils commencent en général par me remercier d'avoir soumis ma candidature, puis par m'arroser d'éloges en disant qu'ils étaient impressionnés par tous les champs de mon savoir. Et enfin, ils regrettaient sincèrement de ne pouvoir donner une suite positive à ma demande d'emploi, en me priant à la fin de la lettre d'accepter l'expression de leurs sentiments, les plus élevés et les meilleurs.

LE CHEF DE BUREAU : Tu dois nous donner une raison, c'est une obligation si tu veux continuer à recevoir ta pension.

LE JOUEUR : D'accord, je vous file une de leurs raisons, je suis trop qualifié ou je suis trop intelligent ou j'ai trente-six ans.

LE CHEF DE BUREAU : Je crains que l'État n'accepte ce genre de raisons.

LE JOUEUR : Et pourquoi ?

LE CHEF DE BUREAU : Il veut de véritables raisons.

LE JOUEUR : Comment distinguera-t-il les véritables des fausses ? Je parie qu'il ne sait même pas lire !

LE CHEF DE BUREAU : Je ne peux le dire, je n'ai pas cette science. Et puis mon rôle est de poser des questions, et non de répondre aux questions des assistés sociaux.

LE JOUEUR : Pourquoi ?

LE CHEF DE BUREAU : Pour raison d'État.

LE JOUEUR : Alors, ma raison me dit que si je ne travaille pas ce sera à cause de la raison d'État, voilà ma raison.

LE CHEF DE BUREAU : Nous voulons avoir au moins un fragment de ta raison à toi, pas celle de l'État, non pas la totalité de ta raison, si tu veux, juste une petite portion, mais consistante.

LE JOUEUR : Où est-ce que je vais prendre cette portion consistante de ma raison ?

LE CHEF DE BUREAU : Qu'est-ce qui t'empêche de nous donner au moins une parcelle de ta raison ? C'est pour l'État.

LE JOUEUR : De quoi se mêle-t-il l'État ? Je ne le connais pas, et je ne sais même pas s'il existe en chair et en os et je doute fort qu'il comprenne ma raison, il n'a aucune raison non plus.

LE CHŒUR

IL A RAISON, L'ÉTAT N'A PAS DE RAISON.

LE CHEF DE BUREAU : Pas de raison, pas d'oseille, tu comprends ?

LE JOUEUR : Je veux parler à votre patron et je veux un avocat, ma raison est indivisible et elle n'est pas négociable.

Scène III

Une grande et élégante dame entre du côté des bureaucrates, d'après la mine intimidée de ses derniers, elle semble être leur supérieure hiérarchique. L'agent et le chef de bureau allaient prendre leur décision, ils délibèrent en consultant la Supérieure.

LE JOUEUR, *simulant une indignation et un manque de respect de l'agent à son égard* : Je les vouvoie et eux, ils me tutoient, j'exige réparation et excuses et réhabilitation de ma dignité. C'est une question d'honneur, je ne badine pas avec les principes de la bienséance. Oui, j'ai des aptitudes pour tout, je sais comment préparer un bon plat de lentilles ou une bonne soupe à l'oignon. Je sais laver les assiettes, nettoyer les fourchettes, ramasser les miettes…".

LE CHŒUR

IL SAIT PRÉPARER DES SPAGHETTIS, IL SAIT LAVER LES ASSIETTES, NETTOYER LES FOURCHETTES ET RAMASSER LES MIETTES. IL EST DES NÔTRES.

Le couperet de la sentence allait s'abattre…, mais l'équipe administrative ne s'entend pas sur le verdict. Il y a vice de forme. C'est le coup de théâtre.

LA SUPÉRIEURE, *s'adressant à l'agent* : Il y a vice de forme, passe-moi le dossier, je continue l'entrevue, tu as commis une faute professionnelle grave, tu perdras ta prime de rendement, parce que tu as tutoyé le client et tu l'as rudoyé plus qu'il n'en faut.

L'AGENT, *contrarié et décontenancé* : Mais je n'ai fait qu'appliquer la règle de la résilience et de la dissuasion du scénario qui s'applique aux récalcitrants et aux paresseux.

LA SUPÉRIEURE, *s'adressant au Joueur, avenante et souriante* : Nous sommes désolés monsieur des désagréments que vous avez subis de la part de nos agents. Nous vous présentons nos excuses les plus respectueuses.

LE JOUEUR, *triomphant* : J'accepte vos excuses, Madame, avec chaleur et sans rancune.

LA SUPÉRIEURE, *parlant tout bas, ses paroles sont inaudibles du public, elle étouffe un rire* : hihihihi…

LE JOUEUR, *parlant bas à son tour, il rit sous cape* : hahahahaha

LE CHŒUR :

LE FOU RIRE EST SALVATEUR : HAHAHAHA

Le rideau tombe à ce moment. »

« Quelle était la motivation de la Supérieure ? Pourquoi t'a-t-elle sauvé la vie ?, Était-elle une Joueuse ? » dis-je, en applaudissant longtemps sa magistrale interprétation.

« Oui, elle l'était, en effet, elle devina, tout de suite, que je jouais. Alors, nous avions prétendu, tous deux, suivre les formalités de l'administration. C'était tout ce que nous pouvions faire pour garder secret notre fou rire. À la fin de la rencontre, elle rédigea une note attestant que l'État n'y pouvait rien dans mon cas. Puis en aparté, elle m'avait dit que son époux (un conseiller municipal) cherchait quelqu'un pour lui écrire une allocution. Son attaché de presse blessé suite à une chute dans un terrain de golf, il paniquait, il lui fallait un texte dans les quarante-huit heures. »

— Cela me rappelle une pièce que j'ai vue avec Jen, je ne me souviens plus du titre ni du nom de l'auteur, mais son contenu est très proche de ton théâtre. Tu n'es pas, par hasard, un voleur de pièces, c'est peut-être du plagiat ?

— Les inductions et les déductions des « joueurs » se croisent parfois dans l'art de l'illusion, il se peut que tu aies assisté à une pièce de l'un d'entre eux.

« Et pour reprendre l'histoire de mon accession, la Supérieure me demanda si je pouvais écrire des adresses de circonstance à caractère politique et social. J'ai répondu sur le champ : "Eh comment, je suis la personne toute désignée pour de telles tâches et j'excelle même dans le genre". Je lui racontai quelques bribes de mon engagement militant. Les textes politiques je m'y connais, je commençai très jeune à rédiger des pamphlets et des analyses que mes camarades, chefs de cellule et chefs de section répétaient dans tous les meetings, ils puisaient dans mes textes comme les fidèles puisaient dans les livres "sacrés". Jeunes, nous étions révoltés, la rébellion coulait dans nos veines. Réfractaire à tout, j'écrivais des textes contre le régime, les parents dociles, les professeurs complices, l'éducation rétrograde. J'aiguisais mes mots et mes crayons dans le refus global des valeurs et des normes de la société, jusqu'à ce que je comprenne que toute philosophie rebelle, si elle atteignait le point de non-retour et si elle le dépassait, elle deviendrait attrayante même aux yeux des décideurs effectifs, et serait labélisée et griffée fièvre porteuse ou vendeuse, si je puis dire. Elle attirera, alors, toute sorte d'individus, et les plus éveillés et les plus ébahis qui reprendront le flambeau et le portent à bout de bras. Ils en useront jusqu'à l'abus et ils la rongeront jusqu'à l'os. »

« Et tu as arrêté d'écrire, alors ?

— Oui, un jour, j'arrêtai, parce que j'appris que l'establishment récupérait toute notre révolte et l'utilisait en sa faveur. Un régime politique sur place depuis des décennies, simulant l'alternance par un habillage bleu et rouge, mais en vérité ils ne font que se substituer les uns aux autres en maintenant le même socle, la même fondation. Nos idées étaient à la mode, les mêmes chefs et têtes dirigeantes qui nous réprimaient la veille, les reprenaient et les revendiquaient en les commercialisant. Ils recrutèrent bien sûr des jeunes qui étaient un peu plus en vue que les autres pour leur faire jouer le rôle des révoltés ou des révolutionnaires. Et sans aucun mal, ils domptèrent la hargne de la jeunesse, leur faisant croire qu'ils endossaient leur lutte.

« Ceci me rappelle une anecdote : dans un pays fermé comme entouré d'un mur étanche ou inséré dans un bloc d'acier, disons une dictature, il y eut, à une époque, une grande révolte de jeunes, les chefs apparurent à la télévision affichant une mine lugubre, grave et solennelle, entichés d'un sentiment de grande responsabilité et ils annoncèrent sans honte ni retenue qu'ils avaient bien compris le message de la population. Leur président avait déclaré: "Dites-nous ô grand peuple ce que vous voulez et nous l'appliquons sur-le-champ. Vous voulez une politique de gauche nous sommes là, une politique de centre gauche nous sommes là aussi, vous voulez une politique de droite, nous excellons dans le domaine…"

« Pour revenir à notre conseiller municipal, je disais à la supérieure de l'agent, donc, comme ce chef versatile et polyvalent, si vous désirez un écrit sur la politique culturelle de la municipalité, ou sur l'assainissement ou sur la problématique des jeunes ou sur tout ce qu'il voulait, que j'étais son homme. Je lui avais demandé si elle avait un sujet à me proposer. Elle m'avait dit que son conjoint est tenu de prononcer un discours dans les trois jours qui venaient, à l'ouverture du festival du livre devant un public "select" d'écrivains, de penseurs et d'intellectuels, et qu'il n'aimerait pas répéter celui de l'année précédente. Elle m'avait fixé un rendez-vous pour le lendemain à son bureau. Il s'avérait, par fortune, que son partenaire était le conseiller culturel de la ville.

« Le soir même, je préparai un texte fort bien documenté. Son introduction remontait jusqu'à l'Antiquité pour inclure les vestiges de notre culture en passant par les ères sombres de la persécution de l'intelligence et la renaissance dans les siècles de lumière qui ouvrirent toutes grandes les fenêtres des arts. Brodant sur les temps modernes qui avaient permis l'émergence d'une expression multiple consacrant une fois pour toutes l'importance de l'art dans notre culture, sans oublier de mentionner en conclusion que les autorités municipales avaient investi temps et argent au développement durable de cette vivacité artistique que connaissait notre ville. Il était très impressionné par mon texte. Il disait que c'était tout à fait original, qu'il aimerait bien le prononcer à l'occasion de cette grande manifestation. Je devins son nègre attitré.

« Tu sais que dans le milieu on a toujours un adversaire planqué quelque part que ce soit dans notre camp ou dans le camp adverse. La jalousie joue au maximum dans les coulisses du pouvoir. Le conseiller municipal à l'éducation voudrait lui aussi avoir son discours original, ensuite le directeur du cabinet du Maire aimerait engager mes services pour le premier Magistrat de la ville. Je passais du jour au lendemain du statut de la survie quotidienne à celui d'un grand consommateur. L'histoire ne s'arrêta pas aux élus municipaux, bientôt des élus provinciaux puis des responsables nationaux exigeaient mes services. J'avais la plume alerte et percutante, disaient-ils, mes mots étaient pertinents et fougueux, capables de captiver même un moustique distrait survolant les têtes pensantes des parlementaires.

« Dans mon étanche anonymat, j'accédai à la notoriété parmi les grands fonctionnaires et autres grands commis de l'État, et ma fine plume devint indispensable à tout représentant. Un jour, j'eus une commande de deux adversaires politiques, une idée machiavélique me gratta les méninges à ce moment-là. À la remise des textes, je les intervertis. À ma grande surprise, les deux hommes politiques avancèrent sur le terrain l'un de l'autre, ils lurent leurs textes sans broncher. Le monde politique est interchangeable, celui qui critiquait le capital hier, il l'encensait aujourd'hui et celui qui pourfendait le social auparavant, il le magnifie à présent sans que cela soulève de réactions ni ne suscite de remous dans la cité.

« La droite, et le centre droit, et le centre du centre droit, et la gauche, et le centre gauche, et le centre du centre gauche, attirent tous les ambitieux, les opportunistes et les prétendants à la direction des affaires de l'État. Ils tournent autour du centre comme des mouches autour d'un c... frais. Un troupeau de politiques élevé, formé et éduqué par le Dispensateur et lâché dans l'arène, ils se bousculent aux portes de l'extrême centre, interprétant chacun selon son instrument une musique centriste.

« La charge d'État qui définit conservateurs et libéraux est réversible. Le siècle dernier s'est retiré en dévorant les extrémités, il ne laissa que le cœur, ou mieux, que le noyau, que tout le gratin politique ronge sans cesse, et avec voracité, et sous le regard amusé du Dispensateur. »

— Tu fournis, donc, les politiques versatiles comme un « dealer », tu ne fais pas de distinction entre les bons et les mauvais, tu es un vendu comme tout le monde.

— Tu peux le voir ainsi, je servis les deux pôles avec le même zèle, parce que je sais d'avance qu'ils agissent sur commande et accomplissent les vœux/ordres de leur employeur suprême, le Dispensateur. Comme je fis le tour de la question, j'abandonnai le milieu bureaucratique. Ces derniers temps, je gagne ma vie d'une manière tout à fait différente.

« De quelle manière ? demandais-je d'un ton pressant.

« Je vends des livres de recettes sur le développement personnel, dit-il. Artys, auteur de plusieurs recueils sur les relations homme/femme, me refila un tuyau, un filon iné-puisable en m'expliquant que c'était là une niche qui me rapporterait gros si je m'appliquais bien comme il faut. Ses ouvrages se vendaient comme des petits pains. Sous un pseu-donyme, je publiai une dizaine de livres sur le sujet. Mon premier, "Comment envoûter son amour en cent mots" fit mouche, il se vendit à des centaines de milliers de copies. Viennent ensuite, "La catalyse de l'ardeur du succès en cent jours", "Cent règles à observer pour atteindre la plénitude", puis une série de "comment réussir" et sa carrière profes-sionnelle, et son mariage, et son divorce, et sa faillite, et sa mort, et son suicide, etc., et une autre série de "comment dominer" et ses peurs, et ses angoisses, et ses envies, et ses impulsions, et son partenaire, et ses parents, et ses enfants, et sa belle-famille, et ses collègues, et son patron, et son subordonné, etc. »

V

16h01

La poupée remplace le buste romain sur l'écran de télé-vision, elle reprend, elle aussi les mêmes nouvelles :

LA CHANTEUSE SHYRMA A REPEINT SA CHAMBRE À COUCHER EN BLEU TURQUOISE, UN SIGNE QU'ELLE VA LARGUER SON MARI

POUR LE JOUEUR DE FOOTBALL MANSIPUDE, LE DEMI-CENTRE DES JAGUARS DU DÉSERT.

LA DIVA VYGNORA EST ENCEINTE D'UN DEUXIÈME GARÇON, ELLE AURAIT AIMÉ CONCEVOIR UNE FILLE, MAIS LES MANIPULATIONS OVARIENNES DE DERNIÈRE MINUTE ONT ÉCHOUÉ À DIRIGER LE CHROMOSOME « X » VERS L'OVULE, UN VIGOUREUX CHROMOSOME « Y » PLUS RAPIDE ET PLUS ROBUSTE L'A BATTU SUR LES DERNIERS MILLIMÈTRES DE LA LIGNE D'ARRIVÉE. IL L'A SUPPLANTÉ ET A PRIS SA PLACE.

VYGNORA, SELON SON AVOCAT, INTENTERA UN PROCÈS À LA CLINIQUE POUR DÉFAILLANCE ET MANQUE DE PROFESSIONNALISME PATENT. ELLE EXIGERA UNE INDEMNITÉ DE DEUX MILLIARDS D'ÉCUS POUR LE STRESS SUBI ET LE CHOC PSYCHOLOGIQUE REÇU À LA SUITE DE L'ÉCHEC DU PILOTAGE ASSISTÉ DU CHROMOSOME « X ».

7

I

Vous ai-je dit que Jen a sursauté lorsqu'elle m'a vu avancer vers le salon ? Elle suivait en même temps les étapes de mon déplacement du couloir au sofa. Je pouvais presque palper l'épaisse texture de l'atmosphère qui s'est pesamment installée dans notre foyer. Elle me regardait évoluer dans ce milieu, tel un primate sur du sable mouvant. Son regard me cadrait comme dans une prise en travelling me talonnant jusqu'à l'endroit de ma chute. Dans son viseur, elle voyait la scène ainsi :

Une physionomie humaine qui rampait jusqu'au divan où elle s'est affalée. Une substance amorphe, proche de la gélatine dans son aspect extérieur, coulait timidement vers le sofa. Un pas après l'autre, elle s'extirpait d'un espace à l'autre. Son éploiement ou sa mutation, comme une dune aux vents, se formant et se déformant jusqu'à la séquence finale de sa plongée dans le fauteuil.

Considérez le remplissage et le vidage des ballasts des sous-marins, le liquide s'écoule d'un compartiment à un autre créant le vide derrière lui parce qu'il aspirait en même temps tout l'air de l'habitacle. Les étapes de ma migration avaient cette image : un fluide qui traverse des tubes se vidant et s'emplissant les uns après les autres. Supposons qu'il est bleu (le liquide), il sera un policier exécutant des cabrioles au ralenti, comme un gymnaste. Un fluide fuyant un vase pour en garnir un autre jusqu'aux abords du divan, où il a retrouvé son aspect solide. Les états de la matière ne diffèrent, en tout cas, que par la température ambiante. Dans un monde chaud, disons de quelques centaines de degrés Celsius, j'aurais, sans conteste, cette consistance. Tous les humains se transformeraient en liquide ou en gaz, à l'inverse dans l'autre direction du thermomètre, nous serions tous de très belles figures givrées.

Mon corps s'est jeté sur le siège, il s'est précipité, comme s'il craignait de se désintégrer et d'atterrir en morceaux de glace ou en bulles de vapeur, éclaboussant le parquet et mouillant le tapis et les coussins. Je ne sais pas comment décrire l'opération de mon atterrissage sur le divan ni quel verbe utiliser : s'asseoir, s'affaler, sombrer, choisissez celui qui vous plaît ou qui vous semble le plus approprié.

Les différents états de ma matière qui ont parcouru cette distance ont subi plusieurs transformations jusqu'à ne garder que l'ossature. J'étais cette ossature en face de Jen quand elle a exigé que je m'explique.

Les bras croisés, Jen s'est fâchée, je ne l'ai jamais vue si déterminée dans sa colère, si entière dans ce rôle inédit. Une colère de cette intensité était une première dans notre relation, une bourrasque de sang lui a monté au visage le portant au rouge de la tomate. Ce rapide revirement avait remué la ruche de mes sens instinctifs endormis et avait produit un rire nerveux qui a déformé fugitivement mon faciès. J'ai eu envie de baiser ses lèvres frémissantes dans cet état originel, mais comme je ne pouvais pas prévoir sa réaction à cet élan inattendu, ce serait incongru, me disais-je. J'ai chassé l'idée de ma tête.

— Je suis un autre, j'entends ce que tu dis sans vérifier dans le miroir. Je n'ai pas d'explication pour le moment, mais si je te raconte ce qui s'est passé au bistro, tu vas peut-être comprendre, dis-je pour la rassurer.

II

La personne qui m'a approché ne t'inspirera, à première vue, aucune confiance. C'est un monsieur sans apparence, aux contours physiques guère saisissables, il est presque impossible de situer son âge ni son appartenance sociale. Comme le disait un auteur Joueur du siècle passé : « À le voir, tu ne peux lui imaginer aucune profession, et néanmoins il n'a pas non plus l'air d'un homme qui n'a pas de profession ». Il sillonne la ville à longueur d'année, tu l'as certainement croisé un jour ou l'autre sans lui porter d'attention particulière. Il arpente ses artères de long en large depuis son installation dans ses hauteurs. L'altitude lui procurait, disait-il, toute la latitude de contempler le fourmillement incessant des humains. Il ne s'arrête que pour se reposer et reprendre des forces en vue de poursuivre son chemin.

Cet après-midi, c'était mon tour d'accueillir son verbe, il m'a eu par sa première phrase. En entrant au Café, il s'est dirigé au fond de la salle à manger, puis revenant sur ses pas, il a pris place sur le comptoir à côté de moi. Il m'a salué avec politesse, employant un étrange vocabulaire. Le visage hâlé, ses yeux scintillaient, étonnamment expressifs. Me préparant à rejoindre mes collègues au laboratoire, j'ai lancé un salut court et sec sans plus et je m'apprêtais à mettre un point final à notre échange par un « merci » sans personnalité. Il m'a, par contre, balancé un déroutant : « Pas mal, pas mal, c'est presque fini mon rôle ». Ajoutant : « Quoi de plus extatique qu'une jeune femme à la coupe frange, aux yeux verts et au rire jouissif vous suppliant de l'aimer encore, encore et encore. »

Il m'a accroché par cette introduction, puis il a pulvérisé mes deux grandes tours, celle de ma raison et celle de ma conscience, en transformant l'acier de mes croyances en poussières. Je doute de tout à présent. Je ne sais plus, par exemple, si un mur est un mur tant qu'on ne l'a pas aspergé de la lumière de notre consentement.

Je lui rapportais l'essentiel de notre discussion, tout en pensant à la seule chose qui circulait sans bride dans ma tête : la question. Elle est mûre exposant ses atours sur les ramures de mes neurones. Elle chutera d'elle-même si je ne la cueille pas de suite. Si je ne l'arrache pas de ses hauteurs, elle pourrira sur place, sur sa branche, peut-être. La ramasser de suite avant qu'il ne soit trop tard, il faut bien l'apprêter, je la nettoie et je l'essuie et je lui confectionne un bel emballage. L'envelopper d'un noble papier, de soie ou la présenter dans un contenant transparent d'un design unique qui lui communiquerait du style, du mordant et la mettrait en valeur et lui conférerait une stature singulière. Il faut se décider et sans délai avant qu'elle n'atterrisse sur la table, sans préliminaire, par la seule volonté de la loi de Newton.

Mais comment la poser, je dois préparer le terrain. Une œuvre pareille mérite un impeccable terrassement et une résistante fondation pour qu'elle ne s'écroule pas à la moindre secousse ni au moindre coup de vent, bien l'enrober pour qu'elle passe bien l'examen de l'œil, bien l'astiquer et peut-être même la cirer, l'enduire d'ambre, pour qu'elle brille, qu'elle répande ses arômes. Elle serait imposante et majestueuse lorsqu'elle se présentera à son destinataire, ma copine. Elle ne pourra pas l'ignorer ni la rejeter à première vue. Elle l'accueillerait avec fanfare et honneur, à la hauteur de son excellence comme il sied aux grandes questions.

Cette question s'est installée petit à petit dans mon cerveau, au fur et à mesure que le Joueur apportait des détails sur sa fameuse séance au sanctuaire. Anodine, sans pourtours définis, à l'image plus ou moins floue, aux traits vagues, elle est venue, s'est frayée un petit coin sombre dans ma tête.

Sans grande prétention, au début, puis comme se nourrissant avec voracité de mes incertitudes récentes, elle a pris des galons et tente à présent de monter sur le trône éclipsant toutes les autres idées qui sillonnent le territoire de mon éveil.

Mon appréhension, vous l'aurez deviné, est reliée au fait que Jen était au sanctuaire, elle aussi. Est-ce le même centre dont parlait le Joueur ? Jen, est-elle au courant de ce monde de « joueurs » ? Jen, a-t-elle rencontré le Joueur ?

III

Je me revois en train d'interroger le Joueur, la scène occupe tout mon être avec sa géographie, sa géologie et son archéologie, elle me fait trébucher et manque de me jeter à terre comme ayant les jambes sciées chaque fois que je la visualise : Jen dans les bras du Joueur.

« Comment s'appelait déjà la femme que tu as rencontrée au Sanctuaire ? » avais-je demandé au Joueur.

« La dame qui m'a choisi aujourd'hui, dit-il, était dans un état d'excitation débordant et d'imagination hors du commun (trente et un jours et nuits sans sexe crée pas mal de fantasmes) Elle était avide de tout, elle avait une soif indescriptible d'amour, de caresses, d'étreintes, de paroles, de fantaisies, de jeu. Elle s'amusait, en fait, comme une enfant. Elle disait : « Adore-moi, arrose-moi de mots doux, couvre-moi de baisers chauds, aime-moi partout, vénère mes seins et mes jambes, fais-moi jouir par le regard, par la parole, par le toucher de la chair. »

« Mais comment s'appelle-t-elle ? Avais-je dit, impatient, en lui coupant la parole.

— Elle se faisait appeler Jiji l'Enjouée, répondit-il.

— Peux-tu la décrire ?

— Sa beauté ? me demandèrent les fidèles brûlant d'impatience et suppliant la sève des dieux, décris-la-nous. Tu connais ce poème ? Il dit ceci :

L'écrit à lui seul ne peut la peindre
et la parole à elle seule ne peut la contenir.
La vue, elle seule peut la cerner dans sa plénitude.

Je plaisante, mais pourquoi tu tiens à ce que je la décrive ? Au sanctuaire, les adhérents sont immunisés contre le virus de l'amour. C'est une règle inscrite noir sur blanc dans le préambule du contrat comme premier amendement de la constitution de leur organisme.

— Pardonne-moi mon indiscrétion, c'est l'effet d'une poussée irrépressible et incontrôlée d'une curiosité relative à mon métier.

— Si tu y tiens, je peux te la décrire.

Un « oui » prompt et solidement affirmatif surgit d'entre mes lèvres.

« C'est une femme de ma taille à peu près, se lança-t-il. Je dirai dans les cent quatre-vingts centimètres. Elle m'interpella, ainsi, de derrière la vitre : "Numéro sept, d'où tenez-vous cette réputation de trois étoiles rouges ?" L'éraillure sonore de sa voix argentine et sa suave touche éveillèrent sur le champ la faune et la flore de mon désir. Je dis, dans une langue portant les radiations de son interrogation : "Dans la générosité, je suis un donneur universel". En ouvrant la porte, le paysage qui se déployait devant moi avait cette composition : une légère et fine robe blanche qui descend jusqu'à mi-cuisses, laisse pointer deux globes en forme de poires qui bandaient, une érection féminine me mettant en joue, appelant tout naufragé à s'y agripper de toutes ses forces. Mon regard, comme subissant un champ gravitationnel d'une étoile massive, s'y colla. Il fallait lutter pour le dégager de sa poitrine. Il adhéra ensuite à son bassin tout en faisant des allers-retours rapides sur ses seins puis il s'arrêta temporairement sur ses gros yeux verts.

« Son regard coula comme une lave de ses orbites jusqu'à mes yeux. La chaleur m'atteignit en même temps que l'onde de choc de son bonjour de bienvenue, qu'elle me servit dans une formule ordinaire comme les milliers d'autres de notre soirée et les millions d'autres de notre génération, mais dont la sonorité graveleuse fit vibrer tous mes poils qui se dressèrent sans recevoir aucun ordre. Son regard, je disais, coula comme une lave de laquelle échappait une traînée de fumée blanche, dans ma transe fiévreuse, je voyais la Voie lactée, peuplée de soleils et de soleils, peut-être d'amour, d'encens et de chandelles.

« Ses lèvres charnues imposaient, elles aussi, le respect à mes regards épars qui marquaient des arrêts plus ou moins prolongés à leur niveau. Ses jambes bien sculptées, rondes et fuselées coupent le souffle à tout voyant, une boule de feu traversera en éclair son corps et réveillera la forêt de ses sens. "Êtes-vous de ceux qui savent faire durer l'extase? "demanda-t-elle. "Assurément, la nature me modela de telle sorte que je ne vienne à la fête que si ma partenaire arrive en premier, c'est le plaisir de l'aimée qui nourrit le mien", répondis-je, et ajoutant en versifiant :

Nous nous aimons et nous durons dans l'amour et nous ne le dirons à personne. Nous nous aimons et nous cultiverons les plus belles fleurs dans le champ de nos corps et nous ne le dirons à personne. Ils s'abreuveront à la source du désir, et perdureront dans le plaisir, et exulteront triomphant au sein de l'humaine ascension et nous ne le dirons à personne. Ils sauront nous transporter du premier au dernier ciel sans turbulences sauf le climax et nous ne le dirons à personne.

« Elle sourit devant mon improvisation et m'invita à l'intérieur de sa cabine en me tenant la main : "Voyons voir mon élu, explorons nos sens, aimons-nous". »

— Oh, tu ne peux pas être un peu plus succinct, le rapatriai-je sur terre. Je veux dire comment est-elle, blonde, brune, jeune, très jeune, tu vois ?

— C'est une femme à la peau douce et blanche, presque satinée, aux cheveux de jais lisses et brillants qui lui tombent sur les épaules. Oh, sa nuque blanche, opalescente, elle n'est faite à mon avis que pour accueillir des lèvres humectées de désir, que pour abriter des baisers ardents.

— Et sa coupe de cheveux ?

— Je pense qu'on l'appelle coupe casque ou boule ou en bol, tu sais, avec une frange sur le front, cela mettait en exergue son beau visage rond, et dégage la finesse des traits harmonieux de sa figure. Et ses gros yeux verts feront bondir ou bander tout homme de passage dans ses parages.

— Et son âge ?

— Je ne suis pas très expert dans l'estimation de l'âge des femmes, mais je dirais qu'on peut le situer entre vingt et un et trente et un ans.

IV

Empruntant ma nouvelle voie, me rendant chez moi, l'image de Jen dans les bras du Joueur m'envahissait et m'étouffait presque, mais je l'effaçais et je la rejetais avec force et abnégation pour la remplacer par une autre fille, une étrangère, une Joueuse, comme la dame au chien.

Marchant sur le trottoir nord selon un scénario médiocrement esquissé et avant d'apercevoir Sapiens, je portais encore un sourire fastueux induit par l'impact des paroles de la dame au chien. Est-ce que je vous ai parlé d'elle, celle qui me rappelait la Nyvas du Joueur ? Est-ce que je vous ai dit qu'elle se tenait du côté sud de la rue ?

Je ne sais quel génie a pris ma volonté en otage, arrivant à sa hauteur, une envie irrésistible de l'aborder m'a littéralement colonisé. J'ai traversé la rue d'un pas alerte. J'essayais de toutes mes forces cartésiennes de l'effacer (l'idée de lui parler) mais rien à faire, elle a jailli.

« Madame, veuillez excuser mon intrusion dans votre paisible promenade, avec tous les respects dus à votre personne me permettriez-vous de vous poser une petite question ? »

« À votre disposition, dit-elle, tout en me regardant dans les yeux. Le gris bleuté de ses iris m'a pénétré jusqu'aux confins des os.

« À votre service », continua-t-elle.

« Est-ce que vous jouez madame ? » La question est sortie, me soulageant d'un énorme fardeau, imaginez la pression d'un litre ou deux de bière que vous urinez après une rétention d'une heure ou deux. Le liquide ainsi expulsé se répand fumant n'est-ce pas et au débit soutenu pendant quelques secondes et son impact sonore sur la paroi lisse de son réceptacle chante presque, ainsi résonnaient les mots de mon interrogation. Dès que j'ai évacué la dernière syllabe, la métamorphose, son visage passait du rose au rouge et revenait très vite au rose pâle. La clarté de sa fauve chevelure en remuant posément sa tête a dessiné dans l'air un manège dont les cheveux brillants transportaient des enfants joyeux et riant très fort au décollage, puis par faible intensité jusqu'à l'arrêt du mouvement.

« Qu'en pensez-vous ? » dit-elle en me regardant comme si elle fouillait dans mes yeux, soulevant une pelure après l'autre, à la recherche d'un objet précis.

— Peut-être que oui, me hasardai-je.

— Sans exclure aucune ouverture, ce qui rayonne dans votre esprit est la vérité, répondit-elle en se lançant derrière son chien.

Je répétais la phrase à voix basse : « Ce qui rayonne dans mon esprit est la vérité » lorsqu'elle s'est éloignée. J'ai repris ma marche tout en sifflotant : « Ce qui rayonne dans mon esprit est la vérité ». J'ai eu le vague sentiment qu'elle connaissait le Joueur. Les « joueurs » communiquent-ils par télépathie ? Ému et émerveillé en même temps, je continuais à marcher et à sourire en regagnant le nord de la rue.

8

I

16h15

Je voulais rediriger le Joueur sur le terrain du sanctuaire, la description de la femme avec laquelle il avait passé le midi-quatorze heures correspondait étrangement à celle de Jen. Cela m'indisposait, Jen mène-t-elle une double vie, me trompe-t-elle, s'amuse-t-elle au « Siestal » avec des gens comme ce type, serait-elle une « Joueuse ». Ma curiosité est à peine déguisée, j'adoptais une tactique de détective, je vais le noyer de questions et je glisserai alors, en sourdine, celle qui me préoccupe.

À la télévision, le monsieur grave qui retient l'attention reprend sa place sur l'écran, présentant les dernières nouvelles. *L'Alcalino-Voraxie d'Atlantique, (l'A.V.A.) avait remporté la guerre en éclair sur la Mésotarie.* L'expert revenait lui aussi, il répétait, sur un ton sérieux et satisfait, doctoral, brutal et final, les mêmes propos depuis mon entrée dans ces lieux. *Tout d'abord, il faut savoir une chose importante, le chef de la Mésotarie est un tyran…*

En remerciant vivement le spécialiste de ses précieux éclairages et de sa pénétrante analyse de la question mésotarienne, il enchaîne sur un autre point chaud tel qu'il l'a qualifié.

APRÈS LA DÉCISION UNILATÉRALE DU DÉGEL DE LA COLONISATION DES TERRITOIRES DE LA SÉMITIE INFÉRIEURE, LES NÉGOCIATIONS RISQUENT DE CONNAÎTRE UNE PÉRIODE DE GLACIATION INDÉTERMINÉE…

ÉCOUTONS UN EXTRAIT DU DISCOURS DU CHEF DE LA SÉMITIE INFÉRIEURE :

Devant un parterre à moitié endormi que la caméra a bien mis en évidence, le Président de l'Autorité continue à supplier son homologue :

NOUS SOMMES CONTENTS ET MÊME TRÈS JOYEUX DE VOTRE RÉUSSITE. NOS ALLIÉS ET PROCHES PARENTS DE L'ARABITURE ET DE L'ISLAMITURE NE RÊVENT QUE DE VOUS IMITER. ILS NOUS DEMANDENT DE SERVIR D'INTERMÉDIAIRE POUR L'INSTAURATION DE RELATIONS SAINES ET NORMALES ENTRE VOTRE ÉTAT ET LEURS TRIBUS.

LE BALLET DIPLOMATIQUE, QUI EXISTE ENTRE NOUS ET VOS ALLIÉS, N'EST JAMAIS TOMBÉ EN PANNE. LES GRANDS CHEFS SUCCESSIFS DE L'A.V.A., DEPUIS PLUS DE CINQUANTE ANS, SE SONT TOUS OCCUPÉS DE LA QUESTION QUI NOUS UNIT ET NOUS DIVISE EN MÊME TEMPS. ILS NOUS ONT TOUJOURS CONSEILLÉ DE VOUS RECONNAÎTRE ET DE VOUS AIMER ET DE RESPECTER LA VALEUR DE CHAQUE INDIVIDU DE VOTRE PEUPLE.

« Assez de politique », dis-je en souriant.

« Tout ce que tu racontes est fort intéressant, mais excuse-moi d'introduire un autre sujet. Que représentent les femmes dans ton monde ? »

« J'apprécie énormément la compagnie des femmes et je les respecte sans mesure. Je les admire et j'admire leur sens du romantisme et je cherche à les fréquenter, je l'avoue. Oh, leurs regards, il n'y a pas de plus saisissant que des yeux mielleux d'une femme amoureuse au flanc de son homme. Je les aime, c'est inscrit en lettres dorées dans la matrice originelle de mon petit et grand cerveau. Je soupçonne ma mère d'avoir eu une grande envie de donner naissance à une fille à ma place, j'ai hérité de toute la volition qu'elle avait mise dans cet espoir. Je me sens très proche des femmes, proche de leur marche à l'amour, de leur démarche sentimentale et de leur écoulement affectueux. Je les aime et je les adore. J'en connus assez, elles me couvrirent d'amour et d'affection, elles m'emplirent de joie et de jouissance, elles me bordèrent en hiver et rafraîchirent mon corps l'été, elles me massèrent de leurs mains, de leurs doigts, de leurs ongles, de leurs cheveux, de leurs lèvres, de leurs seins, je leur serai toujours reconnaissant, de toute ma vie. »

— Tu as déjà été marié ?

— Oui, mais pas dans le sens classique du terme mariage, je l'appellerai plutôt une union consentie. J'étais lié à des femmes pour une vie commune plusieurs fois, et c'était toujours par plaisir et pour le plaisir.

— Elles le savaient que c'était juste pour le plaisir du jeu ?

— Certaines le savaient sûrement. Pour d'autres, je m'en doutais un peu, mais ce n'était pas très important du fait que je suivais mon scénario dans chaque cas.

— Tu t'en doutais un peu !

— Oui, j'eus des réserves par rapport à quelques-unes d'entre elles. Je crois, en ce qui les concernait, que leurs scénarios stipulaient qu'elles ne l'admettraient jamais ou qu'elles étaient ignorantes du jeu.

— Tu crois ! Et tu n'as jamais évoqué le sujet avec elles ?

— Non, tu sais, entre conjoints, il y a souvent des sujets tabous qu'on n'aborde pas, ou ils le deviennent au fil temps, surtout si les protagonistes ne jouent pas ouvertement leur pièce. Il transpirait, parfois, de leurs rôles, des lignes qui vont dans le sens du jeu, mais ce n'était jamais explicite.

II

Ne sachant plus comment introduire la question du sanctuaire au milieu de ce foisonnement de récits, j'improvisais en espérant enchaîner sur le « Siestal ».

« Ainsi, tu as joué avec toutes les filles que tu as épousées ? »

« Je n'épousai personne, je te dis que je vis avec une femme selon un scénario préconfiguré, dans des termes un peu plus familiers, disons que j'avais des contrats de trois, six ou douze mois, renouvelables si la relation était satisfaisante sinon je mettais fin à l'union en décrétant que l'essai n'était pas concluant. Jyzia, par exemple, l'héroïne de mon avant-dernier scénario était une superbe comédienne. Si elle savait qu'elle jouait en plus, cela donnerait l'une des plus grandes compositions dramatiques de tous les temps.

« Jyzia, avant d'atterrir dans mon lit, passa par tous les systèmes de croyances possibles, elle était spirituelle de la tête aux orteils, comme trempée dans un bouillon de culture céleste. Je touchai, à travers elle, lors des premiers temps de notre accointance amicale, les bases de toutes ces constructions immatérielles.

« Dans sa période d'étude de la spiritualité orientale, elle fréquenta d'abord le professorat d'un soufi local qui l'initia aux préceptes de l'accession vers le divin en suivant avec assiduité lectures ésotériques et pratiques méditatives. Un charlatan qui se disait maître es-spiritisme, qu'elle rencontra dans une marche pour la paix et contre l'occupation d'une contrée musulmane, il l'informa par la suite que les soufis étaient en dehors des préoccupations politiques, terrestres et humaines. Leur premier intérêt ou leur objectif suprême c'était l'amour divin. Ils cherchent à l'adorer par tous les moyens, même s'il ne répond pas à leurs doléances, il fallait persévérer dans son adoration. J'avais acquis beaucoup de connaissances sur les grands principes de cette supercherie grâce à Jyzia. Il y a trois niveaux de dévotion lui expliqua-t-il, l'adulation commence par la croyance, celle qui est à la portée de tous les fidèles, de tout un chacun, mais en approfondissant notre instruction et en suivant l'enseignement d'un maître, (le charlatan en l'occurrence) on atteindra à force de vénération et de prière le deuxième niveau ou la deuxième station dans le langage des soufis, celui des proches amoureux de Dieu. La troisième station ne sera atteinte que par les maîtres. C'est l'état de la fusion de l'adorateur et de l'adoré, ils ne feront plus qu'une seule entité à ce moment-là. J'appris aussi qu'il y avait d'autres états, mais ils ne sont réservés qu'à la grande élite, la classe des prophètes et de ses très proches apôtres et celle des messagers de Dieu, ses amis et ses alliés. Après une mul-titude d'acrobaties, de danses tournantes, de *dhikr* et de séances d'amour extatique avec son maître de charlatan soufi, elle renonça à cette quête. Elle se disait qu'elle n'attein-drait jamais aucun niveau, elle ne savait pas comment aimer ni adorer une notion abstraite. Tant que son imposteur de cheikh lui courait après, elle continua à pratiquer dans l'espoir qu'un jour elle recevrait l'illumination, mais dès qu'il commença à initier une autre femme, elle se détourna d'une manière irréversible de lui et de son Dieu d'amour.

« Toujours en manque de spiritualité, elle semblait l'avoir dénichée dans une autre croyance beaucoup plus lâche, vague et indéfinie, mais un peu plus sexy. Elle essaya l'hindouisme en premier, puis le bouddhisme, mais comme elle ne pouvait pas gober toutes les nuances de ses kaons, elle bifurqua vers une version allégée de ce dernier le Zen Bouddhisme. Je connus, encore, avec elle une batterie de règles et de principes sur cette dernière occupation spiri-tuelle. Il y avait comme pour les précédentes croyances des niveaux de pénétration tout aussi vagues et énigmatiques que magiques.

« Elle flirta, donc, et d'abord avec le bouddhisme puis effleura le Zen Bouddhisme et, en dernier lieu, elle atterrit dans une croyance qu'elle appelait le syncrétisme ultime (je songeais au crétinisme ultime) Elle m'informait ainsi :

« C'est la dernière version du spiritualisme supérieur, parce qu'elle transcendait toutes les autres croyances et fraye une piste vers la doctrine intégrale où toutes les énergies convergent, elles seront toutes fondues à des degrés divers dans cette lumière spectrale. » Je sus, bien entendu, à travers ses pèlerinages mentaux, les déboires et les tribulations d'une jeune initiée aux énoncés ésotériques absurdes. Je rencontrai successivement ses deux copains zen. Le premier prétendait avoir atteint l'avant-dernier niveau des états supérieurs de la félicité et l'autre d'avoir touché le jackpot à de nombreuses reprises. Il reçut l'illumination de l'état suprême : le nirvana, mais bien sûr que cet état n'est pas lisible ni traduisible en mots. C'est une station sise au-delà de l'entendement humain, personne parmi les adeptes ne pouvait avancer la moindre explication ni la moindre description. Indicible et indéfinissable étaient les sentences qui revenaient tout le temps dans leurs phrases. Ce nirvana est impossible à vérifier, cela va de soi, celui qui soutient l'avoir expérimentée ne peut pas le prouver d'où l'ouverture sur la superstition.

« Les copains de Jyzia, l'un après l'autre, me démontèrent sans le vouloir leur vue de l'amour divin et surtout humain, le charnel et comment ils intégraient cette notion dans l'ensemble de leurs valeurs. Entre retraite, méditation et respiration extensive, les spiritualistes forniquaient en fumant de la marijuana.

« Jyzia emménagea chez moi, et j'étais très heureux de l'accueillir sous mes couvertures, je croyais qu'elle se libérait sans retour des mystifications spirituelles. Durant notre courte vie commune, elle garda des séquelles du commerce divin. Elle disait : "Tu vois, tout arrive pour une raison, as-tu imaginé qu'un jour je serais ta compagne ? "Je répondis :"Non, mais je ne vois aucune raison responsable de notre accointance copulative en dehors de nos besoins instinctifs". Elle se fâche et commence à pleurer romantiquement et me demande de la prendre dans mes bras. Le scintillement de ses yeux à ce moment-là, m'envoyait comme un message subliminal (c'était son vocabulaire) m'informant de la subtilité du jeu, d'après mon entendement, et m'invitant au spiritisme selon sa compréhension. Le rôle qu'elle jouait c'était celui d'une amoureuse fragile, elle avait, donc, peur d'être blessée par son partenaire. Elle prétendait qu'elle était de moins en moins amoureuse qu'en réalité. C'était un jeu déroutant. »

— Est-il écrit dans son texte qu'elle se rende compte, tout à coup, qu'elle jouait le rôle d'un personnage crée par quelqu'un d'autre ?

— Oui, n'est-ce pas génial ? Dans ce cas, le scénario qu'elle affirme ne pas connaître et dans lequel elle puisait le suc de son rôle était le scénario de base qu'on appelle l'originel, celui qu'on suit par inertie ou si tu veux, pour emprunter une locution au jargon informatique, le scénario par défaut.

— Et comment s'est terminée ton aventure copulative ?

— Une « subordinite d'intérieur », monsieur, cela commence par de menues broutilles : chéri tu n'as pas rangé les verres à vin à la bonne place, viens voir, les cuillers à tasses de café vont ici et les soucoupes là, la soupière jamais ici, la place des serviettes blanches est là, on ne les met jamais avec le reste du linge, puis les chaussettes, je ne veux pas les voir traîner dans la salle de bain. Voici le tiroir de tes sous-vêtements et puis ce n'est plus le temps des sandales, il faut les ranger dans le placard au sous-sol, les herbes et les épices dans le bac du bas à droite du réfrigérateur, les légumes à gauche, les fruits toujours à l'extérieur, la viande rouge au congélateur, la blanche à consommer sans la conserver. Des fois je me trouvais à réfléchir où mettre mes mains et mes jambes sans te parler de nos empoignades du soir. Mets-toi sur le dos puis sur le côté gauche, non, ta main, ici, pas là, enlève ton bras d'ici, il me fait mal. Approche ta main doucement de cette région, là, pas là, non, ici, regarde comme cela, ta main et tes doigts doivent se déplacer de bas en haut pas de gauche à droite. Après quelques mois de cette torture mentale, j'envisageai sérieusement de mettre fin à notre relation partitionnée au millimètre près avec ou sans scénario.

III

La serveuse du soir vient de remplacer celle du jour, elle s'est enquise de notre état : « Tout va bien, ici, monsieur Jérémie ? » en nous gratifiant d'un sourire sèchement artificiel. « Tout va bien, merci », répondis-je. Le Joueur a commandé un autre café, pour compléter la digestion et éveiller de nouveau ses sens, en prévision de la soirée, se vantait-il.

Me tournant vers le Joueur, j'ai dit : « Dans ce scénario par défaut, est-il écrit qu'elle t'aimait effectivement ? »

— Oui, bien sûr, mais tout était un jeu.

— Tu ne crois donc pas en l'amour ?

« Bon, tu sais, chaque personne pense aimer d'amour quand elle est en présence de l'objet désiré, elle éprouvera de la passion sentimentale, de la passion fusionnelle, de l'affinité, et elle peut même dire que son amour est altruiste, exclusif et inconditionnel, mais le pauvre individu ne sait pas que c'est l'instinct qui lui chuchote ces insanités. L'amour, selon un sage du treizième siècle, connaisseur en la matière, est "un mal contre lequel on ne peut se prémunir, semblable aux maladies accidentelles que seul un régime approprié permet de repousser. Il débute, s'aggrave, s'arrête à son paroxysme puis décroît progressivement jusqu'à sa totale décomposition à l'heure de la lassitude." L'amour implique d'être désintéressé et d'abandonner sa volonté propre devant celle du bien-aimé. C'est là qu'intervient le Dispensateur en manipulant tes états amoureux et en galvanisant tes penchants naturels. Son éventail est large, il te susurre de l'amour-passion ou de l'inclination soudaine d'amour ou de la passion subite ou du désir charnel ardent ou de la possession violente d'un amour sans bornes pour te ferrer à sa guise, tu deviens un esclave de ta passion et en même temps de ton Tuteur.

« L'amour est l'outil le plus puissant dont dispose le Dispensateur, c'est son arme stratégique. »

« Un autre connaisseur avouait que l'amour est "une spiration dont l'éperdu est prisonnier, il est aspiré sous l'effet d'un puissant aimant qui le dirige sur les venelles de l'éparpillement. La spiration est un enroulement d'amour semblable aux enroulements des plantes lianescentes qui enveloppe l'amant au point de l'envahir intégralement et de l'entourer de toutes parts jusqu'à la suffocation. L'amour, début de l'illusion, est un sentiment séminal dont l'élément actif pénètre le cœur avec le sang et dont les effets sont dévastateurs sur le sujet, car insoumis aux incantations de l'intellect." »

« Le bonheur de l'esprit, en revanche, exige une vertu originelle et parfaite, il se situe au-delà de la passion charnelle. »

Cette saisie de l'amour a attisé ma curiosité.

— Était-ce écrit dans ton scénario, l'amour multiple ? dis-je.

— N'aimer qu'une seule personne à la fois pourrait s'avérer dangereux pour tout Joueur averti.

— Pourquoi ?

— Tu vis déjà un homme mettre tout son argent dans la même bourse et s'il l'échappe ou quelqu'un la lui vole, hein ?

— Et comment peux-tu aimer plusieurs femmes en même temps ?

— L'exclusivité est une ineptie, une autre tromperie secrétée par le Dispensateur dans les esprits grégaires. Un père ou une mère aime bien ses deux ou trois enfants. Tu aimerais bien deux ou trois amis à la fois comme tu peux bien aimer du chocolat, du café et du thé en même temps. Tu connus déjà une personne qui n'aime qu'une seule sorte de fleurs, qu'une seule sorte de fruits ?

— Comment peux-tu être sûr d'aimer deux femmes à la fois ?

« Si tu permets, je vais te raconter ma traversée de l'amour multiple », suggéra-t-il.

« Il y a quelques années, je jouais le rôle d'un bigame, j'avais deux amantes en même temps, une blonde et une brune. Je les ai arrosées d'un amour intégral et équitable pendant six mois. La seule exigence venait de la blonde, ne pas coucher dans le même lit que la brune, parce que, dit-elle, elle ne pouvait pas supporter son parfum. J'aménageai, donc, ma chambre à coucher, deux lits séparés c'était comme si j'avais la garde partagée avec leurs maris, la blonde, les quatre premiers jours et la brune le reste de la semaine. »

— Étaient-elles des « joueuses » ? l'interrompis-je.

— L'une d'elles l'était sans nul doute, pour la deuxième, il m'était, en revanche, difficile de déceler son jeu.

— Comment sais-tu que ton partenaire joue ?

— La blonde me dit une fois qu'elle voulait rester avec moi pour toujours, une telle déclaration ne tient pas la route, parce que personne ne peut prendre une option si capitale si elle ne joue pas.

— Et la brune, comment a-t-elle réagi à la fin de la relation ?

— D'après mon scénario, j'atteindrai le stade suprême de l'ennui et de la routine asphyxiante d'une relation monotone, je me fatiguerai de ce même plat et je commencerai à frayer avec une autre femme. Je le lui avais dit, - plutôt avoué dans le scénario - enfin la vérité que j'étais désormais attaché à une autre personne. Elle avait prétendu qu'elle était détruite en dedans, ruinée, puis nous nous embrassâmes comme des inconnus. Nous nous exclamâmes, tous deux, très joyeux que ce fût un voyage exaltant, nous tînmes jusqu'au bout. Nous nous félicitâmes et nous prîmes congé l'un de l'autre.

— C'est monstrueux, peut-être que tu as vraiment détruit sa vie, commentai-je.

— La destruction est libératrice en un sens, on l'appelle dans notre jargon la « rupture extatique » ou le « détachement souverain ». C'est sûr qu'au début tu ressentiras le rabaissement, le rejet ou le dégoût, avec le temps, toutefois, tu auras l'impression que tu suis un flux ininterrompu de plaisir, car tu n'es plus astreint à te blanchir ni à inventer des remèdes à une entité cliniquement morte.

— Savait-elle qu'elle jouait ?

— Oui, je suppose, oui, enfin j'espère qu'elle le savait, parce que son jeu était brillant.

— Tu ne t'es jamais senti coupable d'avoir brisé son cœur ?

— Je ne sentis rien. Si son cœur cherchait le chagrin, comment pourrais-je la dissuader d'y renoncer, c'est son rôle. Elle le voulut si c'est elle qui le conçut, sinon c'est la responsabilité de celui qui l'écrivit pour elle.

— Qu'est-ce qui a fait que tu t'es ennuyé avec elle ?

— La « subordinite des grandeurs », monsieur, elle commençait à agir sur elle, tu sais, dès lors que tu prends l'autre pour acquis et que tu n'es plus attentif à ses paroles, ses envies et ses gestes, tu es atteint. Je la diagnostiquai dès qu'elle envisagea le dessein d'une maternité. Le scénario qu'elle suivait l'incitait à tomber enceinte. Ce thème m'agaçait au plus haut point, c'était le sujet de prédilection de mon renoncement.

IV

Il ne me contait que des histoires édifiantes, pensai-je. Ce ne sont que des récits au-delà de l'ordinaire, n'a-t-il donc jamais vécu une expérience malheureuse. Je le lui ai demandé.

« Tu as toujours le beau rôle, à ce que je vois, tu décides de toutes tes relations, tu les commences et tu les termines comme seul Dieu sait le faire !

— Cela dépend de mes scénarios, je n'y suis pour rien. Je procède parfois par des improvisations pendant des semaines ou des mois.

— Tu as toujours une escapade imparable, tu n'as jamais croisé un os sur ton trottoir, tu ne trébuches jamais ?

— Oh, que si, dit-il en inspirant un gros volume d'oxygène. »

« J'étais à une époque sur des scénarios au jour le jour. Je n'avais que des plans pour la journée ou la semaine pas plus. Après le départ de Alysia, ma complice de ce temps-là, je restai célibataire et solitaire durant des mois. La pression des hormones était insupportable. Mon corps et mon cervelet criaient famine, j'étais en manque et j'accumulais les déficits. Je ne voulais pas cependant m'engager dans une installation à long terme. Je comptais sur la probabilité céleste de me caser, j'avais la porte grande ouverte aux rencontres aléatoires. Une jeune voisine au courant de mon métier de réviseur public, mais dont le parfum n'emplissait pas entièrement mes narines de mâle et chez qui je soupçonnais un intérêt d'une éventuelle relation, peut-être légère, ou occasionnelle m'accosta en me soumettant ses écrits à corriger. D'une correction à l'autre et d'une discussion littéraire à l'autre, une « coordinite d'épiderme » réciproque subite nous atteignit. La dépendance mutuelle des démunis prit, nous nous retrouvions à forniquer sans amour et sans scénario dans mon cas durant toute une saison, de mars à juin. Et devine qui vient frapper à ma porte un soir que je révisais un des textes de mon accointance libidineuse ?

— Pas le père Noël, en été », blaguai-je.

— Non, très loin de là, pas de la providence des croyants, dit-il. Tu te souviens de mon incursion dans le bar du temps où j'étais vagabond, je ne te dis pas que la femme qui me sauva la vie était un célèbre mannequin doublé du titre de la Reine des « joueurs ». Elle travaillait pour de grandes maisons de couture. Elle sillonnait les grandes capitales, demeurant dans leurs plus grands palaces pendant que, moi, j'arpentais les artères d'une ville froide et venteuse du Nord.

— C'était ta fameuse Nyvas ?

— Eh oui, en ouvrant la porte, elle sauta dans mes bras. En notant la présence d'une autre femme dans mon appartement, elle m'embrassa avec volupté, généreusement comme si nous étions des amoureux de longue date.

Je libérai ma voisine sur-le-champ ou je la mis à la porte ou elle se mit à la porte par elle-même, je ne me rappelle plus, mais elle fila à toutes jambes comme chassée par un serpent venimeux, et mon histoire charnelle avec Nyvas commença à vingt-deux heures sept minutes en ce dernier jeudi de juin.

« Ah ma belle Joueuse ! Quel bon vent t'amène ? » dis-je.

« C'est l'alizée des hautes amours, mon beau Joueur ! » répondit-elle.

« Et pourquoi cette attaque-surprise ?

C'était préventif, dit-elle, ajoutant qu'elle avait un petit et un grand cadeau en dégageant une bouteille de champagne de son étui de bois. C'est le petit, espérai-je. En guise de remerciement un jeune sourire s'inscrivit sur mes lèvres que je rehaussai par "quelle prometteuse soirée d'ondée et de braise".

— Sur quel mode es-tu en ce moment ? demanda-t-elle.

Je dis « Indéterminé, ce sont des rôles au jour le jour ».

« Parfait, ça tombe bien, parce que j'ai concocté un petit bijou de scénario commun, énonça-t-elle. C'est une pièce inédite de trois nuits qui débute à l'instant et se terminera dimanche en fin de journée. Une longue fin de semaine d'amoureux que tu sois pris, engagé ou non, cela ne me dérangerait d'aucune manière. J'ai déjà exécuté avec brio mon introduction. Tu as vu comment j'ai fait fuir ton invitée, c'était un coup sec, un direct dans le foie, impossible à esquiver, un knock out technique qui a merveilleusement fonctionné. J'espère que mon intervention n'altérera pas ta relation avec cette fille.

— Nullement mon joyau, dis-je, tu étais brillante, je reconnais là, la trempe des grands « joueurs ». Quel coup d'éclat ! Fidèle à ta légende, ta réputation n'est pas du tout factice, tu mérites bien ton titre, Reine des « joueurs ».

— Sois inventif, me recommanda-t-elle. Je veux rire et jouir de ce même rire, puis jouir et rire de cette même jouissance jusqu'à atteindre l'indicible sens des états célestes de l'amour. Si tu es de ceux qui font jaillir la flamme d'une chair avide d'une autre, alors, danse. J'ai un appétit vorace doublé d'un désir impérieux qui crie son manque sur tous les toits de la nuit, ce désir est tapi dans ce corps, mon deuxième cadeau si tu sais ouvrir les présents vivants. »

Nyvas, dans toute sa fraicheur estivale, à la peau léchée de soleil, dégageait le chatoiement d'un ambre doré, il se répandit dans mon intérieur comme des effluves tièdes et humides d'une forêt tropicale emplissant tous les interstices de mon désir.

« Quel serait mon rôle dans ce scénario ? demandai-je. « Tu es le nouvel amant de Sa Majesté le top-modèle et tu t'appelleras monsieur Z. d'Elf de Belcourt ou monsieur Z.E.B. pour faire court. Ils vont t'aborder, les journalistes (les non-crédités), parce que les autres ne vont tourner qu'autour de moi, tu feras l'aristocrate », dit-elle en ajoutant qu'elle avait une suite réservée pour nous, dans un grand hôtel de la ville.

Trois jours et trois nuits d'amour et de plaisir avec les honneurs, gracieuseté de Nyvas, que je vivais sans me soucier, un seul instant, du devenir de ma voisine. T'avais-je parlé de l'art de se nourrir à l'œil dans les grands restaurants ? Il y a deux formules comme je te le disais, celle de l'extrême pauvreté et celle de la notoriété, dans cette dernière Nyvas était une experte. Nous passions d'un grand établissement à un autre, « Tu commandes tout ce que tu désires », m'encourageait-elle. À l'hôtel Vogue, dès que les employés reconnurent Nyvas, le branle-bas de combat, ils couraient dans tous les sens, et arrive le maître d'hôtel, il salue en s'inclinant tout bas, puis il se relève lentement en avançant la main pour prendre celle de Nyvas, elle la lui tend d'un geste délicat et félin, il lui fait le baisemain et déclame : « nous sommes infiniment honorés de votre présence, nous sommes à votre disposition et nous espérons que vous vous plaisiez dans notre petit château ». Nyvas, comme si elle était une princesse, le remercie : « L'honneur est pour moi d'être l'invitée de l'un des plus grands palaces de la planète ». Je ne sais pas si elle le pensait ou si elle ne faisait que lire des répliques préconçues. Vers la fin du repas, souvent au dessert, arrive le chef qui s'enquérait du verdict de Nyvas : « Le repas était à votre goût Madame ? » Elle répond invariablement : « Vous êtes un ange, un véritable cordon-bleu, je reviendrai avec plaisir manger chez vous ». Il demande un autographe et s'en va, arrive ensuite le directeur du commerce : « Nous feriez-vous l'honneur de vous prendre en photo, pour garder un souvenir de votre passage dans notre établissement, en glissant une invitation, présent de l'hôtel, une suite à votre disposition pour tout le temps que vous désirez rester chez nous. » Nyvas consent avec de gros yeux ouverts. Là où nous entrions, les sollicitations pleuvaient sur nous auxquelles Nyvas répondait avec des sourires philosophiques.

Dans la chambre, je dis : « On a presque la même taille ».

« Non, je suis plus grande que toi », rectifia-t-elle.

« Mesurons. »

On se mit face à face, puis dos à dos et on regardait dans le miroir. Elle me dépassait d'un cheveu ou deux, je dis :

« Les chaussures à talons, ma belle.

— Alors, déchaussons-nous. »

On était deux fines silhouettes identiques vues de dos, mais elle insistait qu'elle était plus grande.

« Évaluons devant la glace ».

Face à face, on ne pouvait pas se retourner et estimer nos grandeurs respectives en même temps. Nos doubles dans le miroir nous dévisageaient avec envie et délectation.

« Et si on le leur demandait, ils ne nous mentiraient pas.

— Toi, devant, relevons la hauteur et marquons-la par un indicateur comme ton rouge à lèvres, dis-je. »

On s'amusa à jouer à la mesure puis au poids, puis au plus long baiser, à la danse tango de deux corps en feu, devant notre seul témoin, le miroir.

« Je lirai dans tes yeux ce que l'objet du désir doit entreprendre pour anticiper tes pensées les plus fines, pour répondre à toutes tes attentes charnelles et tu agiras de même à l'égard de mon honorable corps », dit-elle.

Prenant une pièce de monnaie, elle énonça : « Il faut qu'il y ait deux tours, le premier pour moi ou pour toi selon le verdict du hasard ».

« D'aucuns obtus s'imaginent rendre la femme heureuse en la bousculant sans tact ni mesure, tout doit être initié en douceur, pas à pas, éveillons nos sens l'un après l'autre jusqu'à l'ultime parcelle du plaisir. Je voudrais prendre ton âme et te soumettre la mienne », proposa-t-elle.

— C'est encore du fantastique, je ne vois pas d'os ni même de pépins dans ton aventure ? Tu n'es qu'un mystificateur, ajoutai-je agacé.

— J'y arrive, continua-t-il. La voisine que je désertai ne resta pas les bras croisés, elle les stria avec une grosse lame de long en large. Durant les quatre-vingt-dix heures de ma permission amoureuse, elle avait déplacé terre et ciel pour me localiser. Je trouvai douze messages en rentrant chez moi et une convocation de la police. Elle entra par effraction dans mon appartement et le mit plafond contre plancher. Elle venait chaque soir frapper à la porte, puis elle entrait par la fenêtre et brisait mes meubles et ma vaisselle. Dimanche soir, elle se pointa à dix-huit heures avec un agent de police. Elle alla droit au but et tout droit dans ma chambre à coucher pour vérifier le glaçage des draps puis elle les huma à la recherche de la preuve de mon adultère (c'était son mot). « Tu m'as trompée » disait-elle. « Moi, je me suis donnée à toi avec cœur et amour, je t'ai octroyé mon âme et mon corps, et toi, tu forniques avec des passagères, tu ne penses qu'à toi, jamais à moi. » En exhibant ses avant-bras étrillés, elle cria : « Regarde comme tu m'as fait mal, j'étais morte sans l'intervention des voisins. » Je dis : « Et les contusions sur ton visage ? »

« Tu ne te souviens pas, tu m'as battue et tu as filé avec l'étrangère.

— Je ne t'ai jamais touché, me défendis-je.

Elle a dit :

— Tu as souillé mon âme. »

Le policier se présenta et me demanda :

« Vous être monsieur J. ? »

« Oui. »

« Vous êtes en état d'arrestation, tournez-vous. »

Il me menotta et m'embarqua. Quarante-huit heures derrière les barreaux que je passai. Sans le témoignage de Nyvas, je serais encore en prison pour viol qualifié.

V

J'étais emballé par son histoire, je voulais en savoir un peu plus comme pris dans un vertige de sensations extatiques.

— Que s'est-il passé après avec Nyvas? dis-je

— Tu ne voulais pas retourner à ton travail?

— Pas tout de suite, mais qu'as-tu fais avec Nyvas par la suite?

« Nous écrivîmes un scénario commun. Cela voudrait dire vivre ensemble. Elle opta après une mûre réflexion et un riche débat sur nos deux états et nos situations respectives pour des pièces mensuelles et je la soutins dans son choix. Nos résolutions adoptées à l'unanimité, nous fêtâmes en brisant toutes les assiettes de la maison. Notre aventure dura onze mois. Onze scénarios, tous originaux, notre duo joua à l'amour fou, à la passion dévorante, à la femme adultère, au mari cocu, à l'homme volage, à la femme fatale, au duo tour à tour aventurier, casanier, voyageur, complice, etc. Une réalisation, je te dis d'une grande inspiration aux futurs apprentis « joueurs ». Cela fit la matière d'un roman qui fut adapté au cinéma par une connaissance Joueur. Le film eut un grand succès en salle, il resta à l'affiche huit ans et demi. C'est à cette époque que j'appris le stratagème du jeu de Nyvas. Je t'avais dit qu'elle voulait réinstaurer le matriarcat....

« Nevas, parmi les "joueurs", était, me semble-t-il, celle qui est allée très loin dans l'exploration et la sophistication des scénarios après sa période probatoire. Elle est la plus douée de sa génération. Elle peut tout simuler, car elle sait tout anticiper. Il est presque impossible de déceler la moindre fausse note dans son jeu, parce qu'il tenait de la prestidigitation, ses tours sont d'un très haut degré de voltige, imperceptible même aux plus fins instruments de mesure du Dispensateur. Dans le chagrin comme dans la joie, elle épousait parfaitement son rôle. Elle roula, j'en suis sûr, plus d'un Tuteur.

« Joueuse confirmée et convaincue, elle entreprit sa grande œuvre, la marche à contre-courant de l'histoire, le retour aux sources en démystifiant le Dispensateur. Elle évoluait dans deux univers parallèles, jouant un double rôle. Elle créait des mouvements à tour de bras. Elle fonda nombre d'organismes et de centres d'études spécialisés antagoniques : Le mouvement pour le triomphe des libertés féminines (MTLF), Le cénacle des femmes au foyer (CFF), La ligue de défense de l'indépendance des femmes (LDIF), Le groupe des femmes pour la sainte famille (GFSF), Le collectif des filles mères (CFM), L'association des filles grands-mères (AFGM), Le comité pour le patronyme féminin unique (CPFU), La fédération des femmes du matriarcat positif (FFMP), Les femmes pro-choix, Les femmes pro-vie, Les femmes polygéniques, Les femmes désillusionnées, Les femmes de la jouissance, Les ménopausées de la fierté, etc. Elle me mit au parfum de cette multiplication d'organismes antinomiques. Elle disait qu'elle préparait l'avènement du matriarcat.

Ses slogans étaient tout aussi divers, originaux et expressifs :

À BAS LE VERTICALISME PHALLIQUE

À BAS LA PATRIE, À BAS LA NATION

À BAS LE PERSONNALISME,
À BAS LE PARTICULARISME

NI CHEF, NI PRÉSIDENT, NI PARLEMENT,
NI ÉXÉCUTIF

TOUT POUR L'HORIZONTALITÉ MATRIARCALE.

LA DOUCEUR AU POUVOIR

VIVE LE MATRIARCAT RADICAL

« Nous retournons aux sources primitives de l'humain.

Nous pulvérisons toutes ces structures désuètes dont le maintien ne fait que perdurer la suprématie du "corporatisme". Nous démolissons les vulgaires tropismes de quelque instance qu'ils soient émis », me promettait-elle.

— Ta Nyvas semble être une femme exceptionnelle, mais pourquoi tous ces organismes ?

— C'est le soubassement de la future révolte des femmes, m'avoua-t-elle. C'est avec elle que j'appris les fins mécanismes de l'architecture du Dispensateur. Elle adopta sa démarche et sa logique pour l'embrouiller, pour le flouer, parce que le Dispensateur suprême crée sur le même plan l'idée et la contre idée, la thèse et l'antithèse, l'hypothèse et la contre hypothèse, la théorie et sa réfutation. En même temps qu'il infuse dans la tête d'une personne un caractère belliqueux, il instille dans celle de son voisin le caractère pacifique. Comme lors du dernier conflit, il créa le camp de la guerre et celui de la paix en même temps. Tu ne vis pas les grandes marches contestataires dans les grandes capitales du monde qui rejetaient l'agression de l'A.V.A et de l'autre côté la grande mobilisation des va-t-en-guerre qui appelaient à l'invasion et à la destruction de la Mésotarie ?

— Oui, c'est vrai, il y avait deux camps, ils sont d'après toi, tous deux prévus et téléguidés par le Dispensateur ?

— Indiscutablement, il n'y a aucune explication à cette guerre, elle est futile et gratuite comme toutes les guerres d'ailleurs.

Entre deux ascensions charnelles, Nyvas m'entretenait avec feu de l'avènement du matriarcat. Elle disait :

« C'est inéluctable, la révolution est à la porte, car la femme a trop accumulé de pression surtout durant ces deux derniers siècles industrieux. Elle est au seuil de l'explosion, sa rébellion est très prochaine, parce qu'elle est triplement abusée.

« D'où vient cette conviction ? demandai-je.

« Je l'avais en tête toute jeune, peut-être dès l'âge de six ou sept ans, dit-elle. Je voyais ma mère se lever très tôt chaque jour, vers cinq heures du matin, elle nous réveillait (ma sœur et moi) en douceur et elle nous lavait en douceur, nous habillait en douceur, nous conduisait à l'école, nous déposait et revenait en fin d'après-midi pour nous raccompagner à la maison. Et elle préparait, chaque matin et tous les matins, le petit déjeuner et le déjeuner à nous et à son mari. »

— À son mari, il n'est pas ton père ?

— Mon père a été vaporisé par une grosse bombe juste après la naissance de ma sœur. Une grande puissance avait jugé bon d'éventrer l'hôpital où exerçait mon père comme médecin. Il était parti, lui et ses malades dans le même convoi.

— Désolé !

— Tu n'as pas à l'être, je ne l'ai jamais connu. J'avais un an à son trépas, dit-elle en reprenant son récit.

« Ma mère s'est débrouillée tant bien que mal avec l'aide de ses parents puis elle a pris un autre mari. Elle prenait soin de son bien-être, de son linge, de ses repas et de ses besoins nocturnes.

« Figure-toi qu'elle avait abandonné sa carrière de comédienne, qu'elle faisait ses huit heures de travail, puis elle rentre chez elle pour s'occuper de son foyer : des mets à préparer, du ménage, de la lessive, du rangement, de la mise en place de la salle à manger, de la vaisselle, nettoyer les fourchettes, les cuillers, les serviettes, etc. Si tu examines l'intérieur de sa maison, tu verras le résultat d'un travail continuel et permanent qu'elle exécute tous les jours. Le décor est en bonne entente et même en intelligence avec l'emplacement de la bibliothèque, de la télévision, de la méridienne, de la petite table, des coussins, des accoudoirs, des petites nappes, tu ne verras aucune incongruité dans son appartement, sans parler de la propreté, pas l'ombre d'une poussière ni sur le rebord des fenêtres ni au-dessus du buffet ni sous le lit. Et en troisième lieu, elle répond à toutes nos sollicitations du lever au coucher. Elle s'occupe de notre éducation, de notre santé et de notre bien-être général et celui de son « homme », à qui elle accorde des heures supplémentaires d'attention en déployant des trésors d'ingéniosité affective, lui dire des mots gentils pour lui remonter le moral, combler ses désirs et calmer les ardeurs de sa libido.

« Et quelle était la réponse de son renégat de mari ?

« J'avais douze ou treize ans, au moment où j'ai surpris ma mère pleurant en silence dans la cuisine avec des contusions et des bleus sur ses bras et son visage. Il ne m'a pas fallu beaucoup d'investigation pour apprendre que son mari la brutalisait. J'étais furieuse, je voulais le couper en petits morceaux et le manger. Nous avons, ma sœur et moi, manigancé un scénario diabolique pour éliminer notre faux père et nous l'avons dégommé sans que personne comprenne sa volatilisation. L'homme n'apporte aucun confort dans notre univers, c'est un parasite. Quelle est son utilité en dernière instance ? »

— Je vois ! J'entends ton point de vue, il ne sert à rien en dehors de l'accouplement. C'est par vengeance, donc, que tu œuvres à l'édification du matriarcat moderne ?

— Le matriarcat est l'aboutissement naturel d'une situation intenable : la triple exploitation de la femme. Elle se révoltera tôt ou tard. »

Hochant la tête devant chaque argument, je lui disais que j'étais d'accord, in extenso, avec sa philosophie de l'intérieur et de l'extérieur, mais qu'est-ce qui pousse la femme à accepter cet état d'injustice. Pourquoi court-elle derrière l'homme, pourquoi l'aime-t-elle ? Pourquoi l'irriguer d'amour, le dorloter, le gâter, mérite-t-il, finalement, ces soins ?

« C'est l'asservissement par la force brute ou en d'autres termes, c'est la servilité volontaire installée par le Dispensateur dans la tête des femmes qui explique leur subordination aux hommes, argumenta-t-elle.

« La vulnérabilité des femmes provient également, dit-elle, de leurs sentiments maternels, cette inclination à la procréation et à la préservation de l'espèce (produite sous l'effet de puissantes hormones) dérègle leur équilibre et brouille le bon sens de leur clairvoyance prouvée. La quête du mâle émane, en définitive de cette surdose de progesté-rone. Leur grande faiblesse découle de cet état primordial. Elles se soumettent aux mâles du fait qu'elles ne peuvent pas se passer d'eux, car ils sont les agents de leur maternité, ceci fonde leur attachement et explique leur amour et par consé-quent l'abandon de leur pouvoir. C'est, à fortiori, cette pro-pension à la procréation qui aliène la femelle, sinon elle serait souveraine sans conteste, mais de nos jours, elle peut s'en passer. »

— Et comment vois-tu l'avènement du matriarcat ?

« Du moment que les hommes ne servent qu'à une seule chose, comme l'a démontré Artys et qu'ils ne sont affectés qu'à un seul poste : la fornication féconde, et que cette der-nière n'est plus nécessaire, les femmes sauront bientôt les détrôner et installer leur pouvoir.

« Tu ne remarques pas ces derniers temps qu'une cer-taine catégorie d'hommes se définit de rose ou de fleur bleue, ils sont devenus mous et flasques. Ils ont perdu leur virilité et leurs qualités intrinsèques de mâle sous les coups répétés et constants d'un effort continu et soutenu des femmes à travers leurs innombrables associations. Elles ont lancé la mode de la douceur des hommes qui les a désorien-tés, d'où la perte de leurs repères, l'hésitation dans l'identité sexuelle. Ils sont déséquilibrés.

— Le corbeau en essayant d'imiter la démarche de la colombe, il a perdu la sienne et n'arrive pas à exécuter celle de cette dernière, commentai-je. »

« Bien dit, les hommes sont effarés et décontenancés, ils ne savent plus s'ils veulent baiser ou être baisés, d'où l'ouverture du champ des orientations sexuelles, les homos, les andros, les trans et les bi. La tendance générale de nos jours est à l'augmentation de la diversité des identités sexuelles.

« Tu sais, me dit-elle, à la rencontre des hommes modernes qui de loin m'apparaissent "faisables", ceux qui évoluent dans mon milieu, les designers, les dessinateurs, les créatifs, les découpeurs, les essayeurs, les rabatteurs, les concepteurs du goût, je les accoste toujours avec la franchise des enfants : êtes-vous homo, parce que je ne veux pas projeter sur du flasque, c'est que leurs gestes, leurs démarches, leurs verbes me semblent pareils aux miens, ils cherchent à être aimés, adorés, adulés et en fin de compte baisés. Le nombre des indécis est de plus en plus important selon les statistiques de la Société des Nations. Dans les pays riches ou classés et proclamés comme tels, la proportion a atteint ces dernières années le seuil d'un pour cent parmi la population active. Leur nombre est en augmentation dans le monde entier quoiqu'un peu disparate selon l'aisance des contrées.

« L'enseignement qu'on peut tirer de cette constatation est que plus une frange de la société est prospère plus elle est diverse. On peut donc déduire que la diversité augmente proportionnellement en fonction de l'amélioration des conditions de vie des humains. Extrapolons, alors, et nous trouverons qu'à l'avenir la diversité augmentera comme l'entropie d'un système fermé c'est-à-dire continuellement. Nous reviendrons alors, par inertie, à l'état d'origine de la suprématie de la femme, à la société matriarcale. La chute de l'empire patriarcal interviendra par manque d'hommes "hommes", en d'autres termes. »

L'homme, dit-elle, il n'est pas fiable ni viable d'ailleurs. Il est incapable de gouverner parce qu'il n'a pas le sens de l'équité. Il est porteur d'un gène enragé et dérangé, il détruit tout ce qu'il construit dans une effroyable fréquence cyclique permanente.

« L'histoire nous indique que les hommes sont bêtes et idiots, comment veux-tu qu'ils bâtissent des sociétés saines. Il suffit de consulter n'importe quelle page de son histoire et tu verras alors les massacres qu'il a perpétrés, les guerres qu'il a entreprises, les destructions qu'il a commises. Si tu regardes les derniers deux mille quatre cents ans de son histoire qui est plus ou moins bien documentée et si tu les résumes en vingt-quatre heures, tu ne trouveras pas une seule minute sans guerre. Faisons l'exercice. Zéro heure correspondrait à l'an 400 avant notre ère, et 24 heures à l'an 2000 de l'ère courante. Tu ouvres le grand cahier de son histoire à n'importe quelle page, et tu ne verras que de l'insensé dans toutes ses déclinaisons. À 00h01 minute, déjà, tu as une ving-taine de guerres perpétrées dans nombre de contrées. À 00h37, un guerrier, dopé de croyances supérieures, se pre-nant pour le fils de dieu, entend conquérir l'ensemble du monde connu de son époque. À 01h00, une centaine de guerres intertribales ou interdynastiques. Entre 3h00 et 05h00, un empire guerroyait sans discontinuer jusqu'à la domination de tous ses voisins. À 11h00, un autre guerrier, cette fois-ci se proclamant l'envoyé de Dieu lui-même, déclencha une guerre de cinq siècles. À 19h00, une guerre d'extermination de la population de tout un continent sévit jusqu'à 22h00. Et consultons le vingtième siècle, à 23h07, un vieux continent s'enflamme, c'est la Grande Guerre (des millions de morts), à 23h24, la deuxième Grande Guerre (des dizaines de millions de morts, des centaines de villes détruites). À 23h32, une autre, à 23h36, une autre, à 23h42, une autre, et à 23h46, et à 23h51, et à 23h55. Et le vingt-etunième siècle (24h01) avant qu'il ouvre les yeux, une guerre éclate. L'homme est affligé d'une tare sans nom, il n'est pas qualifié pour gérer un complexe humain. La femme, en se débarrassant du Dispensateur, saura ériger la Grande Société Équitable (GSE) et règnera alors la gouvernance de la douceur. »

— Quelle impeccable démonstration ! m'exclamai-je.

Je dis à Nyvas :

— C'est exact que durant le règne de l'homme nous n'avons jamais manqué de guerres. Je suis pour l'alternance, je soutiens ton combat ma belle Joueuse.

VI

À la télévision, le laïus du chef de la Sémitie Inférieure agissait comme un puissant somnifère sur l'auditoire qui ronronnait, il s'enfonçait de plus en plus dans un profond sommeil :

ENTRE COUSINS, ON AURAIT DÛ RÉGLER CETTE AFFAIRE À L'AMIABLE. AU LIEU DE FAIRE ÉTALAGE DE NOS ACRIMONIES ET DE NOS JALOUSIES TRIBALES, NOUS AURIONS DÛ LAVER NOTRE LINGE SALE INTRA-MUROS, MAIS JE SOUPÇONNE NOS PRÉDÉ-CESSEURS, ILS ÉTAIENT TROP ORGUEILLEUX POUR VOUS REN-CONTRER ET DISCUTER AUTOUR D'UNE TABLE AVEC VOUS, ET FACE-À-FACE COMME JOSEPH ET SES FRÈRES. AVEUGLÉS QU'ILS ÉTAIENT PAR LEUR CONDESCENDANCE, ILS REGARDAIENT LEURS PLUS PETITS COUSINS D'EN HAUT. ILS NOUS ONT FAIT RATER PLUSIEURS OCCASIONS D'UN RÈGLEMENT JUSTE ET DÉFINITIF DE NOTRE DIFFÉREND. NOUS SOMMES HONTEUX DE LEUR INIQUE CONDUITE, EN LEUR NOM, NOUS VOUS DEMAN-DONS PARDON. NOUS SOMMES DÉSOLÉS POUR TOUTES LES SOUFFRANCES QU'ILS VOUS ONT FAIT SUBIR.

LA PÉNURIE DE PIERRES NOUS A OUVERT LES YEUX ET NOUS VOYONS, À PRÉSENT, LA VÉRITÉ DANS SA CLARTÉ TOUTE NUE. NOUS VOUS PRIONS D'EXCUSER NOS GROTESQUES AGISSEMENTS DU PASSÉ, NOUS SOMMES STUPIDES, IDIOTS ET IMBÉCILES NÉS. NOUS N'AVONS JAMAIS BIEN APPRÉCIÉ VOS EFFORTS ET LES EFFORTS DE VOS ALLIÉS NI RESPECTÉ VOS HONNÊTES PROPOSITIONS D'UN RÈGLEMENT DÉFINITIF DE CETTE FUTILE QUESTION DE TERRE. NOUS SOMMES PRÊTS MAINTENANT À N'IMPORTE QUELLE SOLUTION QUE VOUS NOUS PROPOSEZ. NOUS N'AVONS PAS BIEN ÉVALUÉ VOTRE INTÉGRITÉ ET VOTRE OBLIGEANCE À NOTRE ÉGARD. NOTRE ESTIMATION DE LA SITUATION ÉTAIT FAUSSÉE PAR LE SANG CORROMPU QUI COULE DANS NOS VEINES. NOUS SOMMES DÉSORMAIS PRÊTS, NOUS NE REJETONS PLUS VOS SAGES PROPOSITIONS. PLUS JAMAIS !

9

I

En prenant congé du Joueur, j'ai emprunté le côté nord du trottoir au lieu de l'habituelle voie du sud. La rue s'ouvrait devant moi toute fraîche et neuve avec son asphalte fumant, toute nouvelle et florissante était aussi la pépinière de rais du jeu dans mon viseur et mon rétroviseur. Après l'épisode de la dame au chien qui m'a propulsé un peu plus avant dans le mystère du jeu, une sensation nouvelle folâtrait avec mes méninges. Une idée euphorique comme un souvenir florissant qui fait surface après le dégel a ruisselé dans mon esprit, quand je longeais l'édifice de ma vieille école du primaire. Je me voyais en petit élève avec son petit cartable et sa danse de marche et ses refrains. Je le voyais dans son infinité et son éternité, parce que tout était infini et majestueux à mes yeux d'enfant. Le portail de mon école à deux battants était majestueux et la grande façade de mon école était majestueuse et les salles de cours avec leurs grandes fenêtres et leurs très hauts plafonds étaient majestueuses. Monsieur le professeur et madame l'institutrice étaient majestueux et monsieur le directeur était encore plus majestueux. Enfant, ma course, jusqu'à la maison, était une féerie. Sur un tapis de feuilles qui chuchotaient sur mon passage, je les survolais comme un oiseau pour sonner à la porte de la majestueuse maison de mes parents.

Enfant, j'existais dans ma propre musique, sautillant comme dansant à l'intérieur de la bulle de Sa Majesté l'enfance. (¿Como es posible?) La question m'est venue en espagnol. Comment ai-je perdu cette féerie et quand en fait? Aucun indice ni dans ma connaissance innée ni dans mon savoir acquis, tout ce qui est certain, c'est qu'elle m'a déserté, et depuis longtemps. Je prends conscience de cette perte sur le retour et l'envie me prend de sautiller comme dans le temps, un pied en avant et l'autre qui vient frapper le premier et cela fait comme un déplacement entre le marcher, le sauter et le courir. Vous l'avez tous expérimenté dans votre enfance. Le cartable qui balance au rythme de nos petites enjambées. C'est cette enjambée et cette légèreté et cette délicieuse insouciance que j'ai perdues et que je redécouvre petit à petit en ce moment, c'est aussi l'expression gravée sur le visage du Joueur que je n'arrivais pas à déchiffrer. Oui, c'était bien cela. C'est maintenant qu'elle s'impose avec force et certitude à mon esprit. Durant tout le temps que j'ai passé avec lui au restaurant, je réfléchissais à cette mine nimbée et juvénile dont je ne pouvais pas mettre un nom dessus. Oui, c'est bien cela. Il y avait dans son regard de l'enfance, dans ses propos, il y avait de l'enfance, dans ses gestes, dans ses exclamations, dans son sourire, dans son rire, tous les traits de sa physionomie n'exprimaient que de l'enfance dans sa franche nonchalance et dans sa majestueuse instance.

II

Sur le côté nord de la rue se niche un charmant petit restaurant, j'y allais de temps en temps avec Jen. Devant la porte, je me suis arrêté, je regardais à travers la vitrine à moitié couverte d'un rideau en dentelle bleue et je me voyais attablé avec Jen, silencieux et contemplant le décor, les clients, les serveurs. Est-ce un mirage, je ne suis pas dans le désert pourtant ? C'est peut-être l'histoire du « bon samaritain » que le Joueur m'a racontée qui crée cette illusion.

Pris de pitié pour l'état d'un couple qu'il jugeait triste, il avait entrepris un petit numéro pour égayer leur soirée.

Il me rapporta son aventure ainsi :

Je croyais rendre service à une relation humaine en phase finale, l'amour d'une liaison dans un état de décrépitude avancée, à revigorer la fluidité de leurs artères congestionnées, à insuffler un peu de vie dans leur terne rendez-vous.

Je marchais sur le côté sud du trottoir, un jeu de lumière, feutré et fractale m'interpella de l'autre bord de la rue. À l'extérieur, en haut de la vitrine, les néons du restaurant éclairaient un drôle de titre : « le septième ciel ». L'alphabet de cet énoncé exécutait une danse endiablée, le rouge se déplace du « l » du début jusqu'au « l » de la fin. Le scintillement rouge qui quitte la première lettre est aussitôt remplacé par le clignotement bleu, puis le jaune, le vert ensuite tout le spectre de la lumière blanche. Cette symphonie de lettres lumineuses impressionna fortement ma rétine, je m'approchai de la vitrine en traversant la rue à la dense circulation. De très près la magie n'opérait plus. Ce n'étaient que de petites ampoules qui s'allumaient et s'éteignaient donnant, de loin, l'impression d'un spectacle fort ingénieux où on voyait des carrousels et des planètes tournant autour d'un astre bienveillant dispensant chaleur et lumière à un monde de ténèbres. De derrière la vitre, on pouvait lire clairement la phrase suivante : « les meilleurs plaisirs coupables de la ville ». Je me dis la clientèle de ce restaurant est à la recherche d'excitants pour sa soirée. À la première place, un couple bien mis comme la table d'ailleurs qui leur servait de support et de décor ne se regardait pas. Les nappes blanches, les verres rouges dont cette couleur leur arrivait à la moitié de leur contenance, les serviettes bleues dont les coins arboraient la devise de la boutique : « Vous ne serez jamais déçus au "Septième ciel", l'orphisme de la quintessence charnelle ». Les hôtesses, dont les tenues ne couvraient que le quart de leurs corps, prodiguaient des sourires débordants de joie suave. Je me demandai toujours ce que les dames ressentiraient devant ce défilé. Les filles au service des clients jouent manifestement la carte de la séduction. Pour l'homme, cela va de soi, mais que pense la gent féminine d'être servie par des serveuses sexy qui, en toute vraisemblance, ne font que le bonheur des hommes. La question resta sans réponse pendant longtemps jusqu'à ce que Nyvas éclaire ma lanterne sur la pseudo indifférence des femmes devant cette revue.

L'homme et la femme à l'intérieur de la cage de verre étaient au début de leur trentaine selon ma boiteuse estimation de l'âge des humains. La dame dont le dos était dénudé mur-à-mur, les bras bien en chair, le torse gonflé, à cette hauteur-là on pouvait distinguer le mince tissu qui suffoque sous la poussée d'une insolente protubérance qui voulait le déchirer tellement raide et pointue. Elle ne cesse de reprendre son maintien pour qu'à chaque ajustement, elle redresse ses canons qui semblent impatients de tirer des salves sur son compagnon d'abord puis sur tout ce qui se présente devant elle. Il paraît, en dehors de ses cheveux lisses et longs qu'elle écarte régulièrement de ses yeux par des gestes calculés et synchronisés avec son jeu d'équilibre sur la chaise, que c'est la seule arme dont elle dispose pour attirer l'attention des passants et des voyeurs. J'étais parmi ceux-ci ou ceux-là. L'homme en face d'elle ne semble pas démuni de charme non plus. Depuis mon observatoire, c'est-à-dire le trottoir, je ne peux que lui reconnaître une présence fort impressionnante. Les cheveux brillants coupés à la médiane lui confèrent une indubitable respectabilité, le nez, imposant, occupe la majeure superficie de son visage, il capte les regards, car il découpe la figure en deux parties distinctes, en longitudinal, il produirait deux masques parfaits pour les jeux d'ombre et en horizontal, un monstre. Chemise blanche, cravate rouge, veston noir, considéré-je parce qu'il l'accrocha sur le rebord de la fenêtre, je ne peux distinguer sa couleur, mais disons qu'il baigna dans une teinture sombre, bleu nuit, brun, gris, ce n'est pas tellement important, le mat devrait l'emporter pour le contraste et pour discriminer le genre. Je ne sais pas pourquoi, mais la constatation vaut pour tout ce qui est masculin. Peut-être une expression de la sobriété, de la virilité, de l'autorité ou de toute autre chose dont je n'avais aucune explication à l'époque.

Je disais, donc, que j'observais ce couple, mon regard allait de la femme à l'homme puis inversement, je voulais explorer le pourquoi de la tristesse dans leurs yeux. Quelle panne ou quel dommage empêchait cette petite œuvre de tourner, malgré le décor que le patron mit gracieusement à leur service ? Gracieusement, il faut s'entendre sur le terme, il entre bien évidemment dans le prix des mets servis, mais passons, ce n'est pas si pertinent dans cette prestation. Ce qui m'attristait c'était l'aspect fade de leur jeu et la brume grisâtre que dégage cette association humaine. Je ne sais par quelle inspiration j'étais touché ni de quelle providence j'étais porteur, je décidai à la place de Dieu de colorer ce tableau, sans avertir les premiers concernés. Je commençai par effectuer des acrobaties et prenant différentes positions et des contorsions compliquées et des distorsions dignes des équilibristes, je comptais attirer leur attention en exécutant un petit tam-tam sur la vitre. Lorsqu'ils me virent, ils sursautèrent, dévoilant d'un coup une moue horrifiée. Je continuai à jouer mon numéro en me persuadant que c'était l'effet de la surprise. Je m'attendais à ce qu'ils éclatent de rire, pour au moins vivre une émotion commune. Je me disais que j'allais mettre de la gaieté dans leur bulle, ils gagneraient sans frais un sujet de discussion qui animerait leur monotone réunion. En m'assurant de leur attention, j'entrepris d'autres gestes et des pas de danse avec sérénité et sincérité, à discrétion, comme une ballerine qui entre pour la première fois sur scène. J'étais concentré sur l'exécution de mon numéro quand deux policiers me happèrent de la belle manière, mais pas trop, et m'embarquèrent de force dans leur voiture.

J'ai pensé au Joueur, revenant à mes propres soucis, je craignais d'être arrêté comme lui, mais je me demandais, est-ce Jen et moi qui sommes là. J'ai bien jeté un dernier coup d'œil, mais j'ai tout de suite tiré une conclusion. Les couples, dans les mêmes conditions d'amour et de durée de fréquentation et dans les mêmes circonstances de travail et d'aisance, sont tous semblables. Il se peut que ce soit bien pour Jen et moi que ce « bon samaritain » ait essayé d'égayer la soirée.

III

Ma Jen, dans ses confessions post-coïtum durant nos premières copulations, disait qu'elle avait tout expérimenté entre l'âge de dix-huit à vingt-cinq ans. En sept ans, elle avait tout vu, tout fait, tout goûté, tout exploré de ce qui l'intéressait dans la vie. Elle avait voyagé autour du globe, emprunté les randonnées dans les terres d'en haut, glissé sur la glace, marché sur la neige, sillonné les forêts, traversé à la nage les lacs et les fjords, surfé sur les vagues du Sud, remonté les fleuves du Nord. Les grandes métropoles dont elle n'apprécia pas le gigantisme horizontal et vertical ainsi que la grisaille de leur béton. Les aventures entre jeunes dans les campings et les plages, les sorties dans les clubs et les raves, etc. Après avoir tout connu de ce qu'il y avait à connaître, tout vu de ce qu'il y avait à voir, tout goûté de ce qu'il y avait à goûter, elle semble assagie et prête à un mode de vie casanier. Elle fit aussi des incursions dans quelques doctrines spirituelles. Elle n'en garda que de vagues souvenirs de leurs préceptes, quoiqu'elle fasse du yoga parfois pour se fusionner avec son moi intérieur, disait-elle. Elle mijote de temps en temps des mets végétariens dans ses moments perdus, réminiscence de son passage par le Bouddhisme. Les environnements sociaux et politiques ne l'avaient pas trop intéressé, elle resta vierge d'appartenance en la matière, il était rare qu'elle aille voter. Les loisirs les plus importants sont ses rencontres hebdomadaires au sanctuaire en plus de ses visites familiales.

Son intelligence pratique lui permit de suivre de longues études universitaires dont les frais étaient assurés par les bourses d'excellence qu'elle collectionnait année après année. Son diplôme supérieur lui ouvrit la porte des grandes entreprises. Jen était l'étudiante exemplaire, l'assidue et l'appliquée, exécutant les directives de ses professeurs à la lettre. Et elle le resta dans son travail, après les premières semaines d'acclimatation, elle put tout de suite maîtriser tous les éléments de ses devoirs corporatifs.

Au début de ses études, elle flirta avec les idées nationalistes, ce n'était pas sa propre décision ni son penchant personnel, mais elle était dans le giron de son partenaire de l'époque, un militant mordu de souverainisme. Elle déserta le milieu politique en même temps que son copain au moment de la rupture de leur relation.

IV

Devant la porte derrière laquelle ma compagne Jen s'affaire, à coup sûr, à des tâches routinières, et avant de l'ouvrir, l'image de Jen dans les bras du Joueur s'est imposée encore à mon cerveau.

Je ne vous ai pas dit que j'ai continué à interroger le Joueur sur la femme avec laquelle il avait passé sa fameuse sieste.

« Jiji l'Enjouée, a-t-elle des signes particuliers, ceux qu'on ne découvre que dans l'intimité? lui demandai-je.

— Qu'est-ce que tu cherches là, pourquoi voudrais-tu le savoir ?

— Oh, c'est par déformation professionnelle, les détails m'intéressent, balbutiai-je.

— Cette femme, je te dis, est une perle rare, je ne comprends pas le désistement de son copain. Elle n'avait pas gouté à une seule nuit d'amour pendant trente et un jours, disait-elle. En m'interpellant avec mon surnom et d'après la douceur de son regard, mon petit doigt indiquait qu'elle était une experte dans le jeu. Elle a posé ses lèvres charnues sur les miennes en disant « du champagne pétillant ou un verre de vin que monsieur préfère ? » J'ai dit en l'embrassant sans austérité : « Je prendrais ce que l'amour prendrait pour l'accompagner dans son ascension. » Elle a dit : « Prends-moi dans tes bras mon "trois étoiles" et serre-moi fort, j'en ai besoin, je veux sentir l'homme me couvrir, m'engloutir, me faire léviter. » Elle a mis une petite musique douce et après un verre ou deux, je l'ai enveloppée de mon corps et je l'ai fait danser en tournoyant jusqu'au vertige. Elle disait avec sa voix rauque qu'elle n'aimerait vivre que des instants pareils, détachés de toute pesanteur humaine ou divine.

— Est-ce qu'elle porte des signes distinctifs sur son corps, comme des tatouages ou des points de rousseur ?

— Oui, peut-être, cela me revient. Elle a deux grains de beauté sur le sein droit de part et d'autre de l'aréole de son mamelon qui attire toute langue butinant dans les alentours. Je lui ai fait une remarque en plaisantant sur cette singularité. J'ai dit : "Un jour viendra où son sein gauche fomenterait un coup d'État, à cause de l'injustice du monopole de la partie droite de sa poitrine qui accapare toutes les bouches suceuses". »

— Penses-tu que c'est une Joueuse ? dis-je.

« Il n'y a aucun doute là-dessus », affirma-t-il.

240

10

I

16h37

Je regardais ma montre, seize heures trente-sept minutes, affichait le petit écran cristallin et j'étais encore l'homme que je ne suis plus au moment présent. Au fil de la discussion, je sentis un relâchement de tous mes muscles et physiques et cérébraux. Et un soulagement jamais atteint auparavant, produit par la profusion de nouvelles dont mon voisin n'arrêtait pas de m'arroser. J'accédais à une sphère de rêve, j'étais vidé de mes préoccupations terrestres et de toute motivation, comme si je plongeais dans un univers merveilleux d'une salle obscure visionnant un film fantastique. Je délaissais le jargon familier que je tenais au laboratoire et à la maison. Là, pour une fois, j'éprouvais un vif plaisir devant des récits incroyables provenant, comme par fortune, du ciel de mon jeudi. Mon activité langagière, avant ce moment, ne tournait qu'autour de mon domaine de recherche. Mes participations discursives se confinaient à des phrases préfabriquées comme des paragraphes d'un manuel ou d'un mode d'emploi d'une expérimentation scientifique que j'appliquais à mes interlocuteurs.

Je coulais sans frottement vers l'inconnu, je cédais du territoire à l'infanterie idéelle du Joueur. Elle s'infiltre sans parcimonie dans la forteresse de mes convictions rationnelles. Réveille-toi, me recommandaient des pulsions provenant des replis de ma conscience. J'entendais comme la voix d'un chœur.

« Dégage-toi de cette orbite, va-t-en et vite, un danger te guette, file si tu ne veux pas que ton vaisseau s'effondre et que ta tête se désagrège ! Rattrape tes collègues tout de suite, sinon, tu les rateras. Ils se poseraient de méchantes questions sur ton absence : Jer est-il homme à principes ? Affrontera-t-il le directeur ? Défendra-t-il ses opinions ? Résistera-t-il ? »

Il ne restait que vingt-trois minutes avant le départ de mes collègues de l'institut. Pris dans la fable du Joueur entre sa splendeur féerique et l'appel du devoir qui pèse de plus en plus lourd sur l'éthique de ma morale, j'hésitais entre filer et demeurer, mais l'affaire du sanctuaire est revenue me hanter. J'étais presque certain que Jen avait passé son midi-quatorze heures avec le Joueur. Combien de femmes blanches, à la fin vingtaine, aux gros yeux verts et aux cheveux noirs, pensez-vous, possèdent deux grains de beauté sur le sein droit de part et d'autre du mamelon dans notre ville ? Suis-je un cocu ? Qu'en pensez-vous ? Suis-je assis à côté de l'individu qui a sauté ma femme ?

La colère, abordons-la et nous verrons quelle suite concéder à mon avenir crépusculaire. Le chœur profita de la présence de ce dernier mot pour intervenir de nouveau dans ma tête, en s'adressant au public cette fois-ci :

« Jer est au crépuscule du premier acte de sa vie. Le ver qui le mène est sur le point d'entamer son grand virage. La nouvelle voie qui s'ouvre devant lui le tente, mais le parcours sans faute de son passé le pousse à résister et lui bloque l'horizon. Jer est piégé, démissionnera-t-il pour signifier son refus d'abdiquer, pour faire honneur à ses opinions, s'indignera-t-il et luttera-t-il contre l'arbitraire ? »

Petit à petit, le bistro aux trois baies vitrées commença à se meubler d'êtres vivants, mais ce n'étaient pas du monde de mon institut. Le bar au milieu de la salle se garnissait de clients. Ils regardaient les énormes écrans de télévision où le grave monsieur qui retient l'attention revient, arborant le même étendard, occuper l'écran en présentant les dernières nouvelles. « *L'Alcalino-Voraxie d'Atlantique (l'A. V.A.) a remporté la guerre en éclair sur la Mésotarie.* » L'expert revenait lui aussi avec le monsieur grave. Il disait, sur un ton serein, satisfait, brutal et doctoral, la même chose depuis mon entrée dans ces lieux : « *Tout d'abord, il faut savoir une chose importante, le chef de la Mésotarie est un tyran...* »

En remerciant vivement l'expert de ses précieux éclairages et de sa pénétrante analyse de la question mésotarienne, il enchaîne sur un autre point chaud de la région tel qu'il l'a qualifié. J'écoutais distraitement et par intermittence les nouvelles :

APRÈS LA DÉCISION UNILATÉRALE DU DÉGEL DE LA COLONISATION DES TERRITOIRES DE LA SÉMITIE INFÉRIEURE...

Et voici la suite de son discours :

« CHER HONORABLE COLLÈGUE, PRÉSIDENT DE LA SÉMITIE SUPÉRIEURE, L'ACQUIS DE RECONNAISSANCE MUTUELLE DE NOS DEUX PAYS, PARDON, DE VOTRE PAYS ET DE NOTRE AUTORITÉ...

« NOUS, LES SÉMITIENS INFÉRIEURS DU NORD, NOUS VOUS RECONNAISSONS ET NOUS RECONNAISSONS VOTRE DROIT À LA VIE, À LA SÉCURITÉ ET À LA DÉFENSE DE VOTRE TERRITOIRE ET À VOS GUERRES PRÉVENTIVES ET PUNITIVES SUR NOS FRÈRES ET VOISINS...

« NOS ALLIÉS ET PROCHES PARENTS DE L'ARABITURE ET DE L'ISLAMITURE NE RÊVENT QUE DE VOUS IMITER...

« ENTRE COUSINS, ON AURAIT DÛ RÉGLER CETTE AFFAIRE À L'AMIABLE...

« SI VOUS VOULEZ NOUS ENFERMER DANS DES RÉSERVES, NOUS L'ACCEPTERONS, NOUS EXPATRIER, NOUS ÉMIGRERONS EN A.V.A., LA PAROLE EST À VOUS, NOUS NOUS RENDONS ET MÊME

SI LES SÉMITIENS INFÉRIEURS DU SUD SE RÉVOLTENT NOUS LES ÉLIMINERONS. NOUS N'ATTENDONS QU'UN MOT DE VOUS ET NOUS EXÉCUTERONS VOS SOUHAITS, VOS DEMANDES ET VOS EXIGENCES ET APPLIQUERONS VOS RECOMMANDATIONS, NOUS SOMMES À VOTRE DISPOSITION, TERRE, CORPS ET ÂME. »

Voilà, c'étaient les grandes lignes du discours historique du chef de la Sémitie Inférieure devant la Société des Nations du monde libre. Notre expert des questions sémitiennes inférieures commentera les points forts de cette intervention dans notre prochaine édition.

J'ai repris mon interrogatoire : « Es-tu sûr que tu suis tes propres règles ? »

« Non, pas tout à fait, pas dans toutes les situations, je suis mes propres règles, mais les règles ne sont pas, non plus, immuables, elles varient en fonction des circonstances. Rien n'est prédéterminé dans cette sphère, ssséna-t-il.

— Tu tricotes là, tes propos frissonnent, ils sont confus ? l'assaillis-je gratuitement. Non, c'était motivé par une jalousie soudaine. »

Cet homme, a-t-il couché avec ma femme ? Inimaginable, inacceptable, impossible, non, pas avec ma Jen, je me défendais !

— Oui, je sais, j'eus toujours ce type de réactions, tout le monde le dit comme toi conformément aux règles du Ver Suprême. Mais, est-ce toi qui places cette interrogation ou une autre personne qui t'en souffla le texte ?

J'ai dit : « Tu es peut-être une de ces personnes parvenues qui n'ont ni foi ni loi ? »

— Je me préparai depuis longtemps à de tels assauts, j'appris à être patient avec ceux qui ne discernent pas l'aurore du crépuscule, tu vois, je ne réagis pas à ta charge.

Regarde, c'est écrit juste là, tout ce que tu dis, je veux dire la substance de ton rôle. Je m'instruisis beaucoup sur le Dispensateur. »

« Tu es donc ton propre maître ?

— Je suis libre d'un bout à l'autre de mon territoire de jeu. Je peux arrêter de te parler dès cet instant comme je peux entonner un chant en russe s'il est écrit. »

Il consulta de nouveau son carnet et le feuilleta jusqu'à la même page de tout à l'heure. Il lit : « À la fin du scénario, tu engageras une discussion avec une personne qui semble ouverte et attentive, et tu lui insuffleras les graines du jeu. Je suis là, à présent, à t'entretenir de notre univers. Regarde, c'est écrit ici. »

— Je peux donc ruiner tes plans si jamais je file à l'instant, séance tenante.

— Si c'est écrit dans ton scénario, tu le feras, mais tu te demanderas si c'est de ton propre chef ou si tu cèdes à une force autre qui te somme de fuir le champ de bataille. Et comme tu ne peux répondre à cette question, alors tu ne partiras point. »

Mon Dieu ! Il avait raison, j'étais pris comme lui dans ce jeu. Une irrésistible envie m'ordonnait d'écouter les histoires de cette personne. Il prend le dessus. Bientôt, il me dépassera, c'est moi qui apprends et c'est lui qui enseigne. Je dois réoccuper le terrain.

II

« Mais tu es un manipulateur ? dis-je pour le provoquer. Tu m'avais dit que si je refusais de t'écouter, si je te fermais la gueule, je ne ferais que suivre la foule et non pas mon propre scénario. Tu sais que je suis une personne attentive, alors tu profites de ma gentillesse. Tu penses m'avoir par contrainte en soufflant le chaud et le froid. C'est de la manipulation, non ? »

— Oui, peut-être, mais, quel mal y a-t-il à cela ? Soit, tu es manipulé par moi ou par d'autres. Le mécanisme qui t'amena à occuper ce poste, il n'est ni fortuit ni neutre. Tu sais que, pour moi, c'est un jeu, alors que pour eux c'est sacrément sérieux, car ils ignorent qu'ils sont manipulés par une puissance occulte. Qui est le plus dangereux d'entre nous, d'après toi ?

Sans attendre ma réponse, il se lança dans une longue digression :

« Mais voyons les choses de plus près. En toute honnêteté, ce que tu dis est tout faux, ton argument ne tient pas. Tu es loin d'être un idiot, la vérité est que je représente un intérêt pour toi. C'est la seule raison qui t'empêche de bouger, et pour laquelle tu es attentif à mon égard. Un être jouissant de ses pleines facultés et en pleine connaissance de cause, se serait sauvé depuis longtemps. Je représente un intérêt univoque à tes yeux pour tes recherches ou tes relations ou ta vie sociale… Je t'apporte peut-être de la matière à ta future discussion avec ta femme ou avec tes collègues demain matin. Tu amèneras quelque chose de frais ou de différent ou d'insolite à ta soirée. Ce n'est positivement pas de la gentillesse ni de l'écoute gratuite. Ton temps est précieux, si tu es encore là, cela implique que ma compagnie en vaut le prix ou la peine comme on dit. C'est inscrit dans ton scénario. Je conjecture : si tu ne quittes pas sur-le-champ, de deux choses l'une, soit il t'est plus agréable de rester au bistrot, soit il t'est plus pénible d'aller voir tes collègues ou ton épouse. Dans les deux cas, ta permanence vérifie l'assertion que tu te délectes de cette conversation et en même temps tu retardes l'avalanche de remontrances de ta femme que tu recevras à ton retour. Comme tu les auras tôt ou tard, tu décidas de faire d'une pierre deux coups : faire durer le plaisir et différer le déplaisir à plus tard. »

Choisissant un autre angle d'attaque je l'accusai d'être un recruteur de fidèles.

« Tu essayes donc de convertir des gens à ta nouvelle religion ? Du prosélytisme crasse et primaire, cela s'appelle de l'arrogance !

— Tu le dis ainsi, parce qu'on te l'enseigna ainsi, c'est peut-être de l'arrogance, mais en tout cas, tu dois être une de ces personnes encore fière et jalouse de sa propre probité, ils ne t'eurent pas entièrement, il reste en toi des traces d'une aspiration légitime à la liberté, c'est tout ce qui compte. »

Comment le savait-il, lui demandai-je.

— Tu ne peux même pas imaginer le nombre d'individus que j'abordai avec la même phrase, « C'est presque fini », dans cette période avant que je te rencontre ? Des centaines, et des centaines, qui ne m'accordèrent aucune attention, des gouttes de regards furtifs plus ou moins froids, indifférents et agressifs si ce n'est carrément des torrents de fixations dédaigneuses et méprisantes.

— Tu cherches donc de nouvelles recrues, des personnes innocentes à convertir ?

— C'est écrit dans mon texte de ce soir de conférer avec mes semblables, des gens qui jouent ou du moins qui sont ouverts à cette notion. Je demande, des fois, sans aucune préparation et sans intentions prédéfinies aux passants : « Est-ce que vous jouez ? » Une fois sur cent ou sur deux cents, la réponse me parvient sous forme d'un clin d'œil ou d'une discrète et chaleureuse poignée de main. Il existe toute une communauté de « joueurs » partout sur la planète, comme moi, mais ils vivent en semi-clandestinité, comme le dit le proverbe : « Pour vivre heureux il faut… » Ils prétendent en public qu'ils ne jouaient pas, mais au fond d'eux-mêmes, ils prennent un plaisir fou à rédiger leurs propres scénarios. Ils communiquent secrètement entre eux par des rencontres impromptues et au gré du hasard pour étaler le fruit de leurs expériences en racontant leurs histoires les plus originales. Ils s'informent, aussi, sur les dernières armes du Dispensateur et les nouveautés de ses pièges, et, surtout, sur les ravages du fléau de la « coordinite » et de la « subordinite », ce sont leurs seules véritables ennemies, car ils doivent constamment lutter contre pour éviter le guêpier du Dispensateur.

J'abdiquais, je suivais ses histoires comme un enfant, j'étais sous influence, intéressé, mais agacé par l'aventure de ma partenaire.

J'ai lâché : « Le temps file, je dois retourner au bureau.

— Préoccupé par l'écoulement fictif du temps !

— Écoute, je n'ai plus de temps, mes collègues m'attendent.

— Le temps à l'allure d'un bourreau dans ton cas.

— Que veux-tu dire ?

— Tu ne peux même pas résister à l'impétuosité de son assaut, ne serait-ce que parer un de ses coups, tu es son esclave, t'enseigna-t-on que le temps est une lame à double tranchant, si tu ne le bats pas il t'abattra. Il est incompressible si l'on ne se plie pas à son diktat, il nous éliminera sans état d'âme.

— Et, comment est-il, d'après toi, le temps ? demandai-je, curieux cette fois-ci.

— C'est une invention du Dispensateur, c'est une notion relative pour le Joueur, le temps est malléable, compressible et extensible à souhait dans son monde. Il est infini, pourquoi alors le limiter aux jours que nous avons à passer dans son intimité. Peut-être qu'il n'existe même pas en dehors de notre perception de la finitude. Considérons une terre sans humains, sans cerveaux, penses-tu qu'elle se souciera du temps qu'elle passe à tourner autour du soleil. Ou considérons une fourmi, a-t-elle une idée de l'espérance moyenne de vie de son genre, vit-elle à l'ère de la pierre, du bronze, du fer, de l'atome, du modernisme ou du postmodernisme, est-elle en l'an 2 003 ou en l'an 234 503, ou en l'an 3 200 600 939 ? Ce n'est qu'une petite enflure de l'homme qui se prend pour le nombril de l'univers qui nous conduit à cette grotesque vérité. La captation du moment est impossible. Le temps est magie à l'empoigner il s'évanouit, se volatilise, se désintègre ou s'intègre. Qui sait ? Il n'y a ni sens ni direction, ni évolution ni régression que le Dispensateur tirant les ficelles de l'hallucination.

III

Il est presque dix-sept heures, je suis encore l'homme que j'ai toujours été, mais je suis comme hypnotisé par les paroles du Joueur. Le téléphone sonne, le Joueur s'excuse dans une phrase inédite de l'interruption de notre entretien.

J'ai dit : « Pas de soucis, ne t'en fais pas. »

« Cela ne durera pas longtemps, c'est Zylias. » Il a, en effet, suspendu l'appel en promettant de lui téléphoner plus tard. C'est toujours pareil, elle m'appelle au moment où elle est en manque ajouta-t-il, en fermant son appareil.

— C'est ton amoureuse ?

— Elle n'est pas mon amoureuse ni ma dulcinée, elle est, dans mes termes, une connaissance, et dans les siens une grande amie. Dans son bec, je suis son allié indéfectible et son petit confident discret, son petit nid duveteux qui offre le gîte et l'abri à sa petite âme perturbée. Elle m'appelle chaque fois qu'elle a un surplus de matière discursive à évacuer.

— Est-elle belle ?

— Sportive et adepte des espaces sauvages, Zylias est une jeune femme, svelte et bien élancée avec un corps bien proportionné, une chair blanche et douce qu'elle entretient avec l'acharnement d'un papillon autour d'une lampe.

— Est-elle belle à tes yeux ? répétai-je.

— Selon mes critères et grâce à ses cheveux clairs et lisses qui lui caressent les épaules, je dirai que c'est une très belle fille. Danseuse de ballet dans sa jeunesse, elle a cultivé son corps et gardé une superbe forme physique, souple et ferme en même temps, à trente et un ans, elle paraît en avoir vingt et un.

— C'est l'une de tes nombreuses relations, je suppose ?

— Oh, ne t'emballe pas. Ses besoins sont de tout autre ordre. Zylias a beaucoup de qualités, elle est positive, volontaire, entreprenante, généreuse, proactive dans un sens, elle pourrait être de bon coudoiement, curieuse et fonceuse, grande travailleuse, mais elle a une petite faiblesse : les belles lettres. Elle joue à l'aristocrate littéraire. Ses phrases contiennent des mots en italique et d'autres entre guillemets et elles sont parsemées de marqueurs articulatoires tels que les « nonobstant », « néanmoins », « au demeurant », « d'aucuns », « en dépens de ».

Une « littérateure » à défaut de produire, elle vit et respire comme une œuvre romanesque. Elle disait qu'elle ne pouvait jouir de la vie qu'en présence de la haute couture cérébrale. Elle fond, presque émerveillée, devant une œuvre poétique hypermoderne ou devant un essai bien documenté sur la sauvegarde des croyances primitives ou sur la fabrication de l'opinion ou sur la construction de la préférence, etc.

Zylias se tapa tout ce qui versifie dans la cité, ses poètes et ses prosateurs, sans oublier ses essayistes ainsi que ses enseignants de littérature et de philosophie. Aucun professeur ne sortit indemne de ses incursions ni les auteurs locaux ni ceux de passage. Elle les retrace, je ne sais comment, elle a le flair du littérateur, elle sait les dénicher même dans les coins les plus inusités de la ville comme sous les ponts, dans les parcs et dans les gîtes publics, ou les plus anonymes comme les cafés, les bars et les épiceries fines.

Tous les écrivains de sa génération et ceux de la génération précédente, elle les soudoie, et les séduit par ses yeux de désir et ses paroles d'admiration reprenant des passages de leurs poèmes ou de leur prose. Zylias est une chasseuse de têtes littératrices professionnelle.

Un jour qu'elle m'invita à une soirée de lecture, j'ai pu vérifier de visu son petit jeu. Elle n'arrêtait pas de distribuer des fleurs aux participants. Telle tournure de phrase qu'elle qualifiait d'extatique et l'autre de sublime. À la fin du spectacle, elle n'oubliait personne, parmi les auteurs. Elle félicite le premier pour son lyrisme débordant et le deuxième pour sa fougue minimaliste et le troisième pour le dépouillement extrême de son texte. Il faut lui reconnaître le sens de la justice, nul ne rentrera bredouille de compliments.

Elle se faufile dans l'esprit de ces écrivains, et reste à demeure dans leurs veines. Elle savait qu'elle allait être présente dans leurs écrits, et ce qui l'enivrait au plus haut degré, c'était le fait de rejoindre la postérité dans la fiction.

Elle ne semblait vivre qu'à travers ces personnages qui lui reflètent l'image que ses auteurs préférés et aimés avaient d'elle. Cela l'amusait au plus haut point. Elle se reconnut dans les personnages de quelques romanciers qu'elle avait côtoyés et ceux qu'elle avait connus de près ou de très près, dans leur intimité.

Elle était, par exemple, la femme fatale de deux jeunes auteurs qui la décrivirent dans les moindres détails de son physique, ses lèvres charnues, le chapelet de grains de beauté qui va du nombril jusqu'à son mont de Vénus, ses tics, ses exclamations, son rite cérémonial d'embrasser, de sucer, de jouir. En plus d'une célèbre scène de douche, mise au point, scénarisée et toujours proposée par Zylias. Ils s'accusèrent mutuellement de plagiat, car ils ne savaient pas qu'ils étaient, tous deux, victimes de ses fantasmes. Elle me nomme son grand ami depuis plus de quatre ans. En m'appelant, je sais d'avance qu'elle va me parler de son état sentimental, du dernier auteur qu'elle s'est offerte ou de sa récente conquête ou de son aventure de la veille ou de son nouveau copain ou de son ex.

— Comment l'as-tu connue ?

— On se croisa à l'école. Elle devint ma collègue pendant une courte période de temps, car j'abandonnai mon poste de professeur quelques mois après son arrivée.

Elle disait qu'il n'y avait que moi qui la comprenais dans ses envolées fantasmatiques. À la sonnerie de son téléphone, je me demande d'abord si j'ai trente à quarante minutes à lui accorder. Si la réponse est positive, je prends l'appel et je lui parle, enfin je ne parle pas, j'écoute, c'est elle qui parle en général. De temps en temps, je lâche un « ah oui » ou « ah bon » et d'autres exclamations de ce style « oh, c'est merveilleux, c'est surprenant, c'est sublime, c'est magnifique, c'est triste, c'est malheureux, ce n'est pas gentil, c'est monstrueux, c'est absurde, c'est stupide », etc. pour dire que je suis toujours à l'écoute. Elle débite les détails de ses aventures, et vide son cœur dans mon ouïe. Sinon, je l'invite à enregistrer son message habituel : « Salut, c'est Zylias, rappelle-moi, j'ai à te parler. J'aimerais te parler, tu me manques et me manquent nos belles soirées d'antan, je t'embrasse. »

En acceptant l'appel, elle entre en scène rituellement et méthodiquement avec la même phrase : « Comment ça va, ça fait longtemps qu'on ne s'est pas vus, il serait intéressant de nous revoir, et de mijoter une petite bouffe ou prendre un verre ensemble, de se parler de vive voix et de s'amuser comme dans le temps ? ». Je réponds, « Je vais bien, merci », en ajoutant « Oui, ce serait sympathique de se réunir ». Elle enchaîne, tout de suite, sur ses soucis de l'heure ou du jour ou de la semaine. Le dialogue ou, pour être précis, le monologue tourne perpétuellement autour de ses dernières aventures, son dernier copain ou les réminiscences de son dernier amour qui s'est éclipsé. Au début, j'évoquais de temps en temps mes propres préoccupations, mais j'ai constaté qu'elle n'était pas attentive à mes états d'âme. Une fois qu'elle me parlait, je me suis dit, essayons un petit jeu pour vérifier son écoute.

« Hier, pour la première fois de ma vie, j'ai couché avec une inconnue », ouvris-je le bal.

Elle s'exclama ainsi « : Ah oui, c'est une première, mais tu sais quoi, mon copain, il n'est jamais attentif aux couleurs des chemises et des pantalons que je porte, aucune apologie sur mes vêtements, hier il n'avait même pas remarqué ma nouvelle coupe de cheveux, il est tout le temps dans le bleu. »

— Ah oui, dis-je, en lui coupant la parole et en espérant reprendre les détails de mon aventure, tu sais que je ne connais même pas le nom de la femme qui partagea avec moi la douceur des draps, hier…

Elle m'interrompit ainsi :

« Tu sais que la semaine passée, j'ai fait la connaissance de X, l'auteur de Y, il se tenait au comptoir, il m'a remarquée dès mon entrée, il m'a invitée à prendre un verre, il était très gentil. »

Une autre fois, je voulais m'assurer définitivement sur ses qualités réceptives.

Je dis :

« Tu sais, Zylias, que vendredi passé, je découvris le palais des mille et une nuits, j'étais l'hôte de trois filles, deux sœurs et leur cousine qui m'initièrent à la pratique du harem, trois paires de seins et six mains qui sillonnèrent mon corps toute la nuit. »

— Oh, c'est surprenant, mais tu sais quoi, moi, j'ai passé mon vendredi avec une révélation, un jeune romancier très prometteur, il…

Là, je saisis, même si je lui annonçais l'amputation de mon bras ou l'inondation de ma maison, Zylias continuera sur sa préoccupation de l'heure, elle poussera : « Ah oui, je ne savais pas » et elle reprendra son soliloque : « Mais tu sais quoi, qu'est-ce que je disais, déjà, ah mon ex, il… ».

Alors, lorsqu'elle me téléphone, et selon mon humeur du moment, je décide soit de lui consacrer trente minutes, soit de reporter l'appel à une date ultérieure. Après tant d'années d'une amitié unilatérale, je compris les mécanismes de son caractère et la structure intime de ses besoins.

Elle ne peut être et se sentir exister qu'en racontant sa vie. C'est la narration qui lui rend la quintessence de ses aventures, qui traduit son passé en un présent perpétuel, en instants d'actes permanents.

« Pourquoi entretiens-tu cette relation ? » dis-je.

— Honnêtement et franchement, je ne sais pas, il devrait y avoir une explication, mais cela fait quatre ans que je cherche en vain.

— Si elle ne t'appelle pas, cela te chagrinerait?

— Non, pas du tout, répondit-il en riant.

— Est-ce qu'elle te manque de temps en temps?

— Non,… pas du tout, dit-il entre deux rires de contentement.

— L'appellerais-tu si tu as un besoin quelconque? repris-je, en riant moi aussi.

— Non, pas du tout. Je sais qu'elle n'est pas la personne à appeler si j'étais dans le besoin, dit-il, en riant de plus en plus fort.

— Si elle ne t'appelle pas, cela t'ennuierait? continuai-je en riant plus fort à mon tour.

— Non pas du tout, s'exclama-t-il en essayant d'étouffer son rire, mais impossible, il riait de tout son corps et de son âme, en disant, en trois ans, il ne l'a appelée que pour lui retourner ses appels. J'ai éclaté de rire, de ce rire pur, frais et irrépressible qui vous emplit d'une intense joie, une bouffée de gaieté sans égal, proche du suprême ravissement.

« L'as-tu déjà désirée, t'attire-t-elle, coucherais-tu avec elle? » dis-je, en reprenant ma respiration.

— Elle est désirable, je dois l'avouer. M'attire-t-elle? Sans aucun doute. Coucherais-je avec elle? Si elle le veut, sans aucun doute. Tu sais, insistait-il, elle est de cette catégorie de femmes qui porte au rouge de la fusion l'envie de tout mâle dans sa cour.

« As-tu déjà couché avec elle? »

Il a dit :

« Elle coucha dans mon lit, mais elle ne m'invita jamais à pénétrer ses jardins. Tu te souviens d'Alysia, la rimbaldienne, ma copine de l'époque, dont je te parlais tout à l'heure, elle était bi- n'est-ce pas. Nous recevions, à l'occasion de son dix-huitième anniversaire quelques amis et connaissances. Ma chère acolyte en voyant Zylias, son corps et son souffle primaire ou primitif vibrèrent d'un coup et en phase. « Quel bon parti pour une nuit », murmura-t-elle dans mon oreille.

Alysia était une fille irrésistible, comme je te l'avais déjà dit, que ce soit pour les hommes ou pour les femmes. Du moment qu'elle décide de plaire ou de séduire, il est rare qu'elle passe à côté de sa cible. Avec Zylias, une hétéro orthodoxe, je pariai le prix d'un voyage dans le grand Sud qu'elle arriverait à l'avoir dans son lit.

Il faut voir Alysia à l'œuvre, la voir dans ses démarches et ses négociations sans paroles. Tout son être entre en démonstration dévoilant la rosée de son charme. Elle pourrait arracher des aveux aux murs et des déclarations aux plafonds qui la regardent jouer sa divine parade charnelle. Il faut dire aussi, et lui reconnaître une extrême délicatesse du trait, la Nature ne fut pas pingre à son égard.

Alysia était une sorte d'aimant vivant qui attire tout ce qui bouge autour d'elle de mâles et de femelles, un rare magnétisme qui lui valait une pléthore de louanges, là où elle atterrissait, mais qui lui causait parfois de profondes et désagréables irritations. Elle avait cette innocence enfantine apposée à demeure et sans fard sur son visage. Cette gestualité de femme enfant mariée à sa terrible intelligence lui conférait une position privilégiée dans toute rencontre ou fête. Lorsqu'elle se met à danser, elle exhibe sa généreuse poitrine qui la transforme sur le champ d'une enfant à une femme diablement et ardemment désirable. De ce désir qui pénètre toute personne en face du fruit défendu qui accroit la tentation et décuple le plaisir coupable, plus on essaye de le chasser plus il s'impose pesamment et durablement parce que l'interdit nous appelle à faire le saut, à enjamber la barrière, à succomber à la dangereuse tentation. Sa peau d'adolescente, laiteuse et lactescente, satinée et douce n'épargne personne de son rayonnement et son visage éblouissant anéantit toute velléité de résistance. En embrassant les convives, elle les enveloppe de son corps et laisse intentionnellement ses lèvres humides durer sur leurs joues, les caressant subrepticement jusqu'à ce qu'ils sentent la chaleur des 37,2 degrés. Cette accolade qui réchauffe la poitrine des filles et met le feu dans l'entrejambe des hommes ne semble pas conçue et décidée consciemment, elle a, au contraire, l'air sincère et sans artifices ni préjugés. En se retirant, son parfum demeure pendant longtemps dans les narines de ses invités, il s'infiltre partout ne les quittant plus de toute la soirée. Ainsi imbibés, ils garderont un vif souvenir les rappelant à sa luxuriante présence.

Ce parfum d'une femme amoureuse aux yeux consentants, à la fraîcheur débordante, au corps offert, à l'abord délicieux exerce un attrait irrépressible sur tout le monde. Toute personne qui rencontre ses yeux ne peut qu'être touchée par leur amabilité d'abord puis par leur appel d'amour, comme voulant exprimer l'attachement immédiat qui élève son estime jusqu'aux cieux. Elle sentira l'envie et la soumission, à son égard, d'une femme qui se propose, d'une fille qui s'offre, d'une beauté à sa portée qui n'attend que son bien vouloir pour entrer et explorer l'exubérance d'une féminité épanouie à point.

Cette variété de gestes, d'accolades et de regards entrepris dans un élan des plus innocents, caractérisée par une honnête légèreté d'un côté et par une incontestable humanité de l'autre, de loin, un observateur neutre pourrait voir quelque aspect licencieux et odieux émanant de cette adolescente rimbaldienne, mais de près, il renoncera à ce jugement, car ni le vulgaire ni le mauvais goût n'y prennent place. Tout son être n'est habité, en toute vérité, que par la faveur de l'art et ne dégage que de la ferveur des amours cordiales. Elle cèderait jusqu'à son corps à toute personne souffrante et en manque de tendresse et de caresses.

À la fin de la soirée, tous les convives s'en allèrent sauf Zylias et deux prétendants à son corps ou à son âme dont je ne connais pas les noms, ils se battirent sans poings ni épées durant toute la nuit. Autour de la table, nous sirotions les derniers verres, et soudain les yeux d'Alysia voltigèrent dangereusement de Zylias à moi et inversement. Alysia dans la lumière feutrée du salon *remarqua avec intérêt qu'elle avait aperçu cette expression sur le visage* de Zylias. *Il disait : je veux t'explorer,* il ne lui restait plus qu'à arranger ses gestes et prononcer le mot juste et la parole exacte qui feraient diriger Zylias dans son lit.

Le charme d'Alysia l'attira, elle sauta dans notre lit, elle dit « Je vais vous séparer ce soir, je reste au milieu, entre vous deux. » J'ai jeté un clin d'œil à Alysia, lui demandant si cet honneur m'était destiné ? Elle chuchota que cela ne pourrait être que l'œuvre de son charme à elle, tu verras, me promit-elle. Je croyais que peut-être ma magnanimité, ma compréhension, mon écoute et mon altruisme avaient joué un rôle. Elle voulait peut-être me récompenser. Le claquement des lèvres qui se léchaient et les souffles hachurés et saccadés m'informèrent sur le champ de mon incorrigible naïveté et de la perte de mon pari.

« Est-ce qu'elle joue ?

« Oui, mais dans une ligue inférieure, celle des amateurs, nous l'avions initiée, ma copine et moi, mais elle n'avait pas assez d'espace ensoleillé dans sa tête. Ce n'est pas tout le monde qui est prédisposé au jeu. »

VI

16h45

Le présentateur revient arborant la même abnégation de sévir :

Après la décision unilatérale du dégel de la colonisation des territoires de la Sémitie Inférieure…

Écoutons un extrait du discours du chef de la Sémitie Inférieure :

« Cher honorable collègue, président de la Sémitie Supérieure, l'acquis de reconnaissance mutuelle de…

« Nous, les Sémitiens inférieurs du Nord, nous vous reconnaissons et nous reconnaissons votre droit à la vie, à la sécurité et à la défense de votre territoire et à vos guerres préventives et punitives sur nos frères et voisins.

« Notre vieille terre n'aura jamais un peuple comme vous pour la chérir, l'aimer, et l'adorer…

« Nos alliés comme l'Arabiture et l'Islamiture ne rêvent que de vous imiter (…)

« La pénurie de pierre nous a ouvert les yeux et nous a obligés de voir la vérité en face, vous êtes les plus grands et (…)

« Nous n'attendons qu'un mot de vous et nous exécuterons vos souhaits, vos demandes et vos exigences et appliquerons vos recommandations, nous sommes à votre disposition, terre, corps et âme. »

Il a terminé avec les mêmes mots qu'il a employés précédemment : « Voilà, c'étaient les grandes lignes du discours historique du chef de la Sémitie Inférieure devant la société des nations du monde libre. Notre expert des questions sémitiennes inférieures commentera les points forts de cette intervention dans notre prochaine édition.

17h00

La poupée réoccupe l'écran :

LA DIVA VYGNORA EST ENCEINTE D'UN DEUXIÈME GARÇON, ELLE AURAIT AIMÉ CONCEVOIR UNE FILLE, MAIS LES MANIPULATIONS OVARIENNES DE DERNIÈRE MINUTE ONT ÉCHOUÉ À DIRIGER LE CHROMOSOME « X » VERS L'OVULE, UN SUPER CHROMOSOME « Y » PLUS RAPIDE ET PLUS VIGOUREUX L'A BATTU SUR LES DERNIERS MILLIMÈTRES DE LA LIGNE D'ARRIVÉE. IL L'A SUPPLANTÉ ET A PRIS SA PLACE. VYGNORA, SELON SON AVOCAT, INTENTERA UN PROCÈS À LA CLINIQUE POUR DÉFAILLANCE ET MANQUE DE PROFESSIONNALISME CARACTÉRISÉ. ELLE EXIGERA UNE INDEMNITÉ DE DEUX MILLIARDS D'ÉCUS POUR LE STRESS SUBI ET LE CHOC PSYCHOLOGIQUE REÇU À LA SUITE DE L'ÉCHEC DU PILOTAGE ASSISTÉ DU CHROMOSOME « X ».

V

17h11

Dix-sept heures passées, j'ai raté mon retour au bureau, soulagé dans un sens de ne pas rapporter à mes collègues les détails de ma déconfiture en personne. Ils jubilent à l'heure actuelle, ils se voient déjà à ma place. Ils ont été informés ou du moins eu vent du refus catégorique que j'ai reçu de la part du jury. Des fuites qu'ils appellent cela, dès lors qu'ils veulent éliminer quelqu'un, tout le département est au courant, à présent, de mon échec.

Petit à petit s'évanouissaient les logorrhées provenant des trois téléviseurs, une musique quelconque a succédé en douceur à l'ambiance sonore du Café qui accueillait de plus en plus de monde.

J'aperçois mes collègues entrer encadrant une belle femme, la nouvelle stagiaire sans doute. Je ne vais pas les rejoindre, je ne voudrais pas ajouter une autre épaisseur à la stupidité ambiante qui va les envelopper lorsqu'ils se mettent à se déshabiller sans finesse devant le joyau de leur table. Je me montre très occupé avec mon voisin de comptoir afin de les dissuader de m'approcher, j'adopte une posture de non bienvenue. Ils se diront que je mène une discussion privée. Ma stratégie de dérouter mes collègues pour qu'ils ne me questionnent pas sur mon entrevue avec le « Rictus ».

Des tailleurs de différents vernis, mais presque tous de la même couleur, disons que c'est le foncé - pour ne pas dire le noir, enfin tout ce qui ne brille pas - du mat qui domine, ces vêtements abritaient des êtres dont les mollets nus et les cheveux décolorés définissaient comme femmes se reconnaissant dans l'image que leur accoutrement renvoie à l'assistance. En face d'elles d'autres habits couvraient des corps ou les mettaient en valeur, le complet veston en surnombre ainsi que les chaussures noires — qui attirent l'attention à cause des chaussettes (blanches en général) épousant le bord des pieds qui apparaissent par intermittence au gré des gesticulations de leurs porteurs — caractérisaient l'ensemble des mâles présents qui n'arrêtaient pas d'affluer de toutes portes.

Juste après dix-sept heures, le volume de la musique a monté d'un cran, plus le restaurant s'emplissait plus l'intensité des décibels montait. Il y a comme un rapport de cause à effet entre les deux événements. Plus il y a du monde, plus forte est la musique semble être la loi qui régit ce phénomène.

Vers dix-sept heures trente minutes la discussion que je menais avec mon interlocuteur devenait de plus en plus laborieuse, je devais répéter ma phrase plusieurs fois avant que mon voisin de comptoir n'entende ce que je disais, et s'il prenait la parole, sa bouche prenait sa plus grande extension et sa plus vaste ouverture pour assurer à ses mots d'arriver à destination, mon ouïe.

J'ai jeté un coup d'œil aux clients qui se tenaient serrés les uns contre les autres autour de grandes tables rondes sans chaises. Les verres entre leurs mains faisaient des allers-retours rapides de la table à leurs bouches et entre les deux actes, ces mêmes bouches, comparables à des canons miniatures, tiraient à blanc : des paroles s'affaissant les unes sur les autres comme de petites bulles se bousculant au dessus d'un volcan sans lave. Plus ils essayaient de parler plus le son augmentait, comme voulant les empêcher de communiquer. Les têtes s'approchaient des têtes, les oreilles réceptrices et les bouches émettrices faisaient comme un « bouche à oreille », s'avancent et reculent au fur et à mesure que l'un ou l'autre des interlocuteurs prend la parole. En détournant mon regard de ce spectacle, j'entendais comme des aboiements ou des jappements de chiens auxquels on ne faisait pas attention.

J'ai demandé à la serveuse, s'il vous plaît, vous ne pouvez pas baisser un peu le volume de la musique ? Je n'entends plus mon ami. On parle d'un sujet important, mais on n'arrive plus à communiquer adéquatement.

— Oh, je suis désolée monsieur Jérémie, ce n'est pas moi qui décide du volume de la musique dans le restaurant, il faut demander au DJ, c'est lui qui gère l'installation musicale et l'espace sonore, dit-elle. Vous ne pouvez pas lui demander, vous, de mettre la pédale douce sur l'intensité des décibels.

— Non, ce n'est pas mon domaine et puis je ne suis pas très familière avec les consoles de sons. Je suis allé voir Sa Majesté le DJ et lui ai demandé s'il était possible de baisser un peu le volume de la stridence des notes qu'il nous envoie à travers ses batteries. Je ne fais que l'animation de la soirée et c'est ainsi qu'elle est programmée pour le jeudi soir. Je ne fais qu'exécuter les morceaux choisis, c'est un produit fini que ce soit pour la diversité des instruments que pour le genre de la musique, son volume, son intensité et le choix des interprètes.

C'est une œuvre que je présente dans différents endroits et mes clients n'ont jamais été insatisfaits de ma performance. Chaque pièce musicale est spécialement traitée, et soigneusement étudiée, et mise en scène avec compétence et expertise pour qu'elle réponde spécifiquement aux paramètres de l'environnement général de l'établissement, cela va des dimensions de la salle, à la hauteur des plafonds, à la disposition des fenêtres, aux propriétés gastronomiques des plats servis sans oublier la classe de la clientèle, ses préférences et ses goûts, son appartenance ethnique et religieuse, son engagement politique et social, ses occupations administratives et ses tendances artistiques. Vous voyez, cela serait difficile de modifier un seul paramètre (ne serait-ce que le volume du son) du programme qui a été minutieusement monté pour la soirée des employés fédéraux du jeudi sans briser l'harmonie de la pièce.

Si vous n'êtes pas satisfait, allez demander au gérant, c'est à lui qu'il faut adresser votre requête.

Ma requête, dis-je, je rêve, suis-je déjà dans l'autre monde. J'ai dit au Joueur que cela ne serait pas facile de faire bouger les paramètres musicaux de la soirée, mais je vais tenter ma chance avec le gérant.

— Pouvez-vous m'appeler votre gérant, demandai-je à la serveuse.

— Que puis-je pour vous, monsieur Jérémie, cria-t-il de derrière le comptoir.

J'ai dit à haute voix et très proche de son oreille qu'il m'a tendue : « Je discute avec mon ami, mais avec cette musique et son volume, je n'arrive plus à l'entendre, est-il possible de baisser un peu le volume de la musique ? »

— Je suis désolé monsieur Jérémie, vous savez, c'est toujours ainsi les jeudis soirs.

— Mais pourquoi le déchaînement des décibels sur les clients. Nous étions tranquilles, nous discutions sans peine, mais, là, cela ne cesse d'augmenter, je crie pour parler avec mon interlocuteur.

— Oh, je ne sais pas trop, mais je n'y peux rien, c'est le choix de la clientèle, affirma-t-il.

— Mais vos clients sont-ils des masochistes, ils s'infligent en toute connaissance de cause cette torture, vous ne voyez pas qu'ils sont en train d'aboyer pour se parler.

— Cela a toujours été ainsi monsieur Jérémie, je ne peux malheureusement pas vous aider, conclut-il.

— Mais dites-moi, qui a décidé de mettre la musique à tue-tête, c'est bien vous le responsable n'est-ce pas ?

— Oui, mais je ne sais pas pourquoi. En acquérant la place, c'était comme ça et cela continuera ainsi après moi, sans doute.

J'ai dit : « Si tous les clients vous demandent de baisser le volume, vous le ferez. »

— Oui, résolument, si toute la clientèle ne voulait pas de cette installation musicale, je l'enlèverais, m'assura-t-il.

— Pas la musique, mais le volume de la musique qui n'est pas sensé.

— Oui, bien sûr, nous nous inclinons, vous savez, devant les désirs de nos clients, nous sommes à leur service, sourit-il.

— D'accord, je vais leur demander. Je ne sais quelle mouche m'a piqué, mais j'étais décidé de sonder les clients, j'étais sûr qu'ils répondraient tous par la négative, qu'ils n'aimaient pas ce tintamarre de musique, parce que je les vois gesticuler, crier et baver pour s'entendre.

« La musique à ce niveau de volume vous dérange-t-elle ? » Je voulais recevoir une réponse claire, un « oui » franc et majoritaire de préférence pour prouver au gérant que ce qu'il présentait comme une œuvre n'en était pas une, que c'était, à la limite une agression caractérisée de notre appareil auditif, qu'il attentait à notre tranquillité.

D'une table à une autre, les réponses étaient floues et évasives et parfois incomplètes si ce n'est inintelligible en entier. Il y en avait des : « Ce n'est pas grave », « Non, ce n'est pas si dérangeant », « Un peu indisposant », « Un peu irritant, mais pas pour toute la gamme de musique », « Je m'en fiche », « Que ça ne me regardait pas », « Oui, un peu fort, mais ce n'est pas inconfortable ».

Mais vous ne voulez pas que cette déchaînée pollution sonore se calme un peu, cela ne vous agresse pas ! hurlais-je. « Non, je ne suis pas agressé », criait l'un. « Quoi, s'égosillait l'autre, agressé ? Non pas du tout ! »

Je suis revenu au comptoir bredouille. Personne, d'après mon sondage, ne sait pourquoi le jeudi soir entre dix-sept heures et dix-neuf heures l'intensité et le volume de la musique doivent augmenter jusqu'à crever les tympans. Ainsi les ont trouvés, et le serviteur et le servi, et ainsi ils le resteront. À cet instant précis, nous avons éclaté de rire en même temps. J'ai dit, il me semble qu'il n'y a que nous deux qui voulions encore se parler et notre rire s'est enflé et s'est répandu partout dans nos deux corps qui croulaient par terre. Un rire impossible à contenir, nous gémissions, nous étouffions. C'était des rires hilarants de ceux qui rendent heureux. La raison cartésienne de l'homme que j'étais a, sans doute, explosé à ce moment. Une nouvelle raison s'est substituée à l'ancienne, embryonnaire, elle riait déjà de l'ébriété de ma prestance de redresseur de torts.

J'ai crié dans l'oreille de mon voisin, aujourd'hui c'est jeudi et les fonctionnaires ont besoin de se décarcasser un peu en jacassant dans l'air. On leur coupe la parole pour leur permettre de boire un coup. Il vaut mieux s'installer à l'extérieur, sur la terrasse, si on veut continuer à s'entendre. La clientèle croit commodément comme le gérant, à point, c'est ainsi, comme une tradition qui gagne du poids et qui devient une règle, une loi. Ce bombardement ininterrompu de tonnes de décibels est le désir des clients et de leur vouloir, alors qu'ils ne l'ont jamais souhaité explicitement.

Comme l'histoire de Dunte et Lamne, chacun de son côté croit que c'est l'autre qui la voulait ainsi, quelle ingénieuse accoutumance instillée par le Dispensateur, c'est de « l'ordre par le bruit » qu'on appelle cela, observa le Joueur.

Vers dix-neuf heures quinze minutes, les derniers tailleurs et complets-vestons quittaient les lieux, un peu défaits, mais encore debout, tandis que la stridence de la musique prenait une courbe descendante et perdait de son intensité. C'était comme un orage qui vient de passer. Les lointains et faibles grondements annonçaient l'éclaircie. Nous sommes retournés au comptoir, indemnes, et nous avons repris notre conversation.

11

I

Le cadran de l'horloge indiquait dix-neuf heures trente-trois minutes, le Café retrouvait peu à peu son accalmie et sa pudeur sonore, les clients baignaient en ce moment dans une ambiance musicale douce et sensée. Je ne regardais plus mon voisin de comptoir avec les yeux de quatorze heures trente minutes ni avec ceux de quinze heures cinquante. Ma tenue anguleuse s'est arrondie, mon masque rébarbatif d'après-midi s'est déchiré et mon regard s'est attendri. Ce n'était plus l'inconnu, le bizarre, mais un concitoyen, un confrère, un condisciple, un congénère, un collègue peut-être, j'ai eu une grande envie de lui payer un verre, à sa santé et à l'honneur qu'il m'a fait de me transporter dans la fantaisie de son univers, que je prenais comme tel, mais pas pour très longtemps. J'ai trinqué avec lui, en échangeant des constructions syntaxiques inédites : « À ta santé » s'est métamorphosée en : « Aux yeux de la pluie, qu'elle nous imbibe de ces embruns », j'ai répondu : « Aux larmes élémentaires du rire et de l'ivresse et à leur sainteté, qu'elles transforment nos jours en temple des sens. »

J'étais un autre homme devant le restaurant, différent de celui qui s'est pointé à quatorze heures trente minutes pour prendre son déjeuner. Avant de le saluer, il m'a souhaité de passer une agréable soirée dans le Nouveau Monde qui venait de s'ouvrir à moi (c'était bien sûr dans son propre langage). Il a dit : « Que ton chemin soit pavé des plus extatiques sensations de la nuit. Que la lumière ne déserte jamais tes pensées. »

Devant le Bistro, une séduisante brise a cogité dans ma tête pendant un très court laps de temps, une ou deux secondes, pas plus, puis j'ai traversé la rue en pas de course. Le Joueur se tenait au seuil de la porte du restaurant, souriant et gesticulant comme quelqu'un qui vient de goûter au délice d'un premier baiser ou à la douceur des prémices du printemps. Son jeu corporel m'informait qu'il était content et je l'étais aussi.

Je viens de créer mon premier rôle rebelle, au lieu de prendre tout de suite à gauche en sortant du Café, j'ai enjambé la rue qui me rejeta sur le trottoir du côté nord. Ce soir, je rentre par le Nord, c'est une résolution décisive et catégorique même et elle est mûrement et purement réfléchie. Mon premier coup de poing à la face du Tuteur. Cependant, une soudaine crainte a fait son chemin jusqu'à la moelle de mon éveil m'informant que je ne fais qu'imiter le Joueur et que je n'avais pas encore de scénario propre à moi. Je dois improviser pendant cette soirée jusqu'à ce que j'écrive ma propre pièce. En attendant cela, faussons compagnie au Dispensateur, je me suis dit. Je me dis, tiens, c'est mieux ainsi, au passé simple.

II

À propos de passé simple, dans l'intermède musical, ou si vous permettez, le tintamarre de dix-sept heures à dix-neuf heures, lors de notre escapade sur la terrasse, le Joueur me demanda : « Maintenant que je te racontai toute mon histoire, tu sais tout sur mon fil, mais, moi, j'ignore tout du tien. Comment connus-tu Jen ? »

Surpris qu'il connaisse son nom, je dis : « D'où est-ce que tu tiens cette information ? »

— Peut-être que je suis un Joueur omniscient, souriait-il. En ajoutant qu'il l'avait deviné depuis ma gêne d'en parler.

J'eus envie de lui raconter les péripéties de ma rencontre avec Jen, parce que je ne les avais jamais relatées à personne bien qu'elles fussent d'une grande drôlerie. « Voici mon récit au passé simple », dis-je.

« La première fois que je vis Jen, elle était au centre d'une grappe de filles et à côté de Suzy (le badge sur sa poitrine portait ce nom), celle qui attirait toute l'attention masculine de l'endroit. Elles étaient le duo le plus convoité de la soirée des anciens diplômés de l'université, la brune et la blonde. En fait, je n'aperçus Jen que parce qu'elle était éclairée par le rayonnement de Suzy. Elle brillait par ricochet comme la surface luisante de la lune qui reflétait le rayon de soleil quand ce dernier s'éclipse pour la nuit, elle était visible grâce aux retombées du lustre de sa voisine, parce que mes inclinations primaires ou primitives allaient toujours vers les blondes.

— Victime de la « fabrication de la préférence », intervint le Joueur.

— Notre préférence est-elle préprogrammée, elle aussi ? m'enquerrai-je.

— Dès notre tendre enfance, le Dispensateur introduit dans nos artères, à travers de multiples canaux, parents, proches, chefs de tribus, chefs de nations, le goût et la préférence. Cela s'appelle "la construction du souffle identitaire", elle assure un faux-semblant de diversités de caractères en imprimant aux individus un ensemble d'éléments référentiels. Tu auras, alors, ta couleur, ta musique, ta chanson, ton film, ton livre, ton plat et ta saveur préférés.

« J'étais, donc, modelé pour aimer les blondes, repris-je. Comme tous les autres mâles de la soirée, je vis d'abord Suzy. Je me dis, oui, et j'insistai sur le oui, comme l'écrivait un célèbre auteur.

Elle est au-delà de tout doute raisonnable la fille qu'il me fallait, mais elle était, tout le temps, entourée d'un troupeau de prétendants. J'estimais que tous les hommes étaient dans un état pareil au mien, ils se dirent tous en même temps un oui décisif, voici la femme qui rendrait son homme heureux. Je pouvais presque palper cet ensemble d'impressions éparpillées dans l'air que je respirais. Sa densité soulevait un tourbillon de sensations qui m'étouffaient littéralement. La concurrence ou l'émulation était féroce rien qu'à la hauteur de l'idée de se distinguer et de se démarquer des autres. Les mâles autour d'elle étaient légions : ceux qui se déhanchaient à s'infliger des foulures aux chevilles, ceux qui rampaient à ses pieds et ceux qui s'agenouillaient devant elle. D'autres qui se tuaient à lui raconter des blagues, les unes après les autres qui ne finissent jamais voulant accaparer tout son temps, l'accaparer pour toute la soirée, enfin les plus désespérés lui demandaient des autographes tout en s'inclinant humblement devant sa couronne. Les plus entreprenants et les plus audacieux n'hésitaient pas à l'inviter à danser, la prendre par la main ou par l'épaule. Ils lui racontaient leurs performances personnelles, leurs expéditions et leurs aventures, et terrestres, et marines, et mystiques. D'autres encore qui exhibaient au grand jour, comme des animaux dominants, leurs biceps, leurs mollets et leurs poitrines, le champion du cent mètres nage libre de sa polyvalente, le finaliste en escrime de son village, le récipiendaire de la médaille du gouverneur général pour ses résultats en mathématique. D'autres, enfin, passaient et repassaient devant elle, comme s'ils livraient la bataille de leur vie, tels des équilibristes sans filet, poitrines gonflées et bras dénudés vociférant sans paroles mettant bien en vue leur beau fuselage. Les plus grands et les plus forts se contentaient d'exécuter leur parade, leur corpulente présence suffisait, pensaient-ils, à retenir l'attention du joyau de la fête. Les plus ténus s'ingéniaient à faire valoir leurs qualités et leurs valeurs uniques par des poses suggestives d'intellectuels de la soirée. L'un se croyant doué dans le maniement du verbe, attendait une occasion et sa chance pour révéler la noblesse de ses hautes vues sur la marche du monde, sur la croyance à la vie après la mort et sur le sens du temps et de l'air. D'autres, bien fournis par les Dieux, dotés d'une belle paire de fesses équilibrée, porteurs de paramètres uniques parmi les mâles, bombaient leurs derrières.

Ma stratégie était, je le croyais, originale, je n'attaquerai pas de front, je prendrai un raccourci ou je ferai diversion. Remarquant que les autres hommes essayaient tant bien que mal d'entrer en contact avec la reine de la place, cela se bousculait de tout côté à ses abords, l'approcher dans ces conditions serait très hasardeux. En plus, le résultat ne serait pas garanti. Très hypothétique. Dans cette enceinte, je n'étais ni le plus brillant ni le plus grand ni le plus fort ni le plus beau. Je n'avais aucun atout particulier à faire valoir, ni riche, ni artiste, ni musicien, ni champion sportif de quoi que ce soit. Ma petite philosophie me recommandait de l'approcher par incidence induite comme le brillant de la lune, par ricochet. Sa voisine serait mon tremplin, le parfait raccourci pour l'atteindre. Je fonçai sur Jen en lui réservant une attention exclusive, je l'invitai même à prendre un verre et à danser. À la fin de chaque morceau musical, je revenais avec elle à la table de Suzy. Ce n'est pas que Jen n'était pas belle et mignonne à sa manière, mais à choisir entre une cerise et un raisin sec, l'impulsion de ton premier élan ne serait pas très difficile à deviner.

Le retour dans le giron de Suzy me donnait l'avantage d'être proche et j'espérais que Jen me présenterait à ses amies de table. Introduit à la princesse par son amie, le lien serait plus fort et plus viable, croyais-je. J'aurais plus de chances et moins de tracasseries pour engager une discussion avec elle. Nous aurions, déjà, au moins, un élément en commun, Jen. Ce serait un grand pas de franchi pour faire sa connaissance. Le fait que je partageais avec Suzy ne serait-ce qu'une connaissance même toute récente m'avantagerait, estimai-je. La soirée se termina sans que je puisse franchir le mur d'hommes autour d'elle et les autres suspendus à ses yeux, à sa nuque et à ses vêtements. Je gardais espoir tout de même, ne suis-je pas, à présent, l'ami de son amie.

J'invitai Jen plusieurs fois après cette soirée sous différents prétextes, l'anniversaire d'un ami, le départ d'un camarade de classe dans le Sud, le retour d'un autre, la graduation d'autres connaissances, un premier samedi du mois, un vendredi treize, l'arrivée du printemps, la fin de l'été, etc. Nous devînmes presque un couple après toutes ces fêtes, le curieux et le frustrant, c'est que Suzy ne l'avait jamais accompagnée. J'insistais, pourtant, chaque fois que je l'invitais de faire venir ses amies, toutes ses amies. Il y en avait beaucoup d'autres filles, mais jamais Suzy. Je ne pouvais pas préciser qu'elle emmena Suzy. Ce serait inadéquat et malgracieux de faire allusion crûment à sa belle amie. Après plus de sept mois, ma patience était épuisée et notre relation se renforçait de plus en plus, elle prenait un certain relief, celui d'un couple en devenir, et je m'attendais à ce qu'elle dégringole et s'effiloche par manque d'intérêt ou à ce qu'elle se consolide et s'affermisse par force inertielle.

Je couchais avec Jen, mais ce n'étaient pas des fornications de mari et femme. Disons, à dire vrai, que, par nos acrobaties de nuit, nous rendions service à la sécheresse ou à la solitude de nos corps.

J'eus enfin l'audace, mais je l'enrobai d'une extrême légèreté, et je profitai même d'un contexte favorable. Nous étions une quinzaine d'amis autour d'un verre à évoquer nos anciennes connaissances. Elle parlait des personnes qu'elle avait perdues de vue et d'autres qu'elle ne voyait plus comme dans le temps de sa première jeunesse. S'exclamant que c'était drôle la vie, nos amis les plus proches à une époque donnée, en désertant notre champ visuel, leurs souvenirs s'évanouissaient et disparaissaient de notre quotidien comme s'ils n'avaient jamais existé. Le temps est une notion fort mystérieuse conclut-elle. C'est là, à cet instant précis que je sautai sur l'occasion pour lui demander qu'est-ce qui était arrivé à son amie la blonde qui était à côté d'elle lors de la soirée de notre rencontre. Elle ne se souvenait pas qu'elle ait eu une proche amie cette soirée-là. Je dis : « Suzy, la grande fille qui était assise en face de toi. » Elle dit que ce n'était pas son amie. Elle ne se rappelait pas Suzy et disait que sa proximité avec cette fille était due au hasard. Et qu'elle ne l'avait jamais revue depuis cette soirée. Toute la charpente de ma manigance s'effondra d'un coup, soufflée par l'écervelé hasard. Toute ma machination était un grand fiasco. Je me tus pour le reste de la soirée en ruminant et en broyant les débris de mon époustouflante stupidité. Sont-ce les circonstances qui décident de tout ?

— C'est un récit socialement instructif, c'est ce qu'on appelle la « coordinite de passage », tu t'es marié avec ton alibi, commenta le Joueur en riant et en applaudissant ma performance narrative au passé simple.

— Ce n'est pas très difficile de relater au passé simple, je gagnai même du temps sur le composé, riais-je, de même.

III

Mes calculs étaient justes par rapport au point d'impact, la collision avec Sapiens se déroula sans étincelles ni dommages. Ma tête me faisait mal après toutes les constructions mentales échafaudées à son honneur. Le croisant à l'entrée de notre bâtiment, je sifflai, astucieux, une phrase précipitamment élaborée dont le but était de le surprendre sans plus.

« La ponctualité des êtres à l'égard des ordures est une noble intention, elle participe à l'assainissement de l'esprit et de la cité. »

Mon voisin secoua la tête de gauche à droite puis de haut en bas en répondant : « C'est la moindre des hygiènes, les citoyens devraient bien entretenir les ordures pour le salut et la salubrité de la race humaine. » Je n'étais pas du tout sûr s'il jouait ou s'il prétendait jouer tout en étant un pion servile entre les mains du Dispensateur.

Je n'assassinai pas le moustique, il n'était qu'un vulgaire mâle sans danger, je lui laissai la vie sauve pour lui permettre de goûter à sa copulation fatale.

À l'intérieur de l'appartement, et après avoir rapporté à Jen les détails de mon après-midi avec le Joueur et la cause de mon retard, la grasse atmosphère qui nous écrasait, amorça sa cure d'amincissement et s'allégea jusqu'à reprendre sa condition d'origine. Confusément rassurée et encore méfiante, elle scrutait mes mouvements. Et, moi, j'espionnais sa gestuelle, sa moue, ses grimaces, la luminescence de ses yeux à la recherche d'un entendement, d'un signe ou d'une minute favorable au bondissement de ma fauve et redoutable question ou d'une brèche dans sa carapace pour la placer avec ménagement.

« Pourquoi, me regardes-tu ainsi ? demanda-t-elle.

— Rien, rien, je viens juste de commencer…

— Qu'est-ce que tu viens de commencer ? »

J'inspirai puis expirai comme un coureur de fond et avec la plus grande puissance possible, je dis : « Je commence à interpréter mon rôle, je suis un peu gauche, je le reconnais. »

278

— Mais de quel rôle parles-tu ? s'emporta-t-elle.

— Le même que tu exécutes, toi, en ce moment, me hasardai-je.

— Je n'ai aucun rôle. Que racontes-tu, là ?

— Mais si, tu joues, mais tu simules le non-jeu, insistai-je.

— Alors là, je ne saisis rien du tout.

— Je veux dire le rôle que tu joues présentement, continuai-je.

— Le rôle que je joue, mais tu es sonné ou quoi ?

— Non, pas du tout, j'ai juste envie de voir si tu joues ou si tu exécutes le scénario docilement tout en sachant que ce n'est pas toi qui l'as initié. Voyons, j'ai appris des choses aujourd'hui sur le « Sanctuaire » !

La question faillit bondir à cet instant, elle était en phase de formulation finale dans ma tête lorsqu'elle me ramena subitement à l'entrevue.

« Et ton projet de direction de la chaire a-t-il marché ? » Son interrogation me refroidit complètement, parce qu'elle réanima en moi le sentiment de mon pitoyable échec devant le jury. C'est peut-être ce rejet qui m'emmène à présent sur le sentier du jeu. Est-ce une fuite en avant pour ne pas affronter la réalité de mon état ? Suis-je un homme défait et écrasé par le destin ?

« Tombé à l'eau et coulé », dis-je calmement.

« Après une démonstration de deux heures, mettant toute mon énergie argumentaire pour les amener vers une nouvelle orientation des recherches de notre institut, ils me remercièrent en premier lieu de ma brillante thèse, puis ils me flinguèrent. »

« Qui t'a fait roi ? » cria le directeur. En ajoutant : « Qui a financé ton doctorat, qui t'a nourri pendant dix ans ? Tu te figures infaillible à force d'être engraissé par notre générosité ? Tu élèves la voix contre tes bienfaiteurs, tu sais comment on appelle cette attitude ? Tu ne le sais pas, bien sûr, parce que tu es une sommité scientifique bornée. Cela s'appelle de l'ingratitude, enfonce bien ce mot dans ta petite cervelle pour que tu comprennes une fois pour toutes qui dirige ici. » Ils me dépouillèrent de mon statut, de mon égo, de mon savoir et peut-être de ma raison aussi.

Jen m'écouta sans broncher et sans même réagir jusqu'à la fin. Elle s'assit près de moi et prit ma tête entre ses mains et dit :

— Je suis perdue, tu m'égares Jer, as-tu pris de quoi ?

— Oh, Jen, excuse-moi, je n'aspirais qu'à m'assurer d'une chose, mais je tape à côté, je suis hors sujet ! me semble-t-il.

— Te semble-t-il ? Mais tu es hors de tout. Eh, dis-moi, que viens-tu juste de commencer ?

— Je suis désolé, je n'ai pas préparé le scénario bien comme il faut. Il n'est pas encore bien élaboré, d'où le quiproquo de notre situation dialogique.

— Qu'est-ce que c'est que ce vocabulaire « situation dialogique » ! cria-t-elle.

— Je veux dire notre discussion.

— Et pourquoi utilises-tu ces termes bizarres ? reprit-elle.

— C'est ce qui vient de me passer par la tête. Les mots se bousculent dans mon cerveau et des fois cela vient sans mon vouloir propre. Cela est dû, sans doute, à la carence de mon scénario.

— Qu'est-ce que c'est que ça, le scénario ?

— Oh, je ne fais qu'improviser, je viens d'imaginer un rôle, mais pour l'entreprendre il fallait s'exercer un peu comme le recommandait le Joueur. Tu es au courant, n'est-ce pas, du scénario que le Dispensateur nous assigne dès notre naissance ?

— Quel rôle viens-tu d'entreprendre ?

En même temps qu'elle me sermonnait, j'explorais ses yeux en essayant d'apercevoir un indice quelconque qui puisse me renseigner sur sa véritable identité. Une Joueuse affirmée dont le rôle est bien rodé, en admettant qu'elle soit une Joueuse chevronnée, elle ne va pas me l'avouer de but en blanc. Je dois me débrouiller pour le savoir, je suis un néophyte, je n'ai pas la maturité nécessaire ni suffisante pour la démasquer. Je songeais à une stratégie, une méthode qui prouverait, au-delà de tout doute, la possibilité qu'elle soit une Joueuse. Je pense, et cette pensée s'élançait sans retenue dans ma tête, elle se dilate et se répand tel un brouillard dans une vallée, occupe tout l'espace de mon cerveau. Ses ramifications sont infinies, s'infiltrent partout, même dans les petites crevasses de mes synapses. Ma raison est-elle désactivée ?

« Oublions cette discussion ce n'est qu'une navrante maladresse de ma part. Je te demande pardon », dis-je en guise de réponse.

« Comment ça été ta journée ? » enchainai-je hâtivement.

« Mais, tu viens de me le demander, tu ne te souviens pas ! » s'écria-t-elle.

J'allais répliquer : « Combien de femmes blanches, dans notre ville, à la fin vingtaine, aux gros yeux verts et aux cheveux noirs coupés en casque ou en boule, crois-tu, possèdent deux grains de beauté sur le sein gauche de part et d'autre de l'aréole du mamelon et ayant passé leur midi-quatorze heures aujourd'hui au Siestal ? »

Puis je réfléchis avec philosophie. Pourquoi occuper ses méninges par mes démangeaisons, pourquoi la torturer ainsi avec ma manière ridicule de vouloir déchiffrer l'inconnaissable. Lui dire tout simplement : « M'as-tu trompé ? » Et puis qu'est-ce que cela veut dire, se procurer du plaisir avec un autre homme, n'est-il pas proche d'autres plaisirs, n'est-il pas comparable à une crème glacée qu'elle prendrait au déjeuner ? Serais-je jaloux de la crème glacée ? Elle passa du temps à se délecter de cette chose et peut-être que ses sensations montèrent jusqu'au ciel et elle jouit pendant de longues minutes, elle était heureuse et satisfaite. Devrais-je faire le guet aux portes des vendeurs de glace pour l'empêcher d'accéder aux plaisirs naturels ?

Un silence s'installa brusquement dans notre demeure comme un voile qu'on vient d'étendre sur un meuble qu'on veut protéger de la poussière. Il se gonfle avant d'atterrir sur l'objet. Le silence nous enveloppa, pour le briser je pensai d'abord à une grande épingle ou une fine aiguille que je plante dans le ventre du voile, parce que l'air se raréfiait autour de nous. L'outil s'avéra n'être, finalement, qu'une tendre caresse que ma main perdue sur l'épaule de Jen représentait, rehaussée d'un fin sourire qui fit fondre le voile en prononçant le premier mot intelligent de la soirée.

— Prenons un verre et discutons calmement, et je t'expliquerai la fantasmagorie de mon après-midi.

La méfiance affichée sur le visage de Jen se relâchait et entamait, elle aussi, sa dissolution, comme une ombre qui s'effiloche dès que le soleil décide de briller entre deux nuages siamois. Si elle était une couleur, elle serait grise qui en se volatilisant déposera un nacre blanchâtre que le sang chaud de Jen ramènera à sa pâleur rougeâtre d'origine. Elle a dit : « Tu m'as fait peur avec l'incongruité de ton allure et de ton langage ».

Je continus tout de même d'épier les gestes de Jen à la recherche, d'indices sur son appartenance au monde des « joueurs ». Je me dis, je suis un bleu, un débutant dans le domaine, je ne pourrais jamais le savoir. Si c'est une Joueuse, elle a, par conséquent, de l'avance sur moi dans le camouflage. Si elle ne l'est pas, elle va se parer des normes ordinaires des suiveurs et elle va condamner mon essai. Comment diable saurai-je son identité ! C'est une aporie totale ! Je visualisais ce que le Joueur aurait entrepris à ma place. La première hypothèse serait de se mettre dans la peau d'un Joueur, se débrouiller au plus vite un petit scénario et le suivre jusqu'à la fin. Jen m'avouerait peut-être qu'elle, aussi, est une Joueuse lorsqu'elle constate que je joue pour vrai, comme un professionnel.

Au lieu de réchauffer le souper comme d'habitude, je le prendrai froid et debout. Mon premier rôle, chez moi, serait de ne pas m'asseoir jusqu'à ce que je saute dans le lit. N'adopter aucune station assise quelle que soit la situation pour le reste de la soirée. Cette inspiration qui vient de naître dans les dédales de ma cervelle, je la suivis en la caressant dans le sens du poil, pour qu'elle vive et qu'elle agisse jusqu'à briser la carcasse de la norme qui m'habite depuis longtemps. Elle est mon scénario jusqu'à demain. Là, je me rendis compte que je jouais, j'étais en train d'interpréter un rôle. Y'aurait-il, dans notre habitacle, des esprits surveillants ou malveillants qui m'admonesteraient ? Cela ne viendrait pas d'un Joueur. Si elle l'était, elle ne me contredirait pas, parce que j'ai un rôle ? Son rôle à elle était habitué à ma conduite, donc son scénario, s'il existait, il serait un cortège de petites phrases simples ajustées depuis longtemps au fil classique de base de mon attitude. On verra !

Jen vient de sortir de la salle de bain, la figure rouge pourpre, le sourire ouvert et discret, mais ses yeux gardaient un soupçon d'incompréhension. Elle me jeta de frêles regards suspicieux puis s'avança vers la table de cuisine où j'étais debout en train de me régaler d'un gâteau au chocolat. En constatant que j'étais en short et debout, sa suspicion se transforma en bruyante exclamation interrogative.

— Pourquoi manges-tu debout et sans utiliser d'ustensiles appropriés?

Je souriais en précisant que je faisais mes premiers pas dans la rébellion des gestes ordinaires contre la mainmise de la seconde nature, que je combattais la « subordinite ». En disant cela, je désirais, encore une fois, la tester, je cherchais la complicité dans ses yeux, peut-être que cet essai serait le dernier. Me fixant pendant quelques secondes, comme voulant sonder mon regard en le décomposant à ses éléments constitutifs primaires, c'est à cet instant précis que je vois pour la première fois dans ma vie de couple l'écoulement d'un regard d'un œil à un autre comme si entre nos deux paires de lagunes se bâtissait un pont ou un tunnel à voie unique. Cette voie se comblait de pensées fines et légères, joyeuses et aériennes qui ne faisaient plus qu'un seul tissu. La distance entre nous se pavait de sentiments neufs d'entendement et d'intelligence puis se réduisait jusqu'à ne plus exister. *Un terrain commun se constitua, mes propos et les siens s'inséraient dans une même opération de collaboration d'une réciprocité parfaite, nos perspectives glissaient l'une sur l'autre; nous coexistions à travers un monde unique.* Le lien qui nous unissait s'infléchit, le temps et l'espace qui nous séparaient fusionnèrent. Nous nous sommes reconnus ou si vous le voulez bien, nous nous reconnûmes dans l'explosion d'un rire fou dont les échos sonores emplirent l'appartement et dont les teintes se mélangèrent et devinrent d'une couleur simple et unique, sans aspérités, lisse et inaltérable.

Terminal

À zéro heure, en ce vendredi naissant, je glissais entre les draps et en même temps entre les plis d'une nouvelle dimension. Un navire à deux places quittera, dès le matin, les eaux troubles de la société policée, il ira là où le ludique l'emporte sur l'inique. Là où n'existent ni sens ni vérité. Jen me rejoignit en entrant dans le lit par le bas comme une enfant, se couvrant, elle attrapa mes jambes et commença à me chatouiller la plante des pieds. Nous riions.

À zéro heure et une minute, à la télévision, le buste romain apparaissait souriant, en disant « Voici les grands titres », il pouffa. Après l'égrènement des titres par la voix off, il réapparaissait, visage fermé, prononçant le premier mot l'Alcalino-Voraxie, il s'esclaffa, ne pouvant se retenir, il se racla la gorge en mettant la main devant sa bouche, se lança dans des excuses en inspirant profondément, essayant avec un effort évident de reprendre son sérieux, il éclata, de plus belle, en rires, impossibles à refréner, à chaque mot qu'il tente d'annoncer :

Le chef de l'Alcalino-Voraxie, hahahahaha…

La Mésotarie, hahahaha…

La Sémitie Supérieure, hahahaha….

Il s'éclaircit la voix, voulant débarrasser ses cordes vocales d'une mucosité imaginaire, toussant dans ses mains et essuyant ses yeux des larmes qui s'accumulaient sur ses cils, il ajusta sa cravate, mais levant les yeux, il se mit à rire aux éclats, bruyamment, gesticulant, signifiant aux techniciens de couper la caméra.

Remplacé par la poupée, elle s'excusa du contretemps puis en annonçant les grands titres, elle éclata de rire à son tour.

L'acteur Chkopy, hahahaha…

La diva Vygnora, hahahaha…

La nouvelle ligne de parfum de Bryntely, hahahaha, plus rien ne pouvait l'arrêter, elle riait, riait, hahahahaha.

Le chef cinglé de l'A.V.A. occupa l'écran, il toussait, se raclant la gorge en buvant de l'eau, il dit « Je… hihihi… vous…hihihi » et éclata, lui aussi, en rire, il riait, riait tout en essayant de formuler une phrase.

Je, hahahahaha… vous, hahahaha… z'ai, hahaha… com… hahahaha… pris, hahahaha…

Puis les chefs de la Sémitie Supérieure et Inférieure riaient.

Le chef de la Sinasie riait.

Le chef de la Mésotarie riait.

La planète entière riait et Jen me chatouillait la plante des pieds.

HAHAHAHA…

Montréal 2005

Appendice

La nouvelle conjugaison inventée par le Joueur.
Elle concerne les temps composés.

Exemple du verbe « parler ».

Indicatif

	Plus-que-parfait		Futur antérieur		Passé antérieur	
	Ancienne	Nouvelle	Ancienne	Nouvelle	Ancienne	Nouvelle
Je	avais parlé	parlyais	aurai parlé	parlyerai	eus parlé	parleus
Tu	avais parlé	parlyais	auras parlé	parlyeras	eus parlé	parleus
Il	avait parlé	parlyait	aura parlé	parlyera	eut parlé	parleut
Ns	avions parlé	parlyâmes	aurons parlé	parlyerons	eûmes parlé	parleûmes
Vs	aviez parlé	parlyâtes	aurez parlé	parlyerez	eûtes parlé	parleûtes
Ils	avaient parlé	parlyèrent	auront parlé	parlyeront	eurent parlé	parleurent

Subjonctif (que)

	Passé		Plus-que-parfait	
	Ancienne	Nouvelle	Ancienne	Nouvelle
Je	aie parlé	parlyaie	eusse parlé	parlusse
Tu	aies parlé	parlyaies	eusses parlé	parlusses
Il	ait parlé	parlyait	eût parlé	parlusse
Ns	ayons parlé	parlyâmes	eussions parlé	parlussions
Vs	ayez parlé	parlyâtes	eussiez parlé	parlussiez
Ils	aient parlé	parlyèrent	eussent parlé	parlussent

Conditionnel

	Passé 1e forme		Passé 2e forme	
	Ancienne	Nouvelle	Ancienne	Nouvelle
Je	aurais parlé	parlyrais	eusse parlé	parlyssais
Tu	aurais parlé	parlyrais	eusses parlé	parlyssais
Il	aurait parlé	parlyrait	eût parlé	parlyssait
Ns	aurions parlé	parlyrîmes	eussions parlé	parlyssîmes
Vs	auriez parlé	parlyrîtes	eussiez parlé	parlyssîtes
Ils	auraient parlé	parlyrièrent	eussent parlé	parlyssirent

Cet ouvrage composé en New.Baskerville corps 12
a été achevé d'imprimer le huit juin deux mille treize
sur les presses de Marquis Imprimeur,
pour le compte des Éditions Beroaf

Imprimé au Québec (Canada)

Table des matières

Initial   19

Chapitre 1   21

Chapitre 2   39

Chapitre 3   59

Chapitre 4   75

Chapitre 5 111

Chapitre 6 125

Chapitre 7 167

Chapitre 8 179

Chapitre 9 207

Chapitre 10 217

Chapitre 11 243

Terminal. 285